북
쪽
거
실

배수아 장편소설

북쪽 거실

초판 1쇄 발행 2009년 9월 14일
초판 4쇄 발행 2019년 12월 24일

지은이 배수아
펴낸이 이광호
펴낸곳 (주)문학과지성사
등록번호 제10-918호(1993. 12. 16)
주소 04034 잔다리로 7길 18(서교동 377-20)
전화 02) 338-7224
팩스 02) 323-4180(편집) 02) 338-7221(영업)
전자우편 moonji@moonji.com
홈페이지 www.moonji.com

북쪽 거실

배수아 장편소설

문학과지성사
2009

|차례|

제1장

목소리
의
내부

아무도 예상하지 못했고, 하지만 사실상 크게 놀랄 일도 아니며, 따라서 소란도 없었고, 그럼에도 불구하고 정작 자신에게 실제로 닥치면 충분히 당황할 수밖에 없는 종류의 일—첫번째 탄원서가 받아들여지지 않았다. 제출한 지 일주일 만에 우체국 창구에 앉아 있는 나이 든 여자 담당자로부터 접수가 거부되었다는—제출 요건에 미달하므로—통보와 함께 봉투째 되돌려 받은 것이 전부였다. 여자 담당자는 말하지 않았다. 나는 이곳에 30년 동안 있었답니다, 하는 말. 누구나 다 알고 있는 사실이기도 했고, 이 경우에는 부주의하게도 서툰 자만으로 들릴 수도 있기 때문이리라. 나이 든 담당자는 입술에 주름을 강하게 모으고, 뭔가 말하고 싶고 그럴 수도 있으나 말하지 않겠으며, 말하지 않음이 순전히 자신의 고귀한 의지에서 연유한 것임을 드러내고야 말겠다는 적극적이고 투철한 모양을 만들어 보였다. 나는 어쩌면 앞으로도 30년 동안은 더 이곳에 있겠지. 그러나 너는 끝내 아무런 대답도 듣지 못할 거야, 하는 제삼자의 신경줄로 이루어진 무의지적인 의지. 깊숙하게 들어간 눈두덩 아래서 눈동자가 수니를 향해 흐릿하게 번쩍거렸다. 그 눈동자는 수니의 것이기도 했다. 거울의 세상에서 모든 사물은 반사이므로. 하지만 거의 동시에 제출한 두번째 탄원서는 조금 더 시간을 끈 다음에 위원회가 열릴 것이란 통보까지는 받았으나, 2주일 정도 후 결국 '도저히 불가함'이란 스탬프가 찍힌 결정서와 함께 되돌아왔다: 귀하의 소망과 그 소망의 이유에 대해서 우리는 진심으로 호의와 공감을 가지고 있다. 우리는 조항과 절차를 먹고사는 관료주의의 유령이 아니며 편의와 효율보다는 한 개인의 간절함을 더욱 소중히 할 줄 알기에, 귀하의 청원이 이 체제 안에서 이루어지는 방향으로 충분히 검토했고 설사 변칙이라 해도 다른 가능성이 있는지 여러 면에서 최대한 긍정적으로 살펴보았으나, 귀하와 같은 22조 수정 항의 경계성 케이스가 우리의 추가 부담 감당 능력의 수준을 훨씬 넘어서게 많을 뿐만 아니라 점점 늘어나는 추세이므로, 우리는 안타깝게도 극히 제한적으로 예외를 인정할 수밖에 없는 처지이다. 이 부분에서 우리는 특히 한때 수용소 문화위원회에서 활동한 경력이 있는 귀하의 양식 있는 이해를 바라는 바이다. 우리의 결정은 외면으로는 귀하 한 명의 청원을 받아들이느냐의 여부를 놓고 내려진 것이지만, 근본적으로 본다면 귀하와 같은 청원을 끊임없이 올리고 있는 수많은 다른 탄원자들 중에서 우리에게 가능한 만큼의 인원만 선별하는 것이 사실상 이 일의 본질이기 때문이다. 그러므로 우리는 나이와 재정, 직업의 기회, 건강 상태, 가족 관계 등 개인적 신상에 관한 내용을 고려하고 그 밖의 다른 현실적 요소를 선별 항목으로 책정하여 일일이 점수를 매기는 객관적인 방법을 동원하지 않을 수 없었다. 그 과정에서 귀하는 귀하의 간절하고 개인적인 염원이——결코 측정할 수 없고 서로 랭킹을 매길 수도 없는 한 인간의 심리적 바람이——냉혹하고 둔감한 기계적 관제의 희생자가 되었다고 느낄 수도 있으리라고 우리는 마음 아프게 미리 우려하였다. 그러나 우리의 인도주의——분명히 선량한 의미에서의, 오류와 오점을 가능한 한 최대로 배제한 인도주의——는 귀하에게 내린 출소령을 더욱 분명한 것으로 결정지을 뿐이었다. 귀하가 무조건 직장과 사회로 복귀할 수 있는 몇 안 되는 극히 소수의 수용자 중 한 명임을, 우리는 슬프게도 간과할 수가 없었다는 말이다. 그 말은 귀하의 존재가 수용소에서 빛나지 않았으며, 귀하의 역할이 유용하지도 의미 있지도 않았다는 말과는 분명히 다르다. 도리어 정반대에 가깝다. 여기서 우리는 날로 악화되기만 하는 우리의 재정 상태에 대해서 한마디 언급하고자 한다. 귀하도 잘 알겠지만, 재정은 단순히 악화되는 정도가 아니라, 악화를 스스로 가속시키는 방향으로 체질 개선 중이다. 노령과 질병에 따른 의료 비용, 그리고 낮은 생산성은 언제나 우리들의 심각한 문제였다. 그 심각성은 우리 개인들의 검약한 생활 습관만으로 완화하기 어려운 것이므로 우리는——결론을 밝히는 방식으로 표현하자면——정체성을 훼손하지 않는 한도 내에서 지속적으로 새로운 지원자들을 받아들이거나 아니면 규모를 축소하거나 최소한 더 이상 늘어나지 않도록 관리할 수밖에 없는, 서로 상치하는 것처럼 보이는 두 가지 방책 사이에서 줄다리기를 하는 실정인데, 후자의 측면에서 본다면 기존의 인원이 내는 청원이 허가될 기회가 점점 줄어든다는 것을 의미한다. 실제로 탄원서가 불가 판정을 받는 비율이 가파르게 증가하고 있다. 외부의 지원자들은 늘어나고 있지만, 우리가 요구하는 기준을 충족시키는 지원자의 수는 도리어 감소하는 추세이다. 우리는 귀하가 이 모든 문제를 잘 이해하고 있으며, 그래서 아마도 마음으로는 우리의 결정을 어느 정도 예상하고 있었으리라고 기대한다. 물론 귀하의 그런 사려 깊은 예상이 우리의 결정에 어떤 영향을 미친 것은 절대 아니다. 이미 말한 대로 우리의 결정은 오직 기준이 되는 선별 항목별 점수에 기인한 결과일 뿐이다. 우리는 작년 말부터 신원 점수 53점 만점에 18점 이하를 받은 신청자에 한해서 수용 기간 연장을 허가하도록 규정해놓고 있다. 아무리 귀하의 입장에서 호의적으로 분석해보아도, 귀하의 신원 점수는 33점을 넘어서고 있다. 2년 전만 하더라도 35점 이하까지는 근면과 공로를 인정받는 경우라면 허가를 얻는 데 문제가 없었다. 하지만 이제, 이미 말한 대로 상황은 악화되었다. 짙은 구름과 안개에 가리워진 채 나타나는 암울한 산맥의 규모와 높이가 얼마나 되는지 우리는 아무도 정확히 모른다. 지금 우리는 보이지 않는 그 산맥을 넘어가는 사람들이다. 귀하는 스스로를 효율적인 존재라고 예상할 것이고, 그 예상은 틀리지 않다. 재정 문제와 효율, 우리가 우리의 효율을 위해서 오직 효율적인 인물을 선별할 수 있다면, 그러면 수용소의 문제나 귀하의 문제는 더욱 쉽사리 해법을 찾을 수 있을 것이다. 그러나 일견 모순적으로 들리겠지만, 우리의 점수에서 귀하의 효율에 대해서 묻는 항목은 크게 결정적이지가 않다. 이 점이 바로 우리가 귀하에게 특히 이해를 바라는 핵심이다. 수용소의 재정 난관은 장기 노령 수용자의 증가와 설비의 노후로 인한 저효율에서 기인하는 것이 맞다. 그러나 수용소의 운영위원회는 우리의 정원에서 원인이 되는 싹을 잘라내고 그 자리에 다른 작물을 심기를 원하지 않는다. 우리는 재정적으로 신음하지만, 우리의 신음을 치료하는 건 재정 문제의 해결이 아니다. 우리는 재정적이 아닌 방법으로 그 재정 문제를 벗어나고자 분투하는 중이다. 귀하가 원한다면 귀하는 수용소 내 라디오 방송국에서 3월 말까지 일할 수 있다. 그 이전에 미리 어느 정도 휴가를 원한다면 그렇게 할 수도 있다. 방송국에서 귀하의 편의에 맞춰 근무를 조정해줄 것이다.

귀하의 청원에 대하여 우리는

'도저히 불가함' 결정을 내린다.

수용기간연장심사위원회

200×년 2월 2일

추기: 추후에 동일한 이유로 재청원되는 탄원서에 대해서는 위원회의 소집과 심사 과정이 없이 자동적으로 동일 판결이 내릴 것을 통보함.

3월 25일 수니는 석방되었다. 사람들은 그곳에서 말하는 '석방'이란 단어가 사실과 정황, 양쪽을 모두 자명하게 잘못 표현하고 있다는 것을 알고 있었다. 우리들의 어휘는 종종 혀의 습관에 불과한데, 그것은 사실의 옷을 입은 그 무엇을 더욱 힘 있는 사실처럼 느끼게 해줄 뿐만 아니라 직접적으로 사실의 역(逆)에 기여하기도 한다. 사실이 아닌 것이 사실인 것처럼 말해져야 한다는 가공된 정당성의 반대─힘. 종종 어떤 편견과 무지가, 아무도 그것에 투표하지 않았음에도 불구하고, 아니 도리어 그렇기 때문에, 막강한 권력을 차지하는 경우가 발생하는 것처럼. 그것이 사실이 아님을 알고 있다는 것을 가장 효과적으로 드러내 보이는 방법은, 경우에 따라선 바로 그것을 힘 있는 사실처럼 말하는 것이다. 바로 그것을. 그래서 습관은 간혹 신념으로 혼동되는 것을─그 반대의 경우만큼이나─두려워한다. 그러한 신념─습관적 어휘의 엔지니어들을 처형하라. 간혹 우리들은 우리 자신의 어휘와 언어 습관을 관장하는 외부의 독재자가 존재한다는 생각이 든다. 그럴 때 우리는 더욱 깊숙이 습관의 어휘 속으로 숨어들어간다. 수용소는 감옥이 아니다. 그러나 수용소 밖의 사람들은 자신들이 그곳을 감옥이나 마찬가지라고 생각한다고 믿었다. 그리고 수용소 안의 사람들은 그곳이 감옥이나 혹은 수용소로 불리는 것으로부터 사실상 가장 덜 영향을 받는 집단이었으므로, 아무도 이름과 명칭을 가지고 문제 삼을 생각이 없었다. 그래서 수니도 스스로 전화기에 대고 '석방'이라고 말했다. 수니의 전화를 받은 희태나 전입신고를 처리할 관청, 그리고 수니가 돌아가게 될 스튜디오의 사람들도 모두 거의 동시에 '석방'이라는 단어를 말하거나 자동적으로 떠올렸다. 수천 명의 사람들이 입을 모아 '석방'이라고 말한다.

그리고 그들은 저마다 다른 '석방'을 발음하고 있다. 측정할 수 없는 고유한 어휘들의 온도. 수니는 석방되었다. 석방이 수니에게 어떤 의미를 갖는 일인지. 보이지 않는 지도를 손에 든 사람처럼 산맥 혹은 사막 혹은 안개로 뒤덮인 바다를 눈앞에 두고 있는데, 수용소를 나와 기차를 타고 집으로——!——돌아오는 길에 마주치는 사람들의 모습은 무해한 습관의 보고서이다. 삶(생활/인생/생명)이란 어떠한지, 어떠했는지, 어떠해야 하는지, 심지어 어떠할 것인지에 관한.

기차가 멈추기도 전에 수니는 플랫폼에 서 있는 희태의 모습을 발견했다. 희태는 머리숱이 좀 줄어들고 흰머리가 늘어나 보인다는 인상 말고는 별다른 변화가 없었다. 그는 예의 꿈꾸는 듯한 표정을 하고——그것은 그가 정말로 백일몽에 빠져 있어서가 아니라 그의 타고난 원래 얼굴 표정 때문이며, 나이 들수록 그의 경험과 경향이 자발적으로 더욱 그러한 표정을 강화시키는 방향으로 진행되는 탓이다. 위원회 결정서의 표현에 나타났듯이, 마치 수용소의 재정이 자발적인 유기체인 양 자기 파괴가 가속화되도록 하루하루 스스로의 세포와 신진대사를 재구성하는 방향으로 생장하는 것처럼——플랫폼으로 미끄러져 들어오는 열차를 지켜보고 있었다. 입매가 마치 미소 짓는 사람의 그것처럼 양끝이 살짝 들려 있었다. 그가 시선을 두는 독특한 방식은 여전했다. 정확히 표현해서, 사물과 사물 사이, 사람과 사람 사이, 초점과 초점 사이, 그리고 궁극적으로 존재와 존재 사이, 입자와 입자 사이를 향해. 희태는 늘 말하길, 자신의 시각은 지나치게 예민하여 모든 사물의 중심이 뿜어내는 강력한 반사를 견딜 수 없다고 했다. 어느 날 안과에 다녀온 희태가 안경을 쓰고 있었다. 새로 소개 받은 안과 의사가 그에게 특수 안경을 권했노라고 했다. 사물의 반사파를 산란시켜버리는 안경이라면서. 반사파를 산란시키다니. 예를 들자면, 상대편은 내 시선의 입자를 볼 수가 없고, 내 시각을 해칠 수 있는 상대편의 반사파는 에너지를 잃게 되며, 나는 통증 없이도 내 반사의 권역 안에 있는 사물의 핵심을 바라볼 수 있는 데다가, 무엇보다도 이 안경을 쓰면 눈동자가 무거워지면서 아래로 내려앉는 느낌 없이 타인의 눈동자를 응시할 수가 있지. 그리고? 그리고 아무래도 시력도 좀 상승하는 깃 같고 말이야, 하고 희태는 마지막 말끝을 천천히 흐렸다. 날 봐. 날 응시해봐. 그러나 희태는, 수니를 정면으로 처다보면서도, 눈동자는 여전히 수니와 수니 안의 누군가와의 중간쯤을 향해서 머무는 것이었다. 너는 어디 있느냐. 그의 눈동자는 여전히 이렇게 말하고 있었다. 오, 그 안경은 가짜야. 그냥 근시용 렌즈일 뿐이야. 하지만 네가 그것을 굳이 써야겠다면야. 희태는 아니다, 그렇지 않다, 이 안경은 진짜다, 만일 이 안경이 나에게 치유력을 발휘하지 못한다면 그것은 내가 안경을 충분히 받아들이지 못해서이다, 뭐든지 사물과 사물 간에는 적응 기간이 필요할 테니까, 아직은 내 눈이 안경의 효능을 거부하고 있기 때문이라고 고집을 피웠다. 그러나 희태는 그 안경을 거의 착용하지 않았다. 안경을 얼굴에 얹고 다니는 데 익숙하지 않아서,라는 게 이유이기는 했다. 안경을 벗고 있다가 갑자기 어두운 곳에 들어와 당황하여 두리번거리는 희태의 모습은 정체불명의, 그러나 숨길 수 없는 죄의식으로 가득 차 보였다(나중에 수니는 그 모호하고 갑작스러운, 빛이 꺼진 세상에 대한 반사적이면서도 스스로를 안도시키는 죄의식이야말로 희태의 잠재적 정체성을 이루는 큰 부분이 아닐까 생각하게 된다). 가만히 책상에 앉아 있을때, 희태는 서랍을 열고 안경을 꺼내서 그것을 코 위에 조심스럽게 '얹는다.' 수니로서는 그 안경이 희태에게 근시용 안경 이상의 역할을 해주는 것 같지는 않았는데, 어느 날 우연히 희태가 안경 값으로 어이없을 만큼 엄청난 액수를──적어도 수니의 수입에서 볼 때──의사에게 지불했다는 걸 듣게 되었다. 희태의 시선은 안경 이전이나 안경 이후나 마찬가지로 여전히 사로잡기도 사로잡히기도 어려운 채였는데도, 희태는 시선을 상대에게 집중하는 능력이 분명 개선되었다는 주장을 굽히지 않았다. 수니가 탄 기차를 바라보며 플랫폼에 서 있는 그 순간에도, 근처의 누군가가 우연히 희태의 얼굴을 유심히 쳐다보았더라면 희태가 금방이라도 철로로 뛰어들지도 모른다는, 단지 철로의 금속성 번쩍임이 반사하는 자신의 얼굴을 자세히 들여다보기 위해서 그렇게 할 수도 있을 거라는, 그런 인상을 받았으리라. 3월의 날씨치고는 드물게 햇빛이 좋은 오후였기 때문에 더욱 그랬을 것이다. 플랫폼으로 육중하게 진입하는 열차와 낮은 온도의 싸늘하고 날카로운 광선, 그리고 8년이 넘는 긴 이별의 조합은 어떤 사람들에게는 매번 독특한 효과를 불러일으키기 때문이다. 심지어 이 좁아터진 유사──섬나라에서조차도 간혹은 그런 시간과 거리감으로 이루어진 조합이 가능할 수가 있다. 대기는 맑고 불규칙하게 일렁였다. 희태의 얼굴 위로 기차의 그림자가 빠르게 덮쳤다. 플랫폼에 들어선 다음에도 기차는 한참을 계속 앞으로 진행하는 듯했고, 희태는 햇빛 속에서 기차를 따라 천천히 걸었다. 수니를 발견하지 못했음에도 불구하고 햇빛을 가리는 동작으로 팔을 반쯤 올린 채 얼굴을 조금 찡그리면서 입을 씰룩거리고 긴 팔을 느릿느릿 흔들었다. 수니에게 인사를 보내는 것처럼. 잠자리. 희태는 수니에게 설명하기를, 그가 아직 소년일 때 친구들은 이 수줍고 내성적인 사내아이를 투명하고 엷은, 수없이 반복되는 모자이크 무늬의 날개를 가진 키 큰 곤충, 잠자리라는 별명으로 불렀다고 했다. 그동안 그들은 적어도 이별의 초기에는 종종 얼굴을 보았고, 더욱 자주 편지를 교환했었던 것이 사실이며, 희태는 수니가 수용소로 들어간 초창기에는 아직 신문사에 다니고 있었기 때문에 주말밖에는 자신을 위한 시간이 없었는데도 거의 2주일에 한 번은 수용소의 면회실을 방문했고, 대개 텅 비어 있는 면회실에서 수니와 마주 앉아 미지근하고 맛없는 차를 마셨다. 그러나 곧 신문사를 그만두고 외국으로 이주하려고 계획을 세웠고, 그래서 1년 정도 외국의 여러 도시를 떠돌면서 살았다. 하지만 그동안에도 지구의 이곳저곳에서 편지는 꼬박꼬박 보내왔고, 직장도 휴직했으므로 더욱 자주 편지를 쓸 수 있어서 행복하다고 썼다. 희태는 말이 어눌했기 때문에 유난히 자신만만한 사람이나 특히 자신만만한 여자들 앞에서는 의도적으로 과묵해지곤 했다. 그래서 그는 수니가 수용소로 들어가고, 따라서 그들이 편지로 의사소통을 해야만 하는 상황이 되자 도리어 기뻐하는 듯이 느껴지기도 했다. 수니는 스스로 자신만만하다고 여기지는 않았지만, 누가 보더라도 의견은 분명한 여자였다. 희태의 편지는 처음과 다름없이 다정했고, 예민하면서 감성적이었다. 네가 그곳에 있고 내가 이곳에 있다는 사실과, 네가 그곳에 있고 내가 외국에 머문다는 사실과의 거리가 얼마나 되는지, 실제적인 거리뿐만 아니라 그것이 파생시킬 수도 있는 온갖 가능한 가상의 거리들에 관해서 생각을 해보았는데, 일시적인 결론은 편지. 편지를 쓸 수 있으며, 내가 외국에 있으면 너에게 더욱 많은 편지를 쓸 수 있으리라는 것, 그렇게 되리라는 것, 그렇게 될 수밖에 없고 너에게 더 많은 것을 편지로 얘기해줄 수가 있으며 내 안에서 더 많은 편지들이, 편지들로 태어날 것이기 때문에. 지금, 억누를 수 없는, 지나가는 순간들까지도. 오직 찰나의 기억만을 허용하고 사라져가는 순간들까지도. 우리가 떨어져 있지 않았다면 결코 너에게 전달하려고 시도할 수 없었을 그런 순간들을. 그들은 택시를 타고 희태의 집으로 갔다. 원래는 그들 두 사람—정식으로 결혼한 적은 없지만 함께 산 지 2년 만에 8년이나 별거의 형식을 취하게 된—의 집이라고 해야 하겠지만, 희태는 그동안 한 번 이사를 했으므로, 수니는 자신의 물건들이 있고 자신의 방과 책과 책상이 있는 이 집을 사실상 처음 방문하는 셈이었다. 방이 두 개에 작은 거실이 전부인 집으로, 예전에 그들이 살던 집보다 더 크지도 작지도 않았다. 가구도 그대로였고, 실내 모양이나 구조도 그 크기와 수준의 허름한 공동주택들이 그렇듯이 별다를 것이 없었다. 벽에 걸린 스케치화와 책장 앞쪽을 차지하고 있는 사진들, 많은 액자들, 오래되어 납작해진 바닥의 검붉은색 카펫도 수니의 기억에 남아 있는 모습 그대로였다. 아니 정확하게 표현하자면 그대로라고 생각이 되었다. 잠시 시간이 흐르자 사물들의 친숙함은 더욱 분명해졌다. 화장실을 사용하고 소파에 앉아 희태가 가져다주는 뜨거운 커피를 마시고 있으니 마침내는 친숙함이 아우성치며 밀려들었다. 커피잔은 초록색 바탕에 피카소의 그림이 인쇄된, 수니의 기억에 선명하게 남아 있는 물건이었다. 아침마다 뜨거운 커피를 한가득 끓여놓곤 하던 사기 주전자도, 우유 그릇도, 희태의 전용이라고 할 수 있는 설탕 용기도, 살짝 금이 간 희태의 에스프레소 잔도, 에스프레소 주전자와 스푼도 마찬가지였다. 그러다 보니 심지어는 커다란 푸른 화분이나 유리창에 덧댄 스크린, 욕실의 새로운 상표의 치약처럼 희태가 새로 구해다 놓은 것이 분명한 새 물건들까지도 수니에게는 변함없이 그대로인 과거의 사물들처럼 생각되었다. 희태는 물건을 자주 사들이는 편이 아니었다. 하지만 생활에 필요한 물건마저도 구입하기 주저하는 구두쇠는 아니었다. 그는 항상 사진을 찍었고, 특히 신문사를 그만둔 다음에는 더욱 많이, 그중에 몇 장은 벽에 걸어두기도 했으며, 항상 책을 사들였고, 그것도 아주 많이, 더구나 책장 공간이 모자라 침실에까지 들여놓은 30권 브록하우스 백과사전 한 질까지. 그런 낡아빠진 물건을 도대체 어디서 구했단 말인지. 그리고 잘 알 수는 없지만 그가 입고 있는 셔츠도 8년 전의 그 셔츠가 아닐 것은 분명한데도, 8년이란 시간은 무서운 것이어서, 수니는 솔직히 고백하자면 예전에 그들의 집 모습이 어떠했는지 정확하게 기억이 나질 않았고, 그래서 도리어 희태의 집 전체가, 희태와 집 전체가 이상스러울 만큼 조금도 변하지 않았다고 확신이 드는 것이었다. 변함없이 친숙하고 그대로이나 자신만의 고유한 방식으로 낯선. 수니는 그런 생각을 솔직하게 말했고——수니의 목소리는 여전히 아름답고 힘이 있었다. 탄력이 넘치는 머리칼처럼 싱싱하면서 검은 피부처럼 호소력 강한 저음——희태는 고개를 끄덕였다. 고개를 끄덕이는 것은 희태의 습관이었다. 그는 긍정하기 전에 먼저 고개를 끄덕였다. 부정하기 전에도 마찬가지였다.

시간이 필요했다. 무엇을 위한 것인지는 알 수 없지만 어떤 모종의 시간. 수니가 수용소에서 수용 기간 연장 신청서를 두 번이나 제출했으며 그중에 한 번은 성공하기도 한 것을 희태도 알고 있었다. 그들은 이미 편지로 대화했던 내용들에 관해 다시 얘기를 나누었다. 주로 수니가 수용소의 생활을 희태에게 평이한 어조로 설명하는 것이 대부분이었지만. 누구나 관심을 가질 만한 테마, 예를 들어서 수용소에서의 결혼 같은 것들. 수용소 내의 결혼은 수용소 내에서만 유효한 서류상의 등록을 마치면 되는, 간단하고도 임시적인 절차에 지나지 않는다. 두 사람 중 하나라도 수용소를 나오게 되면 그 결혼은 효력이 소멸한다. 둘 다 밖으로 나와도 마찬가지이다. 심지어 수용소 안에서조차도 그 결혼은 아무런 실제적 구속력이 없다. 태어난 아이들은 부모가 결혼을 했건 하지 않았건 구별 없이 양육되고 교육을 받는다. 이미 알고 있는 사실이지만 그래도 희태는 다시 한 번 더 관심을 보였다. 사유재산도 신분도 없고, 아무런 성적 독점권을 인정받지도 않으며 가족을 구성해야 할 필요나 당위성도 없는 수용소 내에서 굳이 결혼이란 절차를 밟고자 하는 사람이 있단 말인가? 그런데 참 이상하게도, 그럼에도 불구하고 결혼을 하는 사람이 의외로 많다는 건 신기한 현상이지. 자유로운 그들은 어디서 왔는지 원인을 알 수 없는 조바심을 치지. 그리고 손을 잡고 수용소의 판사에게 가서—그 판사도 수용자이기는 마찬가지인데—각자 서류에 사인을 하고 돌아오는 거야. 그들은 2인용 아파트에서 살 수가 있어. 아 그것이 핵심이로군, 2인용 아파트. 하지만 누구든지 원하기만 하면 여자친구나 혹은 남자친구와 함께 공동으로 2인용 아파트를 신청할 수가 있는걸. 룸메이트를 구하기도 간단하고 말이야. 2인용 아파트로 이사 가면 방 하나를 거실이나 서재, 작업실로 꾸밀 수가 있어서, 그래서 많이들 신청하는 편이야. 네가 일했던 라디오 방송국 얘기를 좀 자세히 해봐. 혹시 스튜디오에서 하던 일과 비슷한 종류인지? 아니, 유감이지만 그곳에는 오디오북 음반을 만들 일이 없고, 극단은 하나 있지만 낭송극 전문가들이 아니야. 게다가 원한다면 도서관에서 기존의 오디오북을 구할 수도 있겠지. 종류는 많지 않겠지만. 병원에 있는 노인이나 장님 등을 제외한다면 전반적으로 오디오북 자체의 수요가 높지 않다고 들었어. 내가 주로 했던 일은 마이크 앞에서 뉴스 원고를 읽은 정도지. 수용소 내의 뉴스, 소식, 수용소의 새로운 개정 조항들, 알고 있을 만한 사항들이 적힌 원고를 받아서 한 번 잠깐 훑어보고, 보충할 것이 있으면 하고, 그냥 읽어나가면 되는 일이야. 기억에 남을 만큼 특별한 내용은 거의 없었던 것 같아. 수용소의 사람들은 새로운 소식에 그리 목말라하지 않는 경향이 있고, 행여 뭔가를 알게 되더라도 굳이 모른 척하는 태도가 지배적이어서, 그런 분위기 속에서 살고 있는 나는 라디오 뉴스 방송을 진행하는 것 자체가, 라디오 뉴스라는 프로그램이 있는 것 자체가 어쩐지 어색하다는 생각도 들었어. 그리고 중요한 공지사항은 어차피 수용소 신문에도 발표가 되니까. 차라리 수용소 신문사에서 일할 수 있다면 하고 바라기도 했지. 신문사라면 뉴스가 아닌 다른 지면에서 일할 수도 있을 테니까. 기사를 쓰지 않더라도 원고 정리나 자료 조사, 하다못해 이미 발표된 외부의 기사를 읽고 요약하는 일이나 사무실 청소라도 할 수 있지 않았을까…… 하지만 라디오 방송국에서 나는 대부분 성우로서만 존재해야 했고, 또 내가 맡아 하던 뉴스 말고는 음악방송이나 교육방송, 통신강좌밖에 없으니까 달리 방법이 없었어. 음악방송에는 성우가 필요하지 않아. 사실 음악방송은 우리 라디오의 꽃이었어. 수용소에는 음향기기를 갖고 있는 개인이 많지 않았을 뿐 아니라 좋은 음반 자체가 희귀했거든. 음악방송 종류도 두 개나 되었고. 하나는 수용소 측이 공식적으로 제공하는 방송, 다른 하나는 3년 전부터 은퇴한 전직 음악 칼럼니스트가 자발적으로 운영하는 방송이었어. 공식 방송은 음악 제목을 불러주고 음반을 틀어주는 것이 전부였는데, 담배로 텁텁해진 목소리를 가진 수용소의 늙은 음악 교사가 사회자 역할부터 음악 선정까지 다 맡아 했지. 음악 교사는 일흔이 넘었어. 수용소 대부분의 전문가 층이 그렇듯이 말이야. 그에 비해서 칼럼니스트의 방송은 음악에 관한 소개와 감상 요령, 그리고 연주자의 소개와 함께 관련된 문학이나 책 이야기까지 곁들이는 편이어서 나는 개인적으로 즐겨 들었어. 그는 방송 중에 자신이나 다른 사람이 쓴 음악 칼럼을 읽었어. 받아 적고 싶다는 유혹을 느낄 정도로 문장들이 아름답고 음악과도 훌륭하게 조화를 이루었어. 기묘한 흐름과 운율을 갖는 문장들이었어. 아마추어 특유의 이상한 투박함이 분명히 자리 잡고 있는데, 내재한 음악적인 흐름이 그 투박함을 감싸고 능가하는 그런 문장. 그 칼럼니스트가 조금만 제대로 된 목소리를 가졌다면 정말 좋았을 텐데. 사투리나 발음 문제까지 거론하지 않더라도 말이야. 나는 라디오 방송국의 유일한 성우이자 뉴스 진행자였어. 물론 여기서 사람들이 흔히 말하는 뉴스 진행자와는 상당히 다른 입장이긴 하지만. 사실은 남자 성우가 한 명 더 있긴 했는데, 그는 1년 전에 특별한 이유 없이 이직 신청을 하고는 극단으로 옮겨가버렸거든. 연극이 시작되기 전에 무대에 올라서서 극의 술거리와 배경을 관객들에게 미리 이느 정도 설명해주는 일을 한다더군. 그런데 혹시, 내가 진행하는 뉴스를 들어본 적이 있는지? 희태는 반사적으로 고개를 끄덕이고는 아니라고 대답했다. 수니는 신경 쓰지 않고 계속했다. 아마 여기서도 인터넷으로는 수신이 가능할 거야. 하지만 이제는 라디오를 듣는 사람은 많지 않지. 그래도 수용소에서는 달라. 거기서도 물론 이곳의 방송이 다 수신 가능하지만, 그리고 원한다면 텔레비전을 시청하고 인터넷을 할 수도 있지만, 굳이 텔레비전이나 컴퓨터를 소유하려는 사람은 거의 없고 다들 수용소 라디오 방송국의 뉴스를 듣는 거야. 아마도 누군가가, 라디오의 개혁을 적극적으로 주창했던 것 같아…… 그렇지 않았다면 최근에 갑자기 수용소의 작가가 쓴 연작 낭송극을 위한 「일요일의 셰에라자드」 프로그램이 신설되는 일은 없었을 테니까. 8년 동안 단조로운 뉴스와 소식, 그리고 가끔씩 청취자의 편지를 읽어주는 일만 하고 있었는데 전혀 예상하지 못했던 새로운 일을 맡게 되어서 기쁘고 즐거워야 했겠지만, 그때는 이미 난 석방이 결정된 다음이었으니 아쉬운 마음이 더 클 수밖에. 「일요일의 셰에라자드」는 내가 석방되기 2주일 전에 새로 시작되었으니까. 누구의 아이디어였는지는 모르겠어. 나는 라디오 경영진을 한 번도 직접 만난 적이 없지만, 그들은 다들 짐작하는 것처럼 불룩한 배 위에 조끼를 걸쳐 입고 반쯤 상한 뇌를 가진 멍청이 집단만은 아니었나 봐. 낭송극을 하자면 준비도 갖추어야 하고 무엇보다도 경험이 있는 성우가 여럿 필요했어. 그래서 나는 방송국을 그만두기 한 달 전까지도 새로운 성우 지원자들을 인터뷰하느라 바빴지. 그러면서 낭속극의 앞부분을 직접 녹음도 했어. 대부분의 지원자들은 보기 딱할 만큼 무기력하고 맥 빠진 모습으로 인터뷰실에 나타났지만, 그중에 한 명, 경험은 없으나 아주 가능성이 돋보이는 젊은이도 있었는데, 너무나 젊어서, 아마도 수용소에서 태어난 사람이 아닐까 생각도 들었는데, 그들 지원자들은 셰에라자드 원고를 두 페이지씩 읽어야 했고……

희태는 좁은 거실을 가로질러 주방으로 가서 물을 틀고 손을 씻었다. 수니는 그 모습을 지켜보았다. 그토록 오래 떨어져 살았지만, 역에서 처음 만난 이후 택시 안에서나 그리고 이 집에서나 그들은 서로가 크게 낯설지는 않다고 느꼈다. 수니가 수용소로 들어간 뒤 그들은 함께 있을 때보다 더 많은 얘기를 편지로 나누었다. 그럼으로써, 반드시 그러려고 작정한 건 아니지만, 상대에게 더 많이 다가가거나 더 많이 자신을 내보이게 되었다. 손을 씻은 희태는 자신의 방으로 들어가서 종이로 된 얄팍한 서류 케이스를 하나 가지고 나왔다. 그리고 수니 앞에 내려놓더니 말했다. 이걸 한번 읽어봐주지 않겠어? 소리 내서 내가 들을 수 있게 말이야.

서류 케이스를 열자, 희태의 유언장 초안이 나왔다. 수니는 그 것을 소리 내어 읽었다.

나 희태가 사망할 시 은행의 예금과 신탁금, 주식, 보험금을 비롯한 모든 종류의 현금과 유가증권, 그리고 모든 개인 물품은 유일한 법정 상속인인 사촌누이 강은희에게 돌아가도록 한다(그 아래 국외 이주자 신분인 강은희의 말소된 주민등록번호와 스위스 주소가 적혀 있다). 서울시 성북구 길음동 ×××번지 지하 101호의 집에 보관 중인 고서와 음반, 그림 들은 처분하여 그 금액을 내가 정기적으로 후원하는 에콰도르의 양딸 아다에게 전해주기 바란다(그 아래 아다의 인적 사항, 주소와 함께 국제아동기금의 연락처가 적혀 있다). 아다에게 새로운 후원자가 생겼는지 여부와 상관없이 그렇게 해주기 바란다. 서울시 용산구 후암동 ×××번지 305호의 집에 있는 책과 잡지, 사진첩, 노트를 비롯한 개인 기록물들은 1. 나와 함께 용산구 후암동 ×××번지 같은 호에 거주하는, 혹은 2. 수용소나 기타 이외 지역에 거주하는 수니에게 주기로 한다(그리고 수니의 서류상 이름과 주민등록번호가 적혀 있다). 단 수니가 나보다 오래 생존할 경우, 그리고 그 물건들을 원할 경우에 한한다. 여러 가지 이유로 인해 수니에게 전달이 불가능할 시에는 법정 상속인 강은희에게 전한다. 두 집과 가구를 처분하여 장례 비용을 제하고 남은 액수는 동물보호협회와 그린피스에 1:1로 기부하도록 한다.

나는 그 어떤 경우에도 인공적인 방법에 의한 생명 연장을 원하지 않는다.

나는 화장을 원하지 않는다.

나는 종교적이거나 전통적인 장례 절차를 원하지 않는다.

나는 소리가 없는 장례식을 원한다.

나는 무력함에 애통할 것이다. 만일 내 죽음의 절차가 나와는 상관없는 타인들의 소리로 이루어져버린다면.

나는 내가 태어나고 자란 도시 서울에서 최대한 먼 곳에 묻히기를 원한다. 내 묘지에 대해서는, 가능할 경우, 수니와 의논하기를 희망하는 바이다.

나는 이 유언장이 수니의 목소리로 읽히기를 원한다.

(그리고 다음 장으로 이어진다.)

200×년, 수니가 수용소로 들어간 지 반년 만에 나는 신문사를 그만두었다. 사람들로부터 많은 질문을 받았고, 나 자신도 스스로에게 여러 번이나 질문한 내용이지만, 내가 왜 신문사를 그만두기로 했으며 앞으로 어떤 신문사에도, 어떤 직장에도 다니지 않기로 결심했는지 명확하게 해명하기는 여전히 불가능해 보인다. 나의 침묵에 대해 몇 안 되는 가까운 친구들은, 아마도 내가 수니를 따라 수용소로 들어가려 한다고 짐작하는 듯했다. 그게 맞을지도

몰랐다. 그래야 한다는 생각, 혹은 그럴 수가 있으며 그럴 수밖에 없으리라는 생각은 어느 정도 안도의 기분과 맞닿아 있는 게 사실이었다. 실제로 나는 수니에게, 수용소로 들어가려 하는 내 생각을 어떻게 받아들이느냐고 묻는 편지를 쓰기도 했었다. 물론 부치지는 못했다. 수니가 크게 수익을 내지는 못했지만 그런대로 현상 유지는 하고 있던 스튜디오를 갑작스럽게 정리하고 수용소로 들어간 데는, 여러 가지 의미가 있긴 하겠지만, 나와 작별하고자 하는 의지도 한 가지 원인으로 작용했음을 잘 알고 있었기 때문이다. 하지만 그것이 이유의 전부가 아님도 분명하다. 수니는 자신의 일을 미칠 듯이 사랑하는 사람이다. 그런데 수용소 안에서는 그 일을 할 기회가 없거나 아주 제한적일 터이므로, 수용소에 들어간다는 결정은 수니로서는 많은 것을—어쩌면 인생에서 가장 결정적일 수도 있는 것을—잃는다는 걸 뜻한다. 수용소의 라디오 방송국에서는 문학 텍스트를 가지고 오디오북을 만드는 일을 하지 않을 것이다. 낭송 전문 극단이 없는 수용소에서는 무대에 설 기회가 아예 차단되어 있다. 수년 동안 수니는 대부분 그런 일을 위해서 자신의 목소리를 써왔고 그 점을 자랑스럽게 여기고 있었다. 단순히 나와 떨어져 있고 싶은 것이 목적이라면, 자신의 전부라고 할 수 있는 일을 포기할 필요까지는 없었으리라. 비록 우리가 아직 한 번도 그 문제에 관해서 진지하게 대화해본 적이 없고 앞으로도 그럴 일이 없겠지만, 나는 또 다른 정반대의 해석도 가능함을 알고 있었다. 즉, 수니는 나와 작별하는 동시에, 그 작별을 결정적으로 만드는 행위를 피하고 싶은 것이다. 우리는 2년 동안 연인이자 친구였으며, 또한 오누이처럼 함께 살았는데, 앞으로 계속해서 얼마나 더 오래 그렇게 살게 될지 아무런 약속이나 기대가 없는 상황이었다. 그런데 수니가 수용소로 들어간다면 우리는 약속이나 기대를 강요당함 없이, 함께 살지 않으면서도, 적어도 수니가 그곳에 머무는 동안은 작별하지 않는 것이다. 그러면 나 자신은 어느 쪽이기를 원하는가? 나는 그 대답을 모른다. 하지만 수니가 나에게 물었더라면 나는 대답해주었으리라. 네가 아무리 오랜 시간 아무리 먼 곳에 있더라도, 우리 사이의 거리만큼이나 더욱 우리는 함께일 것이며, 이곳과 저곳의 사람들은 나를 통해서 너를, 너를 통해서 나를 볼 것이다.

최근 몇 년간, 수용소에서 흘러나오는 소식은 그다지 밝지 않았다. 나는 신문사에 있으면서 수용소로 직접 취재를 나간 적도 있다. 수용소라는 말에서 우리는 무언가 강제적인 성격과 동시에, 거대한 콘크리트 건물과 높은 담장, 그 위에 둘둘 말린 철조망의 가시덤불을 상상한다. 우리는 헬기를 타고 공중에서 독수리 날개 모양으로 커다랗게 펼쳐진 사각형의 덩어리들을 촬영했다. 광활해 보이는 활주로 도로는 텅 비어 있는 반면에 사람들은 주로 기다랗게 오픈된 통로인 건물 1층의 주랑으로 왕래하는 듯했으며, 장식을 극도로 배제한 주랑 한쪽 끝 벽에는 일종의 주소 역할을 하는 구역 번호가 커다랗게 적혀 있었다. 그리고 아주 높은 노란색 담장과 벽과 기둥들, 상점과 공공기관, 사무실과 주거지가 모두 건물 내부의 방에 자리 잡고 있으므로, 그리고 원칙적으로 간판이나 광고판 등 안내가 될 만한 시설물이라고는 전혀 없으므로,

건물의 바깥으로 드러난 것은 오직 기둥이 늘어선, 한없이 길어 보이는 주랑과 현기증을 유발하는 노란색 벽들뿐이었다. 어디에서 우유나 생선을 살 수 있는지, 어디로 가야 옷을 수선하고 어느 건물 몇 호실로 출근해야 하는지 알기 위해서는 전화번호부처럼 생긴 수용소 안내서가 반드시 필요할 듯했다. 반듯하게 정렬한 창들과 밋밋하고 높다란 기둥, 건축가에 의해 무의식중에 채택된 듯이 보이는 간소한 아치형 문들, 그리고 그 모든 것을 구름 저 위에서 통솔하고 있는 듯한, 사람들의 믿음과는 달리 실제로는 들리지 않는 죽은 사령관의 목소리. 마치 20세기 초반의 군용 비행장 같은 모습이군, 하고 나는 속으로 생각했다. 그러고 나서야 이 건물이 실제로 비행장으로 사용되던 공간을 증축해서 지어진 것이란 사실에 생각이 미쳤다. 우리는 수용소의 책임자라고 하는 사람들도 만날 수 있었다. 잿빛이나 어두운 녹색 양복에 회색 셔츠를 받쳐 입고, 그러나 넥타이는 없이, 보통 체구에 평범한 인상을 가진 세 명의 남자들. 특별할 것도 비밀스러울 것도 없습니다, 하고 손바닥을 내보이는 표정과 몸짓, 그러나 수용소의 사람들 전부에게서 공통적으로 느껴지는 어느 정도 무기력하고 무관심하며 세속을 초월한 무능한 은둔자처럼 보이는 서툰 인상들. 살아 있는 것처럼 보이려고 노력하는 나무인형들이라고 함께 간 내 동료는 나중에 표현했다. 아니면 살아 있지 않은 듯이 보이려고 노력하는 자기 자신이거나. 우리는 물었다. 아무도 탈출을 원하지 않는다면서 왜 수용소의 벽이 저처럼 높은 것인지. 그건 외부의 호기심으로부터 우리들 자신을 지키려는 겁니다, 하고 한 남자가 대답했다. 그러면 간수와 경비원이란 존재는 어떻게 설명이 되는 건지. 그들은 일종의 자원봉사 질서 요원인 셈이죠, 하고 다른 남자가 말했다. 이곳의 인구밀도는 보기와 달리 상당히 높은 편이므로 공공시설물에 대한 질서 체계가 필요한데, 보시다시피 여긴 공식적인 경찰이나 공무원 등이 전혀 없으니까요. 그리고 가장 예민하면서 논쟁의 초점이 되고 있는 재정 문제, 수용소의 자원 입소자들에게서 받는 예탁금 문제, 외부에서 끊임없이 제기되고 있는 수용소 운영위원의 부정 의혹 등등. 해명과 설명, 그리고 논리적으로 하자가 없는 자료와 수치들. 수용자들 몇 명과 인터뷰도 했는데, 수용자들은 수용소의 생활을 희열에 차서 찬미하지도 않았고, 그렇다고 세간의 오해를 반드시 풀어야겠다는 열정도 크지 않아 보였다. 여기는 파라다이스가 아닙니다, 하고 그중에 한 명이 말했다. 인간은 어떤 점에서는 다 환자들이죠, 하고 또 다른 여자 한 명이 말했던 것도 기억난다. 수동적 자살을 위한 시설. 혹시 수용소를 그렇게 부르는 사람도 있다는 걸 아시나요? 여자는 말없이 고개를 가로저었다. 그 눈빛은, 내가 왜 그걸 알아야만 하죠? 하고 되묻는 것처럼 보였다. 카메라맨이 사진을 찍고 있었다.

사실 설립되던 때만 해도 별문제가 없어 보였고 관심의 대상이 되지도 못했던 수용소의 존재가 처음 미디어의 주의를 끌게 된 것은, 수용소에서 태어나는 아이들 때문이었다. 그 아이들은 대부분 혼외 자식들이었는데──설사 수용소 내에서 결혼을 한 부부의 아이들이라 해도 그 결혼은 사실상 법적 효력이 없으므로──수용소 측이 아이들의 미래에 대해서 지나치게 안이하다는 비판이 일었던 것이다. 아이들은 수용소의 삶을 희망해서 거기 태어나 살고 있는 게 아니므로, 성인이 될 때까지 수용소에서 교육과 양육을 담당하고 그런 다음에 스스로 진로를 결정하게 하겠다는 수용소 측의 대안은 아이들의 인생에 잔혹한 결과를 가져올 수 있다는 게 외부의 일반적인 의견들이었다. 수용소 내에는 고급 과정을 배울 수 있는 정식 학교도 없었고, 개인 교습과 비정규 직업 교육만으로는 아이들이 이후 사회에 나왔을 때 충분한 경쟁력을 갖지 못할 테니까. 그리고 수용소에서 있었던 자살들. 수용소 내의 자살률이 국가 전체의 통계보다 높은 것은 아니지만 자발적 수용자들의 자살이라는 특수성 때문에 유난히 주의를 끈 것도 사실이다. 하지만 안에서 직접 관찰한 수용소는 외부 세계, 적어도 외부 세계의 미디어들이 그토록 큰 관심을 기울일 만한 대상은 되지 못해 보였다. 기사로 쓸 만한 내용은 이미 오래전부터 여러 번이나 미디어에 공개된 것들뿐인데, 수용소 반대자들이 주장하는 공허한 중상모략보다 조금도 더 나아 보이지가 않았다. 그들은 비종교적 수도원으로 걸어 들어간 무력한 신비주의 승려들에 불과했다. 실제로 우리의 수용소 취재는 기사화되지 못했다. 비밀스러운 내막이 있어서가 아니고, 기삿거리가 될 만큼 특별한 것이 전혀 없었기 때문이다. 그러나 외부에서 수용소 입소를 원하고 있는 지원자들을 만나 인터뷰를 해서 만든 짧막한 별도 기사는 반응이 있었다. 지원자들은 대개 들뜨고 흥분한 상태였으며, 예외 없이 사회 비판적이었고, 하지만 그들이 비판하고자 하는 대상은 사회라기보다는 자기라는 모호한 존재 그 자체인 경우가 더 많아 보였다. 그중에는 좌절한 예술가나 파계한 성직자, 평생을 직장에 대한 증오 속에 살다가 막 은퇴한 부부, 말기 암 환자, 너무 부유하여 처녀성을 잃을 기회조차 갖지 못하고 노인이 된 처녀가 있었으며, 그녀를 사랑하는, 아직 처녀성을 잃지 않은 게 분명한 열여섯 살 난 소녀도 있었다. 손을 잡고 나타난 그 커플은 동반자살이라도 감행하려는 것처럼 비장해 보였다. 지원자들이 지원 이유서를 작성해서 우편으로 수용소에 보내면, 일차 합격자들을 대상으로 면접이 이루어진다. 지원자들의 인상은 대체로 다들 드라마틱했으나, 나는 그들이 위험스러운 무기력함의 보균자라는 생각을 지울 수가 없었다. 신문에 기사가 나가고 난 뒤 내 앞으로 여러 통의 편지들이 도착했다. 대부분은 가족이나 가까운 사람이 수용소로 들어가 버렸으며 그 이후로 다시는 만날 수 없었다는 회한의 편지들이었지만, 수용소의 강제 폐쇄와 수용소 고위층——만일 그런 게 있다면——의 처벌을 요구하는 꽤 과격해 보이는 단체로부터 온 것도 하나 있었다.

신문사를 그만둔 뒤 나는 1년 동안 외국에 있었다. 결혼하여 유럽에 살고 있는 사촌누이 강은희를 방문하는 것이 표면적인 이유였지만, 내가 한동안 정착하고 살 만한 장소를 찾아보고 싶은 마음도 있었다. 나는 아마도 나중에 그 1년 동안의 목적 없는 방랑 생활을 한 권의 일기로 쓸 수 있을 것 같다는 생각도 든다. 전문적인 작가가 되고 싶다는 말은 아니다. 글을 쓴다는 것은 어느 순간을 형상화하여, 그로 인해 무한대의 '나' 중의 하나의 '나'를 '나'라고 지칭함으로써 가시적인 존재로 만들어 보인다는 뜻이다.

시간이 흐르면 그러한 가시적인 '나'만이 내 안에서 살아남을 것이다. 다시 말하자면, 글을 쓴다는 것은 어느 순간을 형상화하여, 그로 인해 무한대의 사물 중의 하나의 사물을 '그것'이라고 부름으로써 가시적인 존재로 만들어 보인다는 뜻이다. 시간이 흐르면 그러한 가시적인 사물만이 세계 안에서 살아남을 것이다. 그러니까 너는 자유로운 거구나, 하고 강은희는 말했다. 그녀는 내가 수니와 헤어진 것이라 해석하고 그렇게 말한 것이다. 강은희가 그렇게 말하자마자, 내 의지나 수니의 의지와는 상관없이, 수니는 허공에 뜬 빛의 신기루로 변했고, 이상한 색채의 덩어리가 되어 흐느끼다가 사라졌으며, 나와 강은희는 그것을 볼 수 있었다. 나는 강은희에게 말했다. 수니와 함께 있었던 때도 나는 지금보다 덜 자유롭지 않았으며 더 자유롭지도 않았다. 자유가 무엇인지 알 수 있기만 하다면. 그에 비해서 자유라는 것이 무엇을 뜻하지 않는지는 분명히 확신한다는 강은희의 말투. 그때 나는 문득 수용소 지원자들이 이상스러울 만큼 공통적으로 추구하던 어떤 태도, 자유에의 회피가 떠올랐다. 자유가 무엇인지 알 수 있기만 하다면. 당신은 직업도 돈도 있고, 또 시간도 낼 수 있으니 아무 곳으로나 갈 수 있군요. 심지어 외국 여행도 가능하군요. 그래요, 당신은 자유롭군요. 자유롭군요. 그런 자유로운 당신이니 세상 어디에도 있을 수 있겠고, 하지만 이 수용소에 있을 가능성만은 분명 없을 테지요. 자유란 무한의 선택인데, 사실은 나는 내가 아무것도 선택할 수 없다는 점을 알고 있지 않은가. 나는 선택할 권리가 있지만, 심지어 선택할 자유도 있지만, 정말로는 아무것도 선택할 수 없다. 나를 대신해서 나를 선택하는 것은 시간이다. 시간을 형성하는 무색의 빛이다. 그 빛이 우리가 어디에 있게 되는지를 결정하는 것이니까. 미래의 탑 혹은 수용소로. 그 빛에 의하면, 미래의 탑은 하염없이 높은 계단으로 이루어졌는데 이미 태초부터 모든 것이 결정되어 있는 반면, 어쩌면 지나온 다음에도 우리가 영영 모르게 될 유일한 장소는 노란 담장으로 둘러싸인 수용소뿐일 것이다. 강은희는 나에게 불쑥 솔로몬 군도의 부갱빌 섬을 추천했다. 그곳이 어디란 말인가. 뉴기니인지 인도네시아인지. 강은희도 정확히는 몰랐다. 그리고 지도를 가지러 가기 위해 자리에서 일어서는 수고도 하기 귀찮아했다. 아마 뉴기니가 아닐까. 남편의 동생이 그곳 구리 광산의 엔지니어로 가 있다는 게 이유의 전부였다. 이제는 내전도 끝나서 안전하다고 그녀는 강조했다. 그리고 잠시 입을 다물었다가, 사실 그곳으로 가고 싶은 건 바로 자신이라고 털어놓았다. 그러다 갑자기 『행동하는 여성』 시리즈 안에 울리케 마인호프에 관한 짧은 리포트를 집어넣으려고 생각 중이라는 둥, 두서없이 말을 이어갔다. 그녀는 여성 잡지 등에 간간히 발표했던 여성 활동가들의 이야기를 모아 책을 꾸리려고 준비 중이라고 했다. 사상은 혁명적이고 행동은 필수적으로 과격하면서, 동시에 지적이고 비극적인 개인이며, 결정적으로 외모도 예쁘장한 그런 여자들. 어떤 여성은 이브 이래 운명적으로 마녀이다, 등등. 나는 일부러 그런 얘기를 건성으로 들으며 다른 생각에 빠져 있는 척했다. 혹시나 내가 그녀의 행동을 무의식적으로라도 주의 깊게 살피면서 거기서 뭔가를 읽어내고 있다는 걸 그녀가 눈치 채기라도 한다면 날 증오할 것 같다는 느낌 때문이었다. 아리아네 한Ariane Hahn은 강은희의 새로운 서류상 이름이었다.

비극, 엘렉트라 콤플렉스, 수많은 오디세우스를 기다리는 페넬로페와 칼립소, 음란함, 타인에게 자기 존재를 투영하기, 언어, 관계, 그리고 또 관계 맺기, 말과 말꼬리 잡기, 말꼬리 잡기에 대한 집착, 혓바닥을 이용한 속삭거림, 고양이 흉내 내기, 과시적 객체화, 서툰 몸짓 안에 감추어진 '여배우처럼 보이고 싶어요!' 하는 외침, 책 읽는 여인에 대한 환상, 책 안 읽는 여인에 대한 동경, 정체불명의 사랑, 고모할머니의 엄격함, 교사의 회초리와 마돈나의 채찍, 겁에 질린 소녀, 난 특별해(야만 해), 자기 정당화의 자서전, 양철 나팔, 비틀린 손, 그 모두를 한마디로 표현해주는 우아한 히스테리. 이것은 그동안 내가 책이나 영화, 미디어와 소문을 통해 들어왔던 여자의 전설이다. 자라난 다음 실제로 여자들을 만나 개인적인 관계를 맺고 체온을 나눌 수 있게 되었을 때, 나는 그녀들이 이러한 만들어진 전설을 부수어주리라고 기대했었다. 그러나 당황스럽게도 그런 일은 일어나지 않았다. 우선 내가 피상적으로 알았거나 일정 거리를 두고 교제했던 제1의 여인들은, 두 가지 상반된 형태로 등장했다. 즉 전설의 기계적 파괴자이거나 혹은 옹호자처럼 보인 것이다. 그리고 그보다 좀더 가까웠던 여인들이 있다. 언어뿐만 아니라 무의식적이고 은밀한 행위와 몸짓으로 소통한 제2의 여인들. 그녀들은 전설에 관해서는 입을 다물었고, 마치 자신들은 아무것도 모르며, 그것이 당연한 권리라는 듯이 행동했다. 그녀들은 전설이 깨어지는 것을 두려워했으며, 전설이 깨어지지 않고 그대로 남아 있는 것도 두려워했다. 그러므로 자신은 전설의 존속과 파괴, 그 어떤 것에도 나서서 공헌하지는 않겠다는 무의식적이고도 긴장된 의지로 팽배했다. 그녀들은 공중에서 그네를 타는 광대였다. 남자와 남자 사이가 아니라 전설과 전설 사이를. 그녀들은 어떤 이에게는 제2의 여인이면서, 동시에 어떤 이에게는 제1의 여인이었다. 그녀들은 두 개의 가면을 들고 있다가, 역할에 맞게 그때그때 바꿔 쓰는 것 같았다. 그녀들은 허공에서 치마를 펄럭이면서 유혹한다. 자기 자신들을. 자기 자신들의 눈을.

수니는 처음 5년을 계약으로 수용소에 들어갔으나 그 안에서 3년을 더 연장했다고 들었다. 수니의 수용소 내 체류 연장 소식을 나는 편지로 전해 들었다. 외국에서 돌아온 이후 나는 이전처럼 자주 수니에게 면회를 가지 않았다. 분명하지는 않지만 그래야 한다는, 그것이 정당하다는 생각이 들었기 때문이다. 하지만 편지는 꾸준히 썼다. 수니는 편지와 관련된 것을 모두 사랑했다. 편지와 관련된 사람들을 사랑했다. 우리가 처음 만나게 된 계기는 낭송극 무대를 통해서지만, 서로 사랑에 빠진 것은 궁극적으로는 편지 때문이었다. 우리가 알고 지내던 시절 우리는 둘 다 편지 쓰기를 즐겨했고, 특히 편지를 읽는 것이 좋았다. 이것은 이미 지난 세기부터 '편지 쓰는 인종'이 사라져버린 데 대한 불평의 말은 아니다. 우리는 서로의 희귀함조차도 희귀함 그 자체로서 사랑했다. 사적인 우편물로서의 편지는 조기 은퇴나 비혼, 자유로운 인생처럼 희귀함 혹은 불가능함에 속하며 더구나 전 시대적 어떤 요소이기도 했다.

나는 어떤 형식으로든 이름을 바꾼 여자들을 알고 있다. 그중에는 내 사촌인 강은희와 나의 엑스(前)——현재는 이렇게밖에는 지칭할 수 없는——인 수니도 포함된다. 수니는 수용소로 들어가기로 결정한 이유에 대해서 질문을 받자, 그곳은 자신의 성을 묻지 않는 유일한 나라이기 때문,이라고 농담처럼 대답을 한 적이 있다. 물론 기록상 수니의 성은 여전히 존재하고 있지만, 수니는 반드시 불가피한 경우가 아니라면 성을 사용하지 않는다. 그리고 수용소 내에서는 그 불가피한 경우가 없다는 것이다. 수니가 사용한 '나라'라는 어휘 때문에 나는 몇 년 전 사촌 강은희가 국적을 바꾸는 일에 광적인 열의를 보였던 것을 떠올리지 않을 수 없었다. 내가 기억하는 한 그녀는 어린 시절부터 자신의 이름을 극도로 혐오했다.

여행에서 돌아온 다음, 나는 예전에 수니가 운영했지만 지금은 가까운 친구에게 넘긴 스튜디오를 방문할 일이 있었다. 스튜디오에서 주로 하는 일은 오디오북과 방송극을 만드는 일이며 특별한 날에는 낭송극 공연도 한다. 수니는 이곳에서 직접 성우 겸 낭송극 배우로 일했다. 대기실에서 사람을 기다리고 있는데, 한 여자가 대기실 안으로 들어왔다. 몸매가 가늘고 전체적인 인상은 가냘팠으며, 턱이 뾰족하고 입술은 빨갛게 칠한 젊은 여자였다. 마치 막 날아오르려 하는, 지상에서 반 뼘 정도 허공으로 떠 있는 새 같았다. 화려한 깃털과 그 깃털을 잡아 뽑기를 원하는 사나운 부리를 동시에 가진. 손에는 대본처럼 보이는 책을 들고 있었고 편안한 옷차림이었으므로 나는 그녀가 이곳에서 일하는 성우 중 한 명일 거라고 짐작했다. 그녀는 나와 비스듬하게 마주 보고 자리를 잡았다. 그리고 자리에 앉자마자, 미처 내가 시선을 돌릴 틈도 주지 않고, 너무나 주저함 없이 나를 빤히 마주 보는 것이었다. 그러곤 웃었다. 미소를 지은 것이다. 아는 사람에게 친근하게 보내는 미소는 아니었고 그렇다고 교태도 섞여 있지 않았다. 그것은 당신이 속으로 뭘 생각하고 있는지 다 알아, 하는 그런 미소였다. 미소를 짓자 그녀의 얼굴은 하얀 이마 아래서 붉은 꽃잎이 활짝 벌어지는 것처럼 빛났다. 눈이 부셨다. 나는 당황할 수밖에 없었다. 나는 언제나 그랬듯이 어설프고 고독한 남자였다. 그녀의 미소가 정말로 나를 향한 것이 맞는지 확인하기 위해, 나는 한참 동안이나 주변을 눈치 채이지 않게 살펴야만 했다. 그때 대기실에는 여러 사람들이 있었다. 스튜디오는 거기서 일하는 사람들과 성우들 말고도 나 같은 방문객들이 자주 드나들었다. 하지만 그녀가 보고 있는 사람은 내가 분명했다. 그녀가 입을 열자, 가냘픈 몸매에 어울리지 않게 굵고 성량이 풍부한 메조소프라노가 흘러나왔다. 이 부분에서 나는 그녀가 성우가 분명하다고 결론지었다. 수니를 통해서 성우의 목소리, 직업적으로 발동되는 성우의 자기표현에 익숙해져 있다고 생각했기 때문이다. 그런데 바로 그때 누군가가 대기실 문 앞에서——아마도 그녀의——이름을 불렀고, 여자는 몸을 조금 비트는 듯하더니, 자리에 앉을 때와 마찬가지로 재빠른 동작으로 일어나서 문으로 다가갔다. 그리고 밖으로 사라졌다. 그녀는 내 눈을 똑바로 쳐다보면서 또박또박 말하고 있다가,

그 입 모양과 움직임의 잔영이 채 눈앞에서 사라지기도 전에 다시 나가버린 것이다. 하지만 나는 그녀의 말을 알아듣지 못했다. 주변의 웅성거림이 심했기 때문이다. 단지 그녀의 목소리가 외모만큼이나 아름다우며, 아름다움 이상의 개성과 독특함으로 넘쳤고, 육체를 뚫고 빠져나올 듯한 미지의 기운으로 가득했다는 것만 알아차렸을 뿐이다. 여자가 밖으로 나가버린 다음에도 나는 혹시 그것이 외국어가 아니었을까, 그래서 내가 순간적으로 알아듣지 못한다고 착각한 게 아닐까, 그런 생각으로 어리둥절한 가운데 그 자리에서 꼼짝하지 못하고 앉아 있었다. 여자는 나보다 최소한 열다섯 살은 젊어 보였다. 내 눈앞에 여자가 앉아 있었던 시간은 길어야 10초 정도였으리라. 게다가 머리를 정면으로 강타하는 그 미소는…… 그로부터 며칠 뒤, 나는 스튜디오 안에서 우연히 그녀를 다시 만나게 되었다. 우리는 여러 사람들과 함께 있었다. 그녀는 사람들 사이에서 나를 발견하자마자, 어떻게 된 것인지 영문을 모르고 얼떨떨한 상태로 있는 나에게 거리낌 없이 다가왔다. 사람들이 홍해의 물살처럼 갈라지며 그녀에게 길을 내주었다. 나는 2층으로 향하는 계단이 시작하는 모퉁이에 두 손을 외투 주머니에 찔러 넣고 구부정하게 서 있었다. 그녀는 내 앞에 있는 계단을 한 칸 냉큼 올라섰고, 그러자 우리들의 눈높이는 자로 잰 듯이 수평을 이루게 되었는데, 그 상태로 그녀는 겨우 한 뼘 정도 거리를 두고 정면에서 내 눈을 똑바로 쳐다보면서, 아니 그녀의 전부가 내 눈동자를 향해 그대로 헤엄쳐 들어올 듯이 응시하면서, 두 손을 내 어깨 위에 가볍게 올려놓는 것이었다. 그리고 말하기 시작했다. 아주 빠른 말투였다. 그녀의 눈동자는 너무나 촉촉하고 진해서, 단 1초도 감히 정면으로 시선을 갖다 댈 엄두를 내지 못했다. 안경도 쓰지 않고 있었으므로 더욱 두려웠다. 여인의 눈동자와의 정면 교류에 대한 내 두려움을 그녀가 알아차리지 못하기만을 바라면서, 나는 근시인 것처럼 그녀의 얼굴 주변을 시선으로 더듬거렸다. 그녀의 눈동자는 너무 많이 살아 있었고 그것이 날 미치게 만들었다. 난 장님이 되고 말 거예요, 하고 외치는 눈동자. 그에 비해서 힐끔 훔쳐본 그녀의 손, 내 어깨 위에서 하얗게 꼬물거리는 비형식적인 손은, 아무리 오래 들여다보아도 싫증 날 수가 없는 것이었다. 그날은 스튜디오 안의 무대에서 조그만 무용극 공연이 있는 날이었고, 사람들은 공연이 시작되기를 기다리는 중이었다. 무용극이란 늘 있는 게 아니었으므로 스튜디오의 좁은 복도와 통로는 사람으로 가득했다. 시간이 갈수록 사람들이 점점 늘어나 계단 위까지도 점령하게 되었고, 그래서 우리는 자연스레 더욱 가까이 다가서게 되었다. 어깨 위에 얹힌 그녀의 손가락이 움직이면서 내 목덜미를 스치는 것 같았다. 내 감각이 맞다면 그건 우연하고도 돌발적인 접촉이었을 뿐이지만, 그래도, 오, 어쩌면 인간의 손이 주는 촉감과 인상이 이토록 섬세한 감정으로 가득할 수가. 나는 여자의 입술이 바람에 팔랑거리는 점막의 나비처럼 끊임없이 움직이는 와중에도 계속해서 그 손에 대해서만 생각하고 있었다. 조금이라도 엉뚱한 소리를 지껄이거나 실수로 몸을 움직이면 그녀의 손이 허공에서 그대로 꺼져버릴 것 같아 나는 어깨의 근육을 전혀 움직일 수가 없었다. 그러자니 숨을 쉬는 것조차

도 힘들었다. 여자는 말을 하면서 마치 무희처럼 조금씩 몸을 좌
우로 흔들었고, 그때마다 내 어깨 위의 손도 함께 흐느적댔다. 가
까이서 본 여자는 처음 생각보다는 조금 더 나이가 들어 보였지만
그래도 아직 한창 젊은 인상을 갖고 있었다. 나는 이마와 등줄기
에서 식은땀이 났다. 여자가 내 눈을 너무나 똑바로 쳐다보고 있
는데, 나는 그렇게 할 수 없었기 때문이다. 나는 내가 단지 눈의
결함 때문에 그러는 것이며, 여자의 눈을 피하는 것이 아니라는
암시를 전달하기 위해서 그야말로 필사적으로 노력했다. 처음에
비해서는 꽤 긴 시간 동안 그녀가 나에게 열심히 말한 내용이 무
엇인지, 나는 기억할 수 없다. 전혀 들을 수 없었기 때문이다. 주
변은 사람들로 가득 차 있었고, 지루한 나머지 다들 커다랗게 뭔
가를 말하고 있었던 것이다. 좁은 복도 천장에 부딪힌 소음이 건
물 전체로 번져나가며 웅웅거리는 반향이 내 귀에 오랫동안 남아
있었다. 공연이 시작된다는 안내 방송이 나오자 그녀는 아쉬운 동
작으로 손을 내 어깨에서 내려놓았다. 얼마나 오랫동안 내가 숨을
참고 있었는지는 알 수 없다. 질식해서 쓰러지지 않은 것이 놀라
울 정도였다. 아마도 내 낯빛은 거무죽죽하게 흙빛으로 변했을 것
이다. 마침내 그녀가 등을 돌리고 멀어져갈 때 나는 참았던 숨을
한꺼번에 몰아쉬려고 했으나 마음대로 되지 않았다. 가슴과 어깨
의 근육이 모조리 마비되어버린 탓이다. 화장실로 달려가 기침을
하고 한참 팔을 허우적거리며 체조를 한 다음에야 보통 때와 비슷
할 정도로 숨을 쉴 수가 있게 되었다. 그리고 한동안 나는 혹시나
그녀가 전화를 걸어오지나 않을까 심각하게 두려웠다. 바보 같지

만 사실이다. 수화기를 통해 그녀가 내게 뭐라고 말을 한다면, 나는 그녀의 목소리에 실린 중량, 체온, 부피, 색채, 음, 울림과 떨림, 어깨 위에 얹힌 가벼운 손의 소나타, 반짝이는 크림 빛 손톱, 새처럼 뾰쪽하고 강한 부리, 놀라울 만큼 새빨간 혀, 투명하고 끈끈한 침, 규칙적이고 따뜻한 호흡, 티셔츠 아래의 작고 예쁜 가슴, 바람을 타고 날아가는 듯한 걸음걸이, 목소리가 다가오는 발걸음과 속도, 은근한 메조소프라노, 한 번도 듣지 못한 미지의 발음, 작은 불꽃으로 점멸하는 기계의 전자적 번역——모든 것들이 함께 어우러져 만들어내는 지속적인 음의 진행, 그런 것만을 듣고 떠올리고 느낄 테고, 정작 그녀가 하는 말은 단 한마디도 알아듣지 못할 게 분명하니까. 그러면 수화기를 들고 멍청하게 응응 하는 소리밖에는 내뱉지 못할 테니. 그녀가 날 뭐라고 생각할 것인가. 그러다 행여나 그녀가 내게 뭔가 질문이라도 해온다면 나는 미끈거리는 손바닥으로 입을 틀어막고 죽어가는 시늉을 낼 수밖에 없으리라. 매우 미안하지만 지금 죽어가는 중이므로 대답하기가 곤란하군요, 하듯이. 그러나 그녀는 전화를 해오지 않았다. 나는 다행이라고 안도했다. 세번째 만났을 때 그녀는 무대 위에 있었다(예상했던 것과는 달리 그녀는 성우가 아니라 연극배우였다. 유난히 아름답고 우아한 떨림을 가진 목소리의 배우). 그 얼마나 기묘했는지. 나는 여전히 그녀가 엄청나게 빠른 속도로 뱉어내는 말을 한마디도 이해할 수 없었고, 어딘지 모르게 슬프고 분노에 차 있는 듯한 그녀의 모습에 놀라고 있을 뿐이었다. 그녀는 노파처럼 보이는 소녀로 무대에 등장했다. 무대를 이리저리 가로지르면서,

아마도 책 한 권에 해당될 만큼 많은 대사를 낭독하고 있었다. 아마도 40분간은 족히 혼자서 떠들고 있었으리라. 무대 위 다른 배우들은 그녀의 청중으로 거기 등장한 것이었다. 그녀가 입을 벌릴 때마다 형체가 없는 소리들이 박쥐나 벌 떼처럼 퍼덕퍼덕 잉잉거리며 튀어나왔고, 얼마 안 가서 곧 무대는 황금색 개체들로 범벅이 되었다. 의자에 걸터앉은 내 몸은 들리지 않는 그 소리의 압력에 무겁게 눌린 채, 추에 매달린 자루처럼 아래로 아래로 꺼져들어갔다. 그때 그 여자, 그녀가 갑자기 무대에서 뛰어내리더니, 곧장 객석을 향해 달려오는 것이었다. 그것도 내 자리를 향해서 말이다. 그러곤 내 앞에 멈추어 서서는 얼굴을 내 얼굴 바로 앞까지, 말 그대로 코와 코가 거의 맞붙을 정도로 가까이 가져다 댔다. 너무 가까워서 그녀의 얼굴은 코와 커다란 두 눈만으로 이루어진, 기형적인 마름모꼴로, 아니 어쩌면 그것은 분장 때문이었을까, 일그러져 보였다. 그녀의 행동 자체보다도 극단적인 얼굴과 표정 때문에 나는 큰 충격을 받았다. 새빨갛고 우둘투둘한 피부를 가진 백발의 미스 롤리타. 시름에 찌들고 기가 꺾인, 불안하게 움직이는 축축한 눈동자와 기다란 코 말고는 아무것도 보이지 않는 얼굴. 이미 너무나 오래전부터 더 이상 자기 자신이 아니게 된 한 인간의 모습이었다. 연민이라고 하기엔 뒷맛이 너무 개운치 못하고, 혐오감이라고 부르기엔 교육된 도덕심이 반발을 일으키는 복잡한 감정이 순간 솟구쳤다. 그녀는 여전히 허겁지겁 지껄이고 있었다. 그렇다, 그것은 이제 지껄임이라는 단어로만 표현될 수 있는, 입술의 와해나 상실로 인한 불타는 움직임에 불과했다.

그녀의 입에서 소리가 쏟아져 나오는 게 보였다. 나는 무의식중에 자리에서 벌떡 일어섰다. 관객들의 시선이 나에게 와서 꽂혔다. 미처 스스로에게 말하는 것을 잊었지만, 나는 연극에 출연 중이었다. 연극의 제목은 「벽 없는 수용소」라고 했다. 나는 어느 시점에서 내 대사를 낭독해야 하는지 몰랐다. 대사 자체를 알지 못했다. 그럼에도 불구하고 나는 입을 열었다. 무엇이든 말해야 한다는 강박이 그처럼 컸던 적은 없다. 뭐든지 말해야 한다, 연극의 대사처럼 들릴 수 있는 내용을. 사람들을 속여넘길 수 있는 것을. 그럴듯한 변명과 주장을. 성공하지는 못하더라도 내가 아무것도 모른 채 여기 앉아 있다는, 앉아 있었다는 사실을 눈치 채이지 않을 수 있는 큼직한 놈으로. 어떤 나를 증명할 수 있는 절규의 카드를. 나는 반사적으로 여자를 붙잡고 흔들었다. 연기로 살살 한 게 아니라, 정말로 분노한 남편처럼 그렇게 했다. 하지만 속으로는, 나는 이 여자를 모르고, 이 여자의 이름조차 모르며 목소리도 들어본 적이 없고, 그러나 정말로 목소리를 듣지 못한 것인지 아니면 그 목소리가 하는 말을 듣지 못한 것인지 어리둥절하면서, 나는 이 연극이 완전한 즉흥극이라는 것조차도 몰랐으며, 내가 구체적으로 어떤 역할을 해야 하는지도 모르고 있으며, 심지어 지금까지 연극이 어떻게 진행되고 있었는지 그 줄거리도 모르면서, 종결의 장면을 만들어내고 있다니 참으로 어이없으면서도 예상 밖으로 행동하는구나, 하고 멍하니 생각하고 있었다. 흔들림을 당한 여자는 헐거워진 인형처럼 팔다리를 흔들어댔다. 그러면서 웃었다. 키득거리는 웃음이 아니라 입을 한껏 벌리고 소리를 붙잡아 고정

시킨 웃음이었다. 여자의 입에서 인조 솜 덩어리 같은 흰 웃음의 거품이 방울방울 비어져 나와 아래로 뚝뚝 떨어지는 게 보였다. 어느 순간에 내가 손을 놓자 여자는 순식간에 바닥으로 풀썩 허물어졌다. 물리적 중력보다 더 빠른 속도였다. 그러고는 보이지 않았다. 조명이 꺼졌기 때문인지 코러스가 시작되었기 때문인지, 아니면 여자가 정말로 사라져버렸기 때문인지, 그것을 나는 몰랐다.

40대 초반의 나이로 은퇴를 결정하는 것은, 만일 그것이 오직 자발에 의한 선택이라면 결코 일반적인 건 아니다. 내 주변에는 ──지적이든 육체적이든──노동이 곧 유일한 생계 수단인 무산자들로 넘쳐난다. 만일 조기에 생계 활동에서 은퇴할 수 있는가의 여부만으로 계급을 나눈다면, 나는 분명 상위 계급에 속하는 인간이다. 그러나 여기서 잠깐, 이제는 노동력만을 의지하여 자본에 봉사하며 사는 하위 계급 인종이라 해도 더 이상 19세기의 영국에서처럼 비참하게 살지는 않는다. 직업과 사회의 진화로 인해 품위와 여유를 갖춘 하위 계급이 많이 생겨났기 때문이며, 그런 이들은 설사 무산자라 할지라도 더 이상 하위 계급이란 용어조차 어울리지 않는 듯이 보인다. 그들은 높은 교육 수준과 풍족한 수입, 삶의 다양한 기회를 뽐내는 무산자들이다. 그러나 뽐내는 것과 행하는 것에는 차이가 있다. 나는 뽐낼 만한 요소는 하나도 갖고 있지 못했으나 내 생각을 그대로 행할 수는 있었음에 감사하고 있다. 인간이란 자기 국민성을 버릴 때도 각각 그 국민성이 나타나는 법이다, 라고(『*La condition humaine*』, André-Georges Malraux). 나는 이 말을 바꾼다. 인간이란 자기 계급을 배반할 때도 그 계급성이 반영되는 법이다, 라고. 살기 위해서 일한다. 이 모토를 자신의 인생에 적용하려면 무엇을 위해서 사는가, 어떻게 사는가보다는 먼저 산다는 것의 주체가 누구인지 명확히 할 필요가 있다.

나는 일기를 쓴다. 그 무엇을 향하여……?

내가 그 여자를 오늘이나 내일, 혹은 아주 가까운 미래에 만나게 될 가능성은 없지 않다. 순수한 가능성 말이다. 없지 않은 가능성의 종류는 무한하다. 어쨌든 내일 태양이 떠오를 확률만큼은 아니겠지만 내 발이 전동장치가 달린 바퀴나 지느러미로 변화할 가능성보다는 높다. 연극이 끝난 뒤, 나는 확신에 가까운 예감을 갖게 되었다. 그녀는 내게 편지를 써올 것이다. 혹은 전화를. 그리고 이렇게 말할 것이다.

친애하는 희태 씨에게,

함께 연극을 할 수 있어서 기쁘고 행복합니다.

당신 이전에 기쁨이나 행복은 이런 기쁨이나 행복이 아니었어요.

나는 당신의 열광자예요!

당신을 얼마나 오래 기다려왔는지 모릅니다.

나는 당신과 지하철 속의 남녀로 만나고 싶지 않아요!

우리 함께 불을 찾으러 나서요.

함께 불 위를 걸어요.

수니는 읽기를 멈추었다. 중간에 단 한 번 잠시 숨을 가다듬었을 뿐 거의 단번에 쉬지 않고 읽어내려갔지만, 호흡의 질서를 잃어버리거나 발음을 더듬는 법이 없었다. 희태는 수니의 목소리를 듣고 싶었다고 말했다. 텍스트를 읽는 너의 목소리를. 우리가 처음 만나던 날처럼. 오디오북 일은 언제부터 다시 할 예정인지? 모레. 내일 수니는 스튜디오 사람들을 만나기로 되어 있다. 수니가 떠난 이후 스튜디오는 여러 번이나 개편되었고 제작 시스템도 바뀌었으므로 실무를 시작하기 전에 간략한 대화가 필요했다. 그리고 오후에는 전입신고를 하고 약간의 쇼핑. 수니는 8년이 아니라 8일 동안 휴가를 떠났다가 직장에 복귀하는 사람처럼, 그 정도만큼의 흥분이나 낯섦만을 나타내면서 말했다. 새 핸드폰이 필요할 거야. 희태가 조심스럽게 충고했다. 그건 이제 일종의 신분증 같이 되었어. 신용카드와 함께. 그리고 당장은 아니더라도 아마 서서히, 옷도 새로 사는 편이 나을지도 모르겠군. 그 안에서는 모드라는 게 아무래도 다를 테니까. 정작 희태 자신은 핸드폰도 갖고 있지 않고 모드를 신경 쓰지 않는 편이었지만, 그래도 희태의 기억에 의하면 수니는 그와는 다르게 자신의 분야에서 적어도 공적으로는 매우 활발하게 활동하는 편이었으므로. 수용소에서도 원하기만 하면 인터넷으로 뭐든지 다 쇼핑할 수도 있었어. 물론 그렇게 하는 사람들은 거의 없지만. 수니가 희태의 말을 막는다는 인상을 주지 않으려고 애쓰면서 대답했다. 그리고 난 그동안 수용소 방송국에서 줄곧 뉴스를 다루어왔고 신문과 방송도 접했기 때문에, 사람들의 생각만큼, 그 정도로 지금 낯설게는 느끼지 않아. 수니는 발목과 무릎 중간쯤까지 내려오는, 폭이 좁은 회색 스커트에 녹색 블라우스 차림이었다. 기차 여행 탓인지 스커트와 블라우스에는 구김의 흔적이 보였다. 아주 새것처럼 보이지는 않는 저

옷을 수용소 안에서 구입한 것인지, 아니면 원래 수니가 갖고 있던 옷인지 희태는 금방 구별해낼 수가 없었다. 만일 원래 갖고 있던 옷이라면 수니가 즐겨 입던 것은 아니리라. 희태의 기억에 없기 때문이다. 그러면 수니가 즐겨 입던 옷은 무엇이었는지? 젊은 프리랜서들이 흔히 입는 면 티셔츠와 바지, 아니면 짙은 색 짧은 윗도리 정장, 격식을 차릴 때면 길고 폭이 넓은 스커트 종류, 거기다 여러 가지 블라우스, 소박한 레이스가 달린 장미색 원피스, 혹은 격자무늬와 페이즐리 무늬, 아니면 전체적으로 편안한 A자 형태의 실루엣을 이루는 모든 종류의 복장? 기억이 너무 불분명하여 희태는 스스로 놀랐다. 갑자기 그는 수니의 얼굴이 침침하고 피곤해 보인다고 느꼈다. 조금 전까지만 해도 전혀 눈에 띄지 않던 깊숙한 그늘이 얼굴 여기저기에 마른 도랑을 만들고 있다. 입술 주변으로 하얗게 들뜬 피부가 조금씩 일어났고 화장이 가느다랗게 갈라져 있다. 윤기 없이 건조하고 얇은 살갗에 싸인 광대뼈와 그 아래 움푹한 뺨이 불빛 아래서 두드러져 보였다. 수니는 그 자리에서 블라우스를 벗고, 벨트를 푼 다음 스커트와 스타킹을 벗고, 크림색 슬립 차림으로 욕실로 들어갔다. 그때 희태는 예전과 달라진 점을 발견했다. 원래 흰빛인 수니의 다리는 더 말라 보였는데, 면도를 하지 않아서 검은 털이 길게 자라나 있었다. 다리뿐 아니라 팔도 면도하는 습관을 아예 버린 듯했다. 그리고 발바닥에도 굳은살이 생긴 흔적이 뚜렷했다. 하지만 둥그스름하게 부풀어 오른 종아리 근육은 예뻤다. 맨발로 오래 걸어 다닌다고 하더니 정말이구나, 하고 희태는 생각했다. 그는 조금 망설이다가, 수니의 옷가지를 챙겨서 수니의 방 침대 위에 가지런히 갖다 놓았다. 그리고 밥과 생선으로 저녁을 차리기 시작했다. 그녀는 먼저 편지를 써올 것이다. 혹은 먼저 편지를 써왔을 것이다. *나는 당신의 열광자예요! 불을 찾으러 나서요!* 왜 수니가 그 부분에서 읽기를 멈추어버렸는지, 희태는 굳이 물을 필요를 느끼지 못했다. 그리고 그들이 처음 함께 살던 때를 문득 떠올렸다(그들은 처음에 희태의 집인 성북구 길음동 지하 101호에서 3주일 동안 함께 살았다. 그들의 본격적인 관계는 매우 갑작스러운 동거로 시작되었기 때문에 두 사람이 함께 살 만한 적당한 집을 고르는 일은 뒤로 미뤄졌다. 그곳은 조그만 방 하나에 좁은 욕실이 딸리고 방 구석에 주방 시설이 붙어 있는 독신자용 작은 집이었다. 환기도 채광도 엉망이었다. 그 주방은 사실상 제대로 된 요리가 불가능할 정도로 협소했기 때문에 그들은 3주일 내내 밖에서 밥을 사 먹었다. 그 집은 희태가 신문사에 다니기 한참 전부터 살던 곳이었다. 수니는 희태와 살기 위해 첫번째 남편의 집을 나온 입장이었으므로 당장은 가방 한 개의 소지품 말고는 돈도 집도 없었다. 하지만 그때 이미 수니는 낭송극 전문 배우로 10년 이상이나 훌륭한 경력을 쌓고 있었고, 몇 년 전부터는 오디오북 성우와 제작자로도 활동 중이었으므로 그녀의 빈곤은 오래가지 않을 터였다. 3주일 후 그들은 마포로 이사했다). 저녁 식사를 마친 그들은 카페인이 없는 달마이어 커피를 드립으로 진하게 내려 우유를 듬뿍 타서 마셨다. 대화는 간혹 불규칙하게 튀어나왔다가 예상하지 못한 지점에서 문득 끊겨져버리고, 불편하다기보다는 상대편의 불편을 의식하고 가볍게 모욕당한 듯 부끄러워지는 이상한 침묵이 3,4분간 이어지곤 했다. 희태는 싸늘해진 맨발을 슬리퍼 속으로 밀어 넣었다. 그들은 주로 수니가 다시 시작하게 될 일에 대해서 짤막짤막하게 이야기했다. 스튜디오의 운영자는 그들 공통의 친구였다. 그가 우리 친구가 아니었고, 그가 내 일자리를 다시 수용소 측에 서면으로 공식 확인해주지 않았다면, 그러면 아마 나는 석방되지 않았을지도 몰라. 수니가 그날 처음으로 미소를 지었다. 밤이 깊어지자 수니의 얼굴 주름 하나하나마다 숨길 수 없는 피곤과 정체불명의 우울이 마침내 도저히 숨길 수 없는 경지로 활짝 드러났다. 그 위로 간혹 떠오르는 수니의 미소는 드문드문 핏자국 같은 불안이 섞여 있었으며, 그러나 마치 낭송극 무대에 오르기 전 거울을 보면서 최종 연습을 할 때처럼, 아름답고도 드물게 외향적인 성질의 것이었다.

……수니는 다시 수용소로 들어가기 위하여 입소 신청을 하게 될 것이다, 하지만 성공하지 못할 것이다, 라고 희태는 그날 일기의 첫 문장을 쓴다.

이어지는 희태의 일기: 1988년, 부유한 부동산업자로 알려진 H씨가 죽었다. 그는 1899년도 부산 출생으로 젊은 시절에 오사카로 건너가서 재산을 모았고 한국전쟁 이후에는 서울에 자리 잡았으며 골재 채취업으로 큰돈을 벌어 부동산에 투자해 성공을 거둔 인물이다. 두 번 결혼했고 두 명의 딸을 낳았으나 불행히도 둘 다 성인이 되기 이전에 죽었다. 그가 유난히 사랑한 막내딸이 죽었을 때 천도재를 지내준 젊은 승려를 양자로 삼았다고 하지만,

김신이라고 하는 이름 말고는 그 양자에 대해서 알려진 바가 많지 않다. 김신은 공식적으로는 무학이지만 영리했고 심지어는 사업 수완까지도 보인 듯하다. H씨는 김신을 유일한 유언 집행자로 지정했다. 김신은 H씨 조부의 고향 마을 근처 폐쇄된 군용 비행장과 토지를 사들인 다음, 시설을 증축하고 주변에 장벽을 쌓는 공사를 시작했다. 이 작업은 적어도 H씨가 죽기 10여 년 전부터 진행되고 있었던 것으로 보인다. 1988년 H씨의 죽음 직후 그의 유언에 따라 문을 연 수용소의 제1호 입소자는 김신 자신이었다. 들려오는 말에 의하면 현재 김신은 수용소의 운영을 전문가들에게 맡긴 채 평범한 무명의 수용자로 지내고 있다고 한다. H씨의 양자가 된 이후로 그는 더 이상 종교와는 아무런 관련을 맺지 않고 살았다. H씨의 몇몇 친척들이 유산 전액을 수용소 사업에 기증한다는 유언장의 무효를 주장하며 법원에 수차례 진정을 냈지만 아무런 효력이 없었다.

어쩌면 그 여자는, 이번에는 집으로 찾아오게 될지도 모른다. 초인종을 누르고, 문이 열리자마자 순간적으로 번개처럼 사방으로 갈라지며 이동하여, 집의 곳곳에 여러 형태로 동시에 있게 될지도 모른다. 고무나무 화분으로, 전화기로, 천장으로, 벽들로, 창으로, 사진으로, 욕실의 타일과 미끈거리는 이끼 자국으로. 여자의 형체와 소리가 모든 공간을 움켜쥐고 모든 3차원 허공에 달라붙는다. 그리고 일정한 톤의 중얼거림, 속삼임, 흐느낌, 목구멍을 웅얼대는 소리, 딸꾹질로 이루어진 말(들), 변신하는 소리, 길게 이어지는 하나의 음, 절규와 일그러짐, 대나무 바구니 속에서 스며 나오는 소리, 숨어 있는 무수한 전자음들, 고요한 사물들의 삐걱거림, 양배추와 호박의 소리, 빵의 소리, 그리고 모든 밤과 침묵의 추상적인 소리와 소리 없는 소리들로 화하여 모든 소리가 사라지는 그 시점에서 나를 공격할 준비를 갖추게 된다. 화살이 내 몸을 뚫고 나가지만 나는 죽지도 피 흘리지도 않고 화살이 나를 관통하는 소리, 내가 피 흘리는 소리만을 듣게 된다. 핏방울이 바닥에 뚝뚝 커다란 소리를 내면서 떨어진다. 피부가 와삭거리며 요동치고 땀구멍이 꿈틀거리며 벌레들이 온몸을 기어 다니는 소리가 천둥처럼 크게 들린다. 그리고 서서히, 숨소리와 목소리, 피부가 거칠게 호흡하는 소리, 불안이 저벅저벅 다가오는 소리, 문을 닫고 집을 떠나는 소리, 내가 내 피부에서 하나하나 떨어져나가는 소리가.

그리고 다음 페이지, 석 달 뒤의 일기이다: 오늘 저녁 우리는 한 카페의 야외 테라스에 앉아 있었다. 어둑어둑해질 무렵이었다. 나는 석간신문을, 린은 아마도 공연 잡지를 뒤적거리고 있었다. 저녁 식사 후임에도 불구하고 우리는 에스프레소를 두 잔이나 마셨다. 린은 희곡을 공부하는 학생이며 당연히 자신의 희곡을 무대에 올리고 싶은 야심이 있다. 하지만 그건 무명의 학생에게는 불가능에 가까운 일이 아닌가. 지원금을 받지 못하는 연극 기획자는 자신의 빌라를 팔아야 한다——린이 자주 하던 말이었다. 그렇다면 빌라가 없는 기획자는 어떻게 해야 하지? 비유의 핵심도 아닌 쓸데없는 걱정은 그만두자. 린의 개 포포가 신경질적으로 짖었다. 포포 조용히 해, 하며 우리가 포포를 내려다보니, 놀랍게도,

포포의 바로 곁으로 한 사람이 종종걸음을 치며 지나가고 있었는데, 우리가 태어나서 단 한 번도 본 적이 없는, 그 어떤 소인보다도 더욱 작고 왜소하며 등이 약간 굽은, 하지만 분명, 사람이었다. 우리는 너무나 놀라서 입이 딱 굳어버렸다. 그 사람은 여자 같았는데, 말티즈 종인 포포의 앉은키보다 그다지 커 보이지 않던 것이다. 유심히 길을 내려다보면서 걷지 않는다면 실수로 발로 차버릴지도 모를 만큼 작았다. 더구나 당시 사방은 연하게 푼 먹빛으로 어두웠으며 사물들은 불분명하고 희미했다. 우리가 앉아 있는 테이블 위로는 카페의 노란 불빛이 비치고 있었으나 테이블 아래는 그늘에 가려진 채였다. 그리고 그 소인 여자는 작은 키에도 불구하고 아주 빠른 걸음으로 두 팔을 흔들면서 휙휙 테이블 곁을 지나쳐 순식간에 도심의 저녁 어스름 속으로 사라져갔으므로, 우리가 그 여자를 본 것은 길어야 2,3초 정도였다. 여자가 눈앞에서 완전히 사라진 다음에도 우리는 방금 시야에 들어왔던 형체를 실제로 믿을 수가 없어서 멍하게 입을 벌리고 있을 뿐이었다. 땅거미가 내려앉은 지상에 우리들 공통의 악몽이 반사된 것이리라. 꿈의 소리가 스윽, 하고 지나가듯. 그것을 실제로 들었다고 착각하듯. 포포가 계속해서 짖어대지 않았다면 우리는 정말로 그렇게 믿어버리고는 서로 그것에 관해서 아무런 말도 없이 입을 다물고 말았으리라. 자기 불신과 혼돈에 싸인 채로. 하지만 그것이 현실의 장면이었다고 충분히 인식한 다음에도, 역시 우리는 아무런 말도 하지 못하고 있었다. 그제야 비로소 '장애자'라는 단어가 떠올랐고, 그래서 스스로의 놀라움과 공포감이 부끄러워졌기 때문이다. 린은 창백해진 관자놀이를 과장되게 씰룩이면서 어떻게든 태연을 되찾으려고 애썼다. 20대 초반의 린은 감정의 동요를 성공적으로 감출 줄 아는, 그런 여자는 아니었다. 나는 신문기사로 주의를 돌리려고 했다. 나는 적어도 그 분야에서라면 린보다는 어느 정도 나을 거라고 생각했다. 의도적으로 자신의 주의를 돌린다,는 점에 있어서는. 그런데 불현듯, 그 여자의 얼굴이, 수니의 것이 아니었을까 하는 불길한 생각이 밀려들었다. 아니 그건 분명 수니의 얼굴이었어, 하는 불분명한 확신의 형태로. 그 여자의 얼굴을 정확히 본 것은 아니었지만, 그게 분명했지만, 그 옆모습, 그 머리카락, 그 표정, 결코 곁눈질하지 않고, 보통의 행인이 보통의 카페테라스 손님에게 할 수 있는 보통의 곁눈질도 하지 않고, 지나감 그 자체만으로 팽배한 채, 눈동자를 앞으로만 고정시키고, 나는 내 의지를 다하여 너를 바라보지 않겠어, 하는 그 지나감의 속도가. 신문을 옆으로 치워버린 나는, 고개를 길게 빼고, 헛된 짓인 줄 분명히 알면서도, 소인 여자가 사라져버린 건물과 건물 사이 방향을 한참 살펴보았다. 그건 수니일 리가 없었다. 수니는 절대 작은 여자가 아니었다! 하지만 방금 스쳐간 기억의 잔영이 너무나 강한 나머지 혹시 내가 잘못 생각하고 있던 건 아닐까 더럭 의심이 생겼다. 수니는 어쩌면 내가 생각하는 것보다는 훨씬 더 작은 여자였을지도 모른다. 기억은 무엇 하나 정확한 게 없는 법이다. 수니가 사라진 지도 석 달이나 지났지만 이렇게 강한 암시에 걸려보기는 처음이었다. 만일 그것이 수니였다면! 그러면 나는 무엇을 했어야 하나, 무엇을 할 수 있었을까.

불안감은 차츰 서걱거리는 공포로 변해갔다. 목이 메어왔다. 그것은 어느 날 라디오에서 흘러나오는 수니의 목소리를 듣고 정신없이 방송국으로 전화를 걸었지만, 예전에 녹음한 낭송극을 틀어준 것이라는 대답을 들을 때마다 느꼈던, 해독할 수 없는 소리의 문자들에게 머리부터 집어삼켜진 기분과 흡사했다.

린과 같은 대학원생들이 있다. 부모에게서 돈을 받아 비교적 큰 불편 없이 학구적 생활을 이어가는 아카데미커 계층. 그녀들은 사랑에 빠지더라도 함께 살기는 꺼려한다. 남자와 동거를 한다면 돈을 대주는 부모들이 좋아하지 않을 것이 분명하기 때문이다. 특히 직업도 없고 나이도 많은 나 같은 남자라면 더더욱. 부모들과 갈등이 생겨 경제적 지원이 끊어지면 학업이나 생활에 지장이 온다. 반드시 돈 문제뿐만 아니라 부모와의 갈등 자체는 삶의 장애이다. 그래서 그녀들은 적어도 학위를 마치고 경제적으로 완전히 독립하기 전까지는 얌전한 싱글 여대생의 주거지를 형태로나마 유지하려고 한다. 부모들이 갑자기 방문하더라도 경악스러워하지 않도록. 그래서 린은 간혹 내 집에서 잠을 잘 때도 있었지만 대개는 밤에 자기 집으로 돌아갔다. 나도 마찬가지로 린의 집에서 잘 수는 없었다. 그게 규칙이었다. 린은 미숙하지만 독립적이었다. 그 누구에게서도 배우지 않고 스스로 터득한 독립의 요령들로 반짝거렸다. 린과 같은 부류의 대학원생들이 생각하는 바를 종합해보면 다음과 같다. 부모와의 관계는 겉보기와는 달리 자신의 내면을 짓누르는 큰 골칫거리이고, 하지만 독립을 원하면 원할수록 현재의 복종이 더욱 필수적이라는 점, 특히 자신의 계층은 부모 세대를 완전히 무시하거나 파괴할 수는 없다, 왜냐하면 부모들이 보수적이고 엄격하지만 파렴치하지는 않고, 교육받은 지성인인 데다가 돈까지 갖고 있으므로——부모는 세계를 구축해나가고 자식들은 그 세계를 산다, 등등. 그들에게 필요에 의한 복종은 더 이상 혁명의 대척점이 아니다. 그러나 린은 자신의 친구들보다는 감수성이 예민한 편이며 사고방식도 덜 기계적이다. 그렇다고 생각한다. 그래서인지 생각에 잠겼을 때의 얼굴 표정이나 무의식적인 몸짓에서 드러나는 심리적 풍경이 또래들보다는 서너 살쯤 성숙한 인상을 주기도 한다. 오늘도 그랬다. 그 자리에서 당장, 금방 지나간 저것이 뭐였죠? 하고 소녀답게 호들갑을 떨지는 않고, 대신 반사적으로 얼굴을 흉하게 일그러뜨린 채 관자놀이를 마사지하면서 의지에 반해 자신을 고백하는 방법을 저도 모르게 선택하는 것이다. 그럼으로써 그녀는, 자신이 모르는 무엇인가에 상처주는 일을 자신도 모르는 채 피할 수 있게 된 것이다. 일생 동안 항상 그래왔듯이, 자신도 모르는 사이 자신도 모르는 그 치명적인 길을 피해갈 줄 안다. 그렇지만 린이 어쩌다가 입을 열면, 마치 일부러 만든 것인 양 어린아이같이 억양이 강하고 높은 목소리가 흘러나온다. 혀끝을 앞니 부근에서 억지로 튕겨 발음의 대부분을 반죽하고 만들어내는 소리이다.

간혹은, 고전적으로 진지하면서 참으로 사랑스러운 린. 하지만 어느 날 흥분한 얼굴로 노트를 들고 달려와 내 앞에서 이것 좀 들어봐요, 하고 빠른 유속으로 구불구불하게 흘러가는 피리 소리 같은 음성으로 노트를 읽기 시작하면 많은 인내심이 필요하다.

린 (읽기 시작한다) : 나는 린이고 스물세 살이다. 나는 지금 대본을 읽지 않는다. 이제부터 내가 무엇을 말하게 될지 잘 모르고, 따라서 지금 긴장되고 흥미진진한 기분이다. 그런데 나는 어떤 인생을 살게 될지 아직—그리고 앞으로도 영원히—모르고 있으므로, 사실 깨어 있는 매 순간 항상 긴장되고 흥미진진한 기분 속에서 부유하고 있고, 그러므로 지금의 들뜬 이 상태는 전혀 특별할 것이 없는 보통의 내 모습이다. 나는 길을 걸으면서도 1미터 앞의 모퉁이에서 어떤 끔찍한 것 혹은 황홀한 것과 마주칠지 알지 못하며, 그 사실이 미치도록 마음에 든다. 지금 나는 내가 무엇이라도 좋다. 노인 병원의 간호사만 아니라면 뭐든지 상관없다. 그 직업은 죽어가는 노인만큼이나 끔찍하다고들 하니까. 그리고 난 언제 죽어도 후회 없을 만큼 많은 생을 살고 싶다. 이 세상의 모든 놀라운 모퉁이만큼의 많은 생을. 노인의 생만을 제외하고. 사실 나는 매 순간 미래에 대해서 긴장되고 흥분하는 것만큼 자주 노인의 생을 생각하기도 한다. 영원히 내 것이 아닐게 될 그 인생을.

그날 린은 안락하고 나태한 동물처럼 침대에 등을 대고 누워 배를 허공을 향해 잔뜩 드러낸 채 노트에 적힌 이 구절을 무방비 상태에서 또박또박 읽어내려갔는데, 그때 시계는 오후 3시 5분을 지나가는 중이었다. 린의 작은 원룸 아파트 안에는 린과 그리고 포포의 냄새가 배어 있었다. 수니는 아침에 스튜디오 사람들을 만나겠다고 일찍 집을 나섰다. 나는 잠이 깨었지만 아직 침대 속에 있으면서 수니가 현관문을 열고 밖으로 나가는 소리를 들었다. 오랜만에 시내 외출을 하는 셈이므로 스튜디오까지 동행해줄까 하고 물었지만 수니는 필요 없다고 말했다. 스튜디오까지 가는 길은 지하철을 타면 간단했고 지난 8년 동안——적어도 내 생각엔——노선도 변하지 않았으므로 나는 수니가 혼자 가도록 놓아두었다. 아마 아침 8시가 채 되지 않았을 것이다. 수니가 무슨 옷을 입고 집을 나섰는지 직접 눈으로 보지는 못했지만 수용소에서 나올 때 입었던 녹색 블라우스와 회색 스커트 차림일 거라고 짐작한다. 그옷이 방에 없었기 때문이다. 그래서 나는 경찰에 실종 신고를 하면서 수니의 복장을 그렇게 진술할 수밖에 없었다. 수니는 스튜디오로 가지 않았다. 대신 오전 9시 조금 넘은 시각에 스튜디오의 장하원에게 전화를 걸어서——공중전화에서 건 것 같았다고 한다——오늘은 갑작스러운 일이 생겼으니 오후 늦게나 아니면 다음 날 찾아가겠다고 양해를 구했다. 약속은 정각 9시였다. 장하원의 진술에 의하면 수니의 목소리는 아주 멀리서 들려왔다. 주변에는 균일한 톤의 소음이 벌 떼처럼 잉잉거렸는데 그것이 정말로 자동차나 시장 혹은 흐르는 물 등의 소음인지 아니면 전화 상태 때문인지는 알 수 없었다. 그리고 다시 밤 9시쯤, 수니는 한 번 더 스튜디오의 장하원에게 전화해서 아마 내일도 방문이 힘들 것 같으니 자신이 연락할 때까지 녹음을 당분간 뒤로 미루어달라고 했다. 잠시 동안 여행을 다녀오고 싶다는 것이 이유였다고 한다. 두번째 통화는 좀더 길고 침착한 분위기에서 이루어졌다. 장하원은 수니의 목소리에서 조금이라도 이상하거나 특이한 면모를 발견할 수는 없었다고 말하고 싶지만, 8년 동안 연락 없이 지내던 옛 동료와의 통화였으므로 조금도 이상하거나 특이하지 않았다고 말하는 것이

도리어 비합리적일 거라고 토를 달았다. 하지만 적어도 그 자신이 느끼기에는, 비록 석방된 다음 날부터 당장 일을 시작하겠다고 조바심을 치다시피했던 수니가 하루도 지나지 않아서 일방적으로 녹음을 연기한 것이 갑작스럽기는 하지만, 그 갑작스러움을 실종과 관련지을 수 있을 만큼 납득하기 어렵다고 보지는 않는다고도 말했다. 그것이 마지막이었다. 그 후 수니는 단 한 통의 전화도 걸어오지 않았다. 수니는 그날 집으로 돌아오지 않았고, 다음 날도 마찬가지였다. 정말로 여행을 떠났는지 아는 사람도 없었다. 일을 맡아놓고 연락을 끊어버리는 이런 행동은 수니답지 않았다. 일을 피하는 것과 나에게 아무 말도 없이 사라지는 것, 이 두 가지는 아마도 내가 상상할 수 있는 한도 내에서 가장 수니답지 않은 행동이리라. 그러나 그날, 린의 노트가 린의 아파트에서 린의 목소리에 의해 낭독되던 그 순간, 나는 아직 수니의 실종에 관해서는 아무것도 모르고 있다. 이케아 가구와 화려한 프린트의 접시, 복제 포스터로 뒤덮인 꽃무늬 벽지의 아파트에서. 천장이 낮고 뜨듯하며 햇빛을 닮은 부드럽고 말간 발자국이 구석구석 자리하고 있는 젊은 대학원생의 방. 하얗고 말랑말랑한 발바닥을 연상시키는 이불. 린은 1막짜리 희곡 한 편을 가을에 있을 공모전에 낼 생각이었다. 하지만 벌써 몇 달째 최초의 오프닝 대사 하나를 완성시키지 못하고 있었다. 희곡을 쓰기에 앞서 린이 가장 먼저 한 일은 필명을 정하는 것이었다. 린이 바로 그 필명이다. 막스 프리쉬의 소설에서 인용한 거예요, 하고 의기양양하게.

이제 주인공의 이름을 정해야 해요. 린이 말했다. 난 반드시 이름을 알아야 그 사람이 무슨 말을 하게 될지 비로소 생각해낼 수가 있단 말이에요. 이름을 모르면 그 사람의 상을 떠올릴 수가 없어요. 마리라는 이름을 가진 여인과 마라라고 불리는 여인은 둘다 동시에 입을 열더라도 필연적으로 다른 말을 하게 되어 있다고 믿어요. 운명은 그들을, 그들의 언어까지도, 다른 방식으로 다룰테지요. 마리와 마라의 방식으로. 일생 동안 그들을 향했던 이름부름의 소리가 그들의 운명과 성격을 규정할 테니까요. 난 그렇게 믿어요. 장미가 장미라고 불리지 않는다면, 장미는 결코 장미로서 아름다울 수가 없을 거예요. 다른 존재로서의 아름다움만 가지게 될 뿐이죠. 그건 차이가 큽니다.

그러면 이름을 지으면 되잖아, 벌써 그 얘기만 몇 달째 하고 있는 것 같아. 내가 대답했다.

나는 도움이 필요해요. 린이 매우 서글픈 표정을 지으며 침대에서 몸을 일으켜 앉았다. 이름은 나의 외부에서 와야 해요. 반드시 그래야 해요. 그렇지 않으면 나는 끊임없이 자기 복제를 하고 말 테니까. 그래서 종국에는 내 주인공들이 제각각 여러 가지 다른 별명으로 불리는 하나의 나 자신이고 말 테니까.

남자의 이름은…… 나는 뭔가 가벼운 힌트가 떠오르기를 바라면서 말을 시작했다. 그런데 남자는 나이가 몇 살이지?

남자의 이름은 필요 없어요, 벌써 지었으니까. 린이 냉큼 내 말을 잘랐다. 남자의 이름은 희태예요.

이렇게 나오면, 나는 슬슬 그 남자의 캐릭터가 걱정스러워진다. 그래서 조심스럽게 물어보았더니.

쉰 살밖에 안 먹었어요. 게다가 아직 전립선암에 걸리지도 않았다구요. 그만하면 양호한 거 아닌가?

이런, 그건 너무 비참하군.

그러면 마흔아홉 살로 줄여줄게요.

고마워.

여자의 이름을 하나 줘봐요.

그 여자의 나이는······

평등하게 마흔아홉으로 하죠.

사람들은 그 여자의 외모가 예쁜지 어떤지 관심을 가지게 될 거야.

왜죠?

그게 자연스러운 거니까.

여자는 마흔아홉이고, 옛날에는 예뻤다고 해두죠.

분명히 해야 해. 확실하게 예뻤는지, 아니면 그냥 예뻤을 것 같은 인상을 희미하게나마 주는 것뿐인지, 아니면 확률은 희박하지만, 현재도 예쁜지.

어느 편이 더 좋아요?

그건 네 희곡이잖아. 네가 쓸 작품이고, 네 주인공이야.

먼저 이름을 정해야, 그래야 그다음에 인간의 나머지 부분을 설정할 수 있다고 했잖아요.

하지만 스토리나 구상은 전혀 세워져 있지 않고, 순전히 이름에서 나오는 인상에만 기대서 드라마 한 편을 진행할 거란 말인가?

이름의 인상을 가지고 스토리를 구상할 거예요.

그 여자는 희태와 어떤 관계인지.

그건 아직 몰라요.

그들은 함께 있는지.

아직 모른다니까요. 난 아무것도 몰라요. 이름이 아직 없으니까요.

수니.

뭐라구요?

수니. 여자의 이름 말이야.

잠깐만요.

린은 얼른 침대에서 일어나 창가에 놓인 책상으로 쿵쿵 소리를 내며 달려갔다. 그리고 서둘러 안경을 쓰고 펜을 찾았다. 뭐라고 그랬죠? 한 번만 더 불러줘요.

수니.

왜 갑자기 수니의 이름이 떠올랐는지, 떠오른 다음 미처 생각할 겨를도 없이 그대로 입 밖으로 나와버렸는지, 모두 이해할 수 없는 일이다. 어쨌든 린은 흡족해했다. 나체로, 핑크색 커다란 뿔테 안경만을 쓴 채, 방 한가운데서 두 팔을 활짝 벌리고 이제 비로소 장미는 자—앙—미—이가 되었어요, 하고 외쳤다.

그날 수니는 집으로 돌아오지 않았다. 다음 날도 돌아오지 않았고, 그다음 날도 마찬가지였다. 사흘째 되는 날 나는 스튜디오에 전화를 해보았고, 장하원으로부터 수니에게 전화가 걸려왔다는 것, 당분간 여행을 떠나게 되었다는 소식을 전해들을 수 있었다. 그러면 수니는 왜 나에게는 아무런 말을 하지 않았을까? 작은 손가방과 몸에 걸친 옷 한 벌 말고는 아무것도 갖고 나가지 않은 것으로 보인다. 여행용 트렁크는 수니의 방 옷장 위에 그대로 있었다. 기분 전환이 필요할 거라고 장하원은 말했다. 우리는 석방된 직후부터 일을 하겠다는 수니의 결심을 너무 쉽사리 받아들인 것 같아, 하면서. 수용소에서의 8년은 적지 않은 시간이지. 적응하려면 심리적인 완충기가 당연히 필요할 거야. 한 달이 지나자 내 생일이 되었다. 수니는 수용소에 있을 때도 내 생일이면 꼬박꼬박 카드를 보내왔는데 이번에는 전화 한 통도 없었다. 어쩌면 수니가 나를 마침내 떠나려 하는 것은 아닐까 생각이 들었다. 그러나 왜 하필이면 지금이고, 왜 하필이면 이런 방식이어야만 하는지 나는 몰랐다. 수니는 원한다면, 편안하게 집에 머물면서 이사할 다른 장소를 물색해볼 수도 있었을 것이다. 우리가 함께 살았던 2년을 포함해서 지난 10년간 수니는 얼마든지 떠날 기회가 있었으며, 게다가 지금은 굳이 떠날 필요조차 없어진 것이 아닌가. 우리는 공동 거주자로 살긴 하지만 이미 엑스 커플이니까. 다시 한 달이 지났으나 여전히 수니로부터는 아무런 연락이 오지 않았다. 나는 효과가 없을 것을 잘 알고는 있었지만 수니의 실종 신고를 했다. 경찰은 가장 먼저 수용소 측에 문의를 했고, 수니가 그곳에 없다는 답변을 받아냈다.

다시 한 달이 지났다. 린은 희곡을 쓰느라 바쁘다. 하나의 대사를 마칠 때마다 나에게 전화를 걸어온다.

읽어볼래요?

아니.

그러면 읽어줄까요?

아니, 나중에.

왜 그렇게 관심이 없어요? 여주인공이 누구 덕분에 탄생했는지 한번 생각을 해봐요.

부탁이야.

뭐가요?

부탁이야, 전화를 끊어줘.

린과는 화해할 시간이 언제든지 충분했다.

언제나 자신의 이야기를 쓴다고 생각해요. 그런데 쓰다 보면 자신의 이야기가 불가능하다는 것, 적어도 픽션의 형식을 빌리지 않고서는 어디에서부터 시작하고 어디에서 끝맺음을 해야 할지—그건 아주 중요하거든요, 이야기의 시작과 마지막이 자리 잡는 위치에 따라서 어떤 특정한 폐쇄적인 관점이 구성되어버리니까요—결코 알 수 없다는 걸 금방 깨달을 수 있죠. 우리는 우리 자신에 의해 필연적으로 왜곡되는 거예요. 우리는 영원하니까요. 우리의 존재와 부재를 모두 합하면 그건 시선과 세계의 무한을 형성하죠. 이야기는 우리가 부재하는 중에도 진행되고 있지만 우리는 우리의 부재중에 우리에게 일어난 사건을 추측할 뿐이에요. 내 글은 그런 시선의 사각지대만을 사랑해요. 내 눈에는 보이지 않는 내가 사는 곳이죠. 그러나 다른 말로 하자면, 글로 표현되는 자신은 운명적으로 허깨비에 불과해요. 이해하지 못하는 대사를 낭독하는 앵무새 배우나 마찬가지죠. 대사도 앵무새도 배우도 모두 진심을 담아 자신의 진실한 이야기를 동시에 지껄이지만 말이에요. 진실이란 요소로 치장된 나의 허깨비. 누구도 거짓을 말하지는 않으나, 진실은 아무 데도 존재할 수가 없어요. 왜냐하면 우리가 아는 것은 오직 사실들일 뿐이고, 존재하는 것도 사실들이고, 지어내고 구상된 사실들, 풍요롭고 진실되며, 혹은 거짓인 그런 사실들이 우리를 구성할 것이기 때문이죠. 제발, 진실이란 이 진부하기 짝이 없는 단어를 쓰는 것을 용서해요. 하지만 당장은 다른 어휘가 생각나질 않아요. 난 스물세 살이지만 그걸 깨닫고 난 뒤부터 내 인생은 지루하고 불가능해졌죠. 난 내 존재 안에 감금당했어요. 정말이에요! 두 손이 묶여 있다구요. 나는 너무 늙고 오래되어서, 나를 탈출하여 내 부재를 향해 떠날 용기가 없어요. 날 좀 때려보겠어요?

나는 그녀의 등을 슬쩍 건드리는 척했다.

그렇게 폐쇄적인 픽션으로 말고, 정말로 날 무한하게 폭행해보라구요! 그래야 내가 얼마나 부자유한 신분인지 알 수가 있잖아요!

그건 곤란해.

것 봐요, 사람이란 그렇게 이기적인 존재야. 심지어 폭행조차도 안 하려고 하지.

네가 감금당하고, 묶여 있다는 사실을 진심으로 믿을게.

중요한 건 부자유가 자유라고 불리는 것의 본질이라는 건데요.

그것도 믿을게.

글을 쓰기 전에는 몰랐던 일이에요.

겨우 극작가 지망생에 불과하지만 린은 항상 자신의 아이덴티티를, 아주 진지한 의미에서, 이미 오래전부터 작가로 간주하고 있었다.

하지만 넌 열두 살 때부터 희곡을 썼다고 했지. 그러면 넌 아주 일찍부터 너에게 주어진 종류의 삶이 아닌 인생 자체를 관찰하기 시작했다는 건데.

당연한 결과예요. 그때 난 국어 선생님을 사랑하고 있었거든요. 열렬히요. 선생님은 우리에게 여자로서보다는 자유로운 인간으로서 살아야 한다고 가르쳐주었죠. 그래서 난 수업이 끝난 후 선생님을 찾아가서, 어떻게 하면 여자라는 굴레를 벗고—그 어린 나이에 이런 표현을 쓰면서 얼마나 가슴 벅찼는지!—자유로운 인간으로 살 수 있는지 물어보았죠. 그러자 선생님이 대답했어요.

어떤 대답이었지?

유감이지만 지금 당장은 우리 둘 다 자유로운 인간을 논할 자격이 없단다. 솔직히 말하자면, 지금 처한 상황으로 봐서는 우리 둘 다 결코 자유로워질 가망도 없어 보인다. 하지만 몇 년이 지나 너와 내가 다시 만나게 된다면, 그때는 내가 널 도와줄 수 있을지도 모르지. 그래서 내가, 무엇을 어떻게 도와줄 건데요? 하고 재차 물으니, 얼굴을 내게 바싹 가까이 대고는, 우리 둘이 육체와 영혼을 불태우며 마음껏 불의 사랑에 빠지되, 그럼에도 불구하고 네가 너 자신을 망각하지 않는 법을 가르쳐주지.

기분이 좋았겠군.

좋은 정도가 아녜요, 그 자리에서 순식간에 불타버릴 것처럼 황홀했죠.

그러나 린은 곧 서글픈 표정으로 입술을 씰룩거렸다.

하지만 사랑은 불가능하고, 나 자신이란 존재는 사랑을 더욱 불가능하게 몰고 가요. 글을 쓰기 위해서 나는 사랑이 아니라, 무엇보다도 나의 부재가 필요해요. 게다가 난 자유로운 인간 따위는 될 수가 없다는 일생의 결론에 도달해버렸으니까요. 자유로운 여자는 더더욱 아니에요. 바꾸어서 말해볼까요. 자유란 수용소에서 부르는 노래에 지나지 않아요. 12미터 높이의 담장 안쪽에 자신을 스스로 가둘 줄 아는 자만이 자유를 노래할 줄도 아는 거죠. 그들은 적어도 자신이 자유롭지 않음을 담장을 통해서 볼 수 있으니까요. 하지만 담장 너머의 자유는 그 어휘의 본질상 개념의 경계가 없이 무한하기 때문에, 결국 자기 확장에 확장을 거듭하다 보면, 자유롭지 않음의 다른 이름일 수밖에 없어요. 우리는 우주와 시간의 구조에 관해서 생각하듯이 자유의 성질에 관해서 생각해야 해요. 누가 자유를 원하지 않을 만큼 자유로울 수 있을까요? 자유란 어떤 아집과 획일성의 결과, 눈에 들어오는 세계에 대한 집착, 개인적인 언어로만 표현되는 세계의 폐쇄적 진술, 불분명한 모든 것을 편리상 뭉뚱그리는 이름, 언어 저편에 있는 모호하고 추상적인 관념의 집단 대리자, 결국 이도 저도 아닌 것을 지칭할 때 쓰는 저급하고도 회피적인 어휘에 불과하고, 나는 그런 자유의 완벽한 바깥에 있을 수가 없기 때문에 더욱 그것을 그리워하는 자유로부터의, 자유로의 추방자, 자유 수용소의 수감자예요. 우리의 생각과는 달리, 수천 킬로미터를 이동하는 철새도, 죽은 영혼도, 모든 중량에서 해방된 마음도 마찬가지로 전부 자유롭지 않아요. 무엇으로부터의 자유인지 조건을 규정하지 않으면 자유라는 단어는 공허할 수밖에 없는데, 그 조건은 본질상 끝이 없으므로, 왜냐하면 인간은 끊임없이 자유의 제약 조건들을 생성해내고 발견하고 창조하고 낳고 있으므로, 유한하고 폐쇄적인 이 세상의 언어 차원에서 본다면 자유라는 개념은 자체 오류예요. 우리의 자유는 조건 앞에서 늙어 죽어간답니다. 많은 사람들이 그토록 자주 자유라는 단어의 오류성을 지적했음에도 불구하고 그것이 아직도 널리 통용되고 흔하게 말해진다는 점은 놀라워요.

반 페이지 정도의 공백을 두고, 날짜는 기입되지 않음: ……눈물을 흘리면서 소리 죽여 우는 여자들은 내 마음을 아프게 한다. 그녀들을 위해서 해줄 수 있는 단 한마디의 말이나 단 하나의 행동도 내게는 떠오르지 않은 채로. 그런 말이나 행동은 모두 불필요한 영역에 머물 뿐이다. 왜 여자들은 사랑에 빠지면 우는 것일까? 그녀들의 눈물의 기원은 어디일까? 설명이 불가능한 기쁨이나 모호한 슬픔, 아직은 모습을 갖추지 못한 좌절과 절망, 앞으로 도래할 회색 시간들, 빈방에 비쳐드는 태양빛, 파도치는 온갖 감정의 예민한 너울들 사이에서, 여자들은 운다. 호텔의 아침 식사 식당에서, 신문을 읽으면서, 거울 앞에서, 대륙의 반대편에서, 대륙의 반대편에 있는 수화기를 통해서, 미지근한 물속에서, 그림자가 없는 물속에서. 소리 내지 않는다. 소리는 들리지 않고, 느껴지기만 한다. 입을 반쯤 벌리고 뭍으로 끌어 올려진 물고기처럼 호흡하면서, 사랑에 빠진 여자들은 머리를 좌우로 흔들며 운다. 지느러미 같은 손가락을 펼치고 운다. 사랑이 지나간 다음을 위해서 시간을 앞당겨 운다. 울음은 그 여인의 미래의 노쇠이다. 울음이 한 겹씩 가면처럼 얼굴 표면에 굳어진다. 나는 무엇을 해야 할지 모른다.

8년 전 수니가 수용소로 들어간 지 반년쯤 후, 한 여인이 나를 찾아왔다. 주말 저녁 8시경, 여인은 다짜고짜 초인종을 눌렀다. 문을 열자 20대 후반쯤 되어 보이는, 얼굴이 사과처럼 발갛게 상기된 여인이 나에게 수니를 만나러 왔다고 말했다. 그다지 기온이 높지 않은 가을날 저녁이었는데도 불구하고 여인의 이마에는 땀방울까지 송글송글 맺혀 있었다. 여인은 어깨가 둥글고 뺨이 부드러웠는데 하얀 살결이 땀에 젖어 살짝 촉촉해진 게 보였다. 전철역에서 내려 당시 살던 마포의 언덕배기 집까지 매우 긴장하고 흥분한 상태에서 빠르게 걸어온 것 같았다. 수니를 만나러 왔다, 수니와는 한 1년 전에 이메일을 교환한 적이 있었는데, 그때 집으로 찾아와도 좋다고 수니가 주소를 알려주었다는 것이다. 그래서 상황이 난감해졌다. 나는 수니로부터 어떠한 언질도 받은 적이 없고, 그리고 무엇보다도 수니는 이제 여기 없을 뿐만 아니라 전화로 뭘 물어볼 수도 없었으니까. 나는 수니가 집에 없고, 아마도 몇 년 동안 혹은 어쩌면 더 오랫동안 집을 떠나 있을 예정이므로 매우 안됐지만 당신은 수니를 만날 수 없다, 하고 알려주었다. 그 말을 들은 여인은 이해하지 못하겠다는 듯이, 혹은 내가 하는 말을 도저히 믿을 수 없다는 듯이 의혹이 가득 담긴 눈동자를 치켜떴다. 그러자 이마에 주름이 잡혔고, 입술까지 창백해지는 것이었다. 놀랍게도 그녀는 내가 누구인지 다 알고 있었다. 이름과 나이, 심지어 내가 어떤 기사를 썼으며, 어떤 기사를 쓰고 싶어 했으나 그러질 못했고, 프리랜서로 일할 때 잡지에 어떤 칼럼을 기고했는지도. 모두 수니에게서 들었다고 했다. 그녀가 다시 눈을 치켜뜨자 이번에는 그 눈 속에 맺힌 눈물까지 숨김없이 다 드러났다. 커다란 캔버스 천 가방을——이제까지 내가 본 것 중에서 가장 커다란 가방이었다. 여행용 트렁크보다도 더 큰 그 가방을 어깨에 메고 있었다——바닥에 털썩 내려놓은 그녀는, 그날 부산역에서 기차를 타고 올라왔으며 서울에는 아는 사람도 하나 없을 뿐 아니라 당장 갈 곳조차 없고, 수니의 곁에서 살고 싶어서, 수니를 만날 수 있다는 기대 하나만을 가지고 부산 인근의 직장을 아예 그만두고 서울로 왔다고 거의 울먹이는 목소리로 말하는 것이었다. 울음이 섞인 여인의 목소리는 눈물에 젖어 낮고 무거웠다. 여인은 검은색 바지에 붉은색 싸구려 점퍼를 입고 있었는데 옷감이 겨울옷처럼 두꺼워 보였다. 잠시 침묵이 흘렀다. 여인의 입술이 말을 찾아 머뭇거렸다. 나는 그러지 않은 척하고 살긴 하지만, 애원에 약한 편이다. 누군가 나에게 애원을 바친다는 것, 애청의 간절함에 공격당하는 것은 애원을 하는 것보다 훨씬 더 당혹스럽고 훨씬 더 슬프다. 자신의 의지로 인하지 않고 잔인한 폭군이 되어버린 자들의 마음이 그러했으리라. 그들은 칼을 뽑아들고 자신의 슬픔을 베어냈던 것이다. 수니는 단 한 번도 내게 뭔가를 애원하지 않았지만, 뭔가를 요구하거나 묻는 일도 드물었지만, 불쑥 나타난 그 여인은, 수니를 찾아와서가 아니라, 그 나타남의 형태 자체에서 묘하게 수니를 연상시키는 성격을 갖고 있었다. 약 2년 전 어느 날, 수니도 그와 비슷하게 예상하지 못한 방식으로 나를 찾아왔던 것이다. 물론 그때 나는 수니가 언젠가는 그렇게 찾아올 것임을, 함께 있고 싶다는 감정을 도저히 이기지 못할 것임을 예감하고는 있었다. 수니를 처음 알게 된 뒤 얼마나 자주 꿈꾸었던가. 어느 날 밤 초인종이 짧게 울리고, 문을 열면 거기 수니가 서있다. 살아 있는 밤의 어둠이 사방에서 소용돌이치고, 커다란 백조 모양의 흰 달빛이 수니의 어깨에 앉아 있는 꿈. 그러나 나는 그 여인을 집 안으로 들이지 않았다. 나는 그 여인을 몰랐고, 애잔하면서도 소심한 아름다움을 가진 그 여인이 낯선 사람이라고 느꼈다. 그리고 무엇보다도 수니는 집에 없었던 것이다. 집으로 들어온다고 해도 그녀가 수니를 만날 수는 없었으니까. 그것이 그녀의 목적이 아니었던가? 모른다. 여인은 다른 말은 하지 않았다. 하룻밤만 재워달라거나, 저녁을 사달라거나. 여인이 등을 돌리고 나는 문을 닫았다. 그러나 여인은 다음 날 저녁 다시 찾아왔다. 아니 나를 찾아온 것이 아니라, 집 근처 버스 정류장 앞에 있는 건물 모퉁이 튀어나온 돌계단에 그냥 앉아 있었다. 커다란 캔버스 가방도 옆에 놓여 있었다. 옷차림도 전날과 똑같았지만 더 이상 피부는 촉촉하지 않고 먼지가 내려앉은 듯 거무스름한 회색빛으로 보였다. 어느 질투심 강한 조각가가 미완성의 님프상에다가 물에 젖은 신문지를 발라놓은 것 같았다. 여인은 어디서 밤을 보냈을까? 손에는 책을 한 권 펼쳐 들고 있었지만 독서에 집중하는 것 같진 않았다. 나는 한 5분 정도 여인을 가만히 지켜보았다. 여인은 왜 수니를 만나려 하는 것일까? 그리고 수니는 이제 여기 살지 않는다고 말했는데도 왜 떠나지 않는 것일까? 만약 수니가 정말로 여인을 이곳으로 부른 거라면, 왜 나에게는 아무런 말을 해 주지 않았을까? 스모그 속에 잠겨 있는 거대 도시의 가을이 버스 유리창에 비치며 직선으로 나타났다 사라져가는데, 그것은 비감 상적으로 메마르며 동시에 서글픈 무표정의 풍경이었다. 무질서 하고 야비해 보이는 이 고향 도시. 비가 올 것 같았다. 아니면 이미 내리고 있었는지도 모른다. 버스에 올라탄 다음 차창 밖을 내다보는데, 여인과 눈이 마주쳤다. 여인의 눈동자에는 전날과 같은 애원의 빛이 조금도 없었다. 그냥 물끄러미 나를 올려다볼 뿐이었다. 기운이 없고 체념했지만, 절망과는 정반대 편에 있는 그런 묘한 얼굴. 질문도 기대도 아닌 어떤 막연하고도 집요한 표정. 그날 밤 수니에게 편지를 썼다. 조금 망설이다가 결국 여인에 관한 얘기는 하지 않기로 했다. 여인이 수니를 찾는 것이 맞다고 해도, 어차피 그들은 만나지 못할 터였다.

여인의 시선이 나를 따라온다는 생각이 들었다. 여인이 시야에서 사라진 다음에도 그런 느낌까지 완전히 없어지지는 않았다. 여인이 보이지 않게 되자 그녀의 둥그스름한 형체와 젖은 눈동자, 뺨에 달라붙어 있던 검은 머리카락과 그 사이로 살짝 비치던 하얀 귀의 인상이 더욱 선명해졌다.

밤에 문득 잠을 깼다. 반쯤 열린 창밖으로 그림자가 하나 스쳐 지나갔다. 비연속적인 빛과 광선, 그리고 불투명하게 광택이 나는 백색의 별들이 섞인 듯한 그림자였다. 그림자는 기묘한 모양으로 흐느적거리며 지나갔다. 지나갔고, 사라져 보이지 않게 되었다. 공기는 낮게 가라앉으며 나를 억눌러왔다. 극심하게 공허했다. 수니는 떠나고, 아무리 노력을 해도 직장이나 일에는 마음을 붙일 수가 없었다. 심지어 글을 쓰는 것도 고통스러웠다. 열정도 희열도 없었다. 벽 너머의 벽, 그 너머의 또 다른 벽과 또 다른 벽. 매 순간마다 혼자라는 생각이 목구멍을 조여왔다. 고독은 세상에서 가장 역한 비린내를 풍기며 내게 달라붙어 있었다. 나는 수니 곁에 있고 싶었다. 수니의 따뜻한 몸 곁에 있고 싶었다. 수용소로 가버린 수니 곁에, 가방을 들고 어느 날 예고 없이 나를 찾아왔던 수니 곁에, 아무것도 말하지 않고, 아무것도 묻지 않고, 아무것도 생각하지 않고 다만 함께 있고 싶다고 말하던 수니 곁에, 그리고 실제로 그렇게 했던 수니 곁에, 나를 위해 목소리를 내어주던 수니 곁에, 수니라고 불리는 수니 곁에, 수니의 옷을 입고 수니의 얼굴을 한 수니 곁에, 수니의 언어로 말하는 수니의 곁에, 오, 한때 쓸쓸했던 수니와 명랑했던 수니 곁에, 떠나지 말라고 소리 없이 애원하는 수니 곁에, 질문 없이 묻는 수니 곁에, 그 누구보다 비통한 수니 곁에, 일그러진 조각상 같은 수니 곁에, 이 수니와 저 수니 곁에, 내 모든 수니의 곁에. 이 세상의 그 누구보다 이런 나를 잘 알고 있으면서도, 그럼에도 불구하고 수니가 나를 떠났다는 사실이 비로소 선명하게 인식이 되었다. 심장이 얼어붙었다. 나는 다시는 혼자가 되고 싶지 않았다. 나는 이 세상의 그 어떤 누구보다 더욱 절실하게 혼자가 되고 싶지 않았다. 지금 혼자인 자들의 고독을 모두 합한 것보다 더욱 절실한, 절실함의 폭풍.

내가 이름을 묻자, 그건 그리 중요하지 않다고 여인이 대답했다. 나는 그것이 아니거든요. 그러면 내가 뭐라고 불러야 하는지?

여인은 말없이 나를 바라보다가 몸을 돌리고 어딘가로 가기 시작했다.

여인은 조금 앞으로 걸어갔다. 나는 여인을 불러 세우고 싶었으나 이름을 모르므로 곤란해졌다. 나는 여인에게 먹을 것을 사주고 싶었다. 아니 더욱 정확히 말하자면 여인과 함께 아침 식탁에 앉고 싶었다. 커피를 마시고 빵에 꿀과 버터를 천천히 바르고 싶었다. 빵 바구니를 여인에게 내밀며 미소 짓고 싶었다. 우리는 이제 혼자가 아니군요, 그렇죠? 꿈속의 공기는 따뜻한 빵 같았다. 공기의 껍질은 노르스름한 갈색이고 속살은 향긋하면서 부드러웠다. 서른세 가지 맛을 가진 빵의 속살. 여인은 걸음을 멈추지 않았지만 내가 따라올 것을 잘 알고 있는 걸음걸이였으며, 너무 느리지도, 너무 빨리 앞서 달아나버리지도 않았다. 여인은 나무들이 길게 늘어선 가로수 길로 접어들었다. 커다란 보스톤 백은 여전히 여인의 어깨에 무겁게 매달려 있었다. 나는 여인이 좀더 다른 옷차림을 하고 있는 걸 상상해보았다. 유행이 지나간 검은색 바지와 싸구려 점퍼가 아닌, 엷은 녹색 블라우스와 통이 좁은 회색 스커트, 엘레강스한 모드 잡지의 표지에 등장하는 것 같은. 반쯤 뒤돌아보다가 그대로 계속 걸어가는 포즈. 그런데 그런 잡지가 정말로 있는지? 마음의 상상은 내 발에 날개를 달았고, 나는 어느새 여인의 곁에서 나란히 걷고 있었다. 여인. 나무들. 몸이 단단하고 가늘며 흰 나무들. 바람 속에서 잔가지들과 나뭇잎이 물결 소리를 내면서 우수수 스쳤다. 길의 이편에서 저 멀리 다른 편까지. 나무들의 그림자가 여인의 몸에 얼룩진 그늘을 만들었으며, 그늘은 살아 있는 것처럼 여인의 흰 피부 위를 이리저리 움직였고, 여인은 입술을 가진 숲으로 변했다. 저마다 다른 목소리와 색채로 무수하게 술렁대는 수많은 나무들의 숲, 고적하고도 현란한 숲의 오케스트라로. 내가 미처 눈치채지 못한 사이, 어느새 여인은 옷을 벗은 모습이었다. 붉은 나뭇잎들로 화장한 하얀 육체였다. 여인은 바람의 겹 속으로 사라졌다가, 머리카락으로 가슴을 가린 채 흰 나뭇가지 뒤에서 다시 나타났다. 가을이었으므로, 여인의 모든 것이 꿀빛으로 일렁였다. 나는 숲 한가운데에 있었는데, 숲은 여인의 한가운데였다. 숲 속에서 들려오는 한 마리 새의 외마디 울음소리. 그리고 정적. 먼 정적. 그 단어, 머나먼. 우리는 커피를 마셨고, 마침내 나는 여인을 위해서 한 조각의 빵을 주문할 수 있었다. 빵에 바를 치즈도 함께. 여인이 말했다. 수니와는 인터넷을 통해서 알게 되었다. 하지만 그전부터 수니의 오디오북「몬타우크Montauk」를 통해서 수니의 목소리는 잘 알고 있었다. 막스 프리쉬의「몬타우크」는 수니의 오디오북 중에서 가장 상업적 성공을 거둔 작품이기도 하다. 아름다움이 어떤 목소리를 갖는다면 그건 수니의 음성이다,라고 여인은 단언했다. 그 이외의 사실은 있을 수가 없다. 여인은 얼마 지나지 않아 수니의 모든 것을 알게 된다. 그렇게 되었다고 믿는다. 수니에게 메일을 보냈고, 답장까지 받게 되자 믿어지지 않을 정도였다. 게다가 메일을 통한 교류는 꾸준히 이어지기까지 했다. 여인은 오디오북 팬이다. 할머니들을 돌보느라 항상 오디오북을 틀어놓고 살았거든요……

하고 조심스럽게 덧붙였다. 정작 할머니들은 오디오북에 큰 관심이 없었지만 여인은 곧 오디오북에, 정확히는 오디오북 속 수니의 목소리에 도취되어버린다. 마음의 떨림을 표현하는 고요한 목소리에. 문자 텍스트의 알토 아리아. 여인은 아무 희망 없는 간병인으로 평생을 시골구석에서 썩어갈 거라고, 스스로 믿어 의심치 않았다. 그건 그녀의 강철 같은 신념이었다. 그런데 수니를 알게 되었다. 수니는 친절하게 답장을 보내주었고 여인의 열정에 다정하게 응대를 했다. 심지어 서울로 올라오면 스튜디오에서 간단한 일을 할 수 있을지도 모르겠다는 언질까지도 준다. 물론 수입은 시골의 실버타운에서 일하는 것보다 덜할지도 모르지만. 하지만 여인은 시골도 실버타운도 싫으며, 무엇보다도 노인들이 싫다. 오디오북을 위해서 일할 수만 있다면. 어느새 여인은 밤마다 책을 소리 내어 읽어본다. 낭송 극본도 구해서 읽었다. 수니가 나오는 라디오 방송을 찾아서 듣고 CD를 구입했다. 실버타운에 정규직 일자리를 잡을 수 있었던 건 그나마 운이 엄청나게 좋았기 때문이다. 그전에는 부동산 사무실의 경리, 화장품 가게 점원, 길거리 내레이터 모델, 편의점 점원, 음료수 공장 등에서 닥치는 대로 일했다. 오디오북 같은 것을 들을 시간도 없었고, 그런 게 있다는 사실도 모르고 살았다. 믿어지지 않겠지만 정말이다. 그녀는 말했다. 세상에는 책 한 권도 읽지 않고 평생을 사는 사람도 있는데, 운 나쁘게도 내가 태어난 집안이 그런 사람들이었거든요. 게다가 알코올 중독인 아버지의 폭력을 피해서 10대 시절부터 집을 나와 살았으므로 스스로 방세를 벌어야 했던 것이다. 야간대학 진학은 실버타운에 일자리를 구한 다음에야 가능했다. 얼떨결에 복지학을 전공했다. 하지만 그나마도 졸업은 못 하고 도중에 포기하고 말았다. 육체적으로 너무 무리였고 경제적인 부담도 컸다. 실버타운의 근무도 야간조에 편성될 때가 많았다. 평생 가족을 괴롭히고 폭언과 폭력을 일삼던 아버지가 마침내 알코올 중독자 시설에 처박히게 되어 간신히 한숨 돌렸나 싶었는데 이번엔 어머니가 암에 걸렸다. 평생 두통을 달고 살았지만 마음 놓고 아스피린을 사 먹을 돈도 없었다. 한마디로 사는 게 절망의 진창이었다. 한 발자국 한 발자국을 디딜 때마다 점점 더 많은 찌꺼기와 오물이 달라붙을 뿐이었다. 차라리 가만히 멈추어 서서 진흙의 늪 아래로 빨려 들어가기를 기다리자. 수천 년 후 비로소 하얀 뼈로 나신을 드러내기 위해. 한 줄기의 빛도 비추지 않았다. 그럴 때 알게 된 것이 수니였다. 자신과 같은 한 여자, 그러나 도저히 공통점이라고는 있을 수 없는. 수니는 부유하고 자유로운 여성이다(그녀는 그렇게 단정하고 있었다). 일에서도 성공을 거두었다. 그런데 그 일이란, 책을 읽는 것이다. 낭송 연극을 하는 것이다. 오디오북. 낭송극. 문학이란, 글을 안다고 하여 누구나 다 낭송할 수 있는 게 아니다. 더구나 그것이 「몬타우크」 같은 문학이라면. 그리고 오디세우스의 아내 페넬로페를 주인공으로 한 낭송극 「아무도 아닌 자의 아내」를 듣고는 잠을 이루지 못했다. 수니의 목소리가 이 세상에 존재하는 그 모든 초월 현실을 증명한다. 수많은 공명을 소유한 태생의 목소리. 수니의 낭송극은 고운 목소리를 가진 성우가 스스로 이해하지 못하는 텍스트를 읽어나가는 것과는 다르다. 「아무도 아닌 자의 아내」는 실험적이고 매우 난해한 텍스트이며, 따라서 상업적으로는 거의 실패에 가까운 작품이었지만 수니는 그 작품을 유난히 사랑했다. 수니의 목소리는 텍스트를 다시 쓴다. 정확하게 말하자면, 보통의 구술과는 역순으로, 글에서 목소리로 텍스트를 받아쓰는 것이다. 작가가 글 속에서 다른 모습의 자기 자신으로—더욱 자기 자신이거나 더욱 자기 자신이 아닌—다시 태어나듯이 수니의 목소리는 텍스트와 결혼하며 그 안에서 그들은 아기로 다시 태어난다. 그리하여 함께 흘러간다. 어딘가의 먼 강으로. 멀어져간다. 가물거리는 뜨거운 빛 속에서 공기도 땅도 하늘도 검은 새들의 그림자도 정지한 채 흔들린다. 보이지 않는 연기가 서서히 나를 태우리라. 한 문장 한 문장은 차마 말해질 수 없이 벅차고 비통한 환상의 중계인이다. 태어남과 죽음 사이에 자리한 환상. 수니는 문학과 예술의 해안에 하얀 옷을 입고 서 있고, 그녀에게는 실버타운의 환자들과 암에 걸린 어머니가 있다. 항상 그것들과 함께 살아왔으므로, 그녀는 질병은 끝이 없음을 잘 알고 있다. 암에 걸린 어머니는 곧 서로 찐득하게 달라붙어 있는 수천수만 어머니들의 거대한 덩어리이므로. 수천수만의 피고름이 흐르는 짓무른 (두 배의) 젖가슴들. 비극은 거기에 있다. 그녀는 무일푼이며 야간대학조차도 마치지 못했고, 그녀에게 자유란 철학이나 신념, 신조의 문제가 아니라 오직 유전자와 물질의 문제이다(한 장의 지폐는 그 가치만큼의 자유의 응축이다, 라는 말이 그녀에게는 절실하게 들어맞는다, 슬프게도). 그녀의 조상은 노예였을 것이다. 책 읽어주는 노예, 별자리와 수학을 가르치는 노예가 아니라 밭 가는 노예, 아이 낳는 노예 말이다. 몇 달 동안 망설였으나, 결국 여인은 왔다. 수니에게로. 무엇을 할 것인지 구체적인 계획은 없다. 그러나 슬픔과 해방노예의 땅 라이베리아를 향해서 배에 올라탔다. 어쩌면 노예의 자유는 그처럼 미래의 모멸을 담보한 것일지도. 여인은 아직도 두려움에 떤다.

수니는 내 이름을 순이라고 알고 있어요, 하고 여인이 마지막에 말했다.

본명은 아니지만, 인터넷에서 나는 그 이름을 썼죠.

그럼 본명은?

그런 건 중요하지 않잖아요. 내 본명은 더 이상 내가 아니에요.

맞는 말이다. 그래서 나는 더 이상 여인 순이에게 이름을 물어보지 않았다.

제2장

목소리

의

콜라주

린의 메모, 의문부호가 없는 질문들: 글을 쓰는 사람들은 왜 자신의 이야기를 쓰는 것일까. 글을 쓰는 사람들은 왜 문장의 어느 특정 모퉁이를 돌면서부터는 문득, 비밀스러우면서도 동시에 도저히 숨길 수 없는 엄청난 분출력을 가지고 자신의 이야기를 쓰기 시작하는 것일까. 그러한 모퉁이와 막다른 골목과 강물과 다리, 갑자기 나타나는, 알 수 없는 곳으로 향하는 입구와 닫힌 문들, 낡은 벽들과 낯선 이들의 집, 강물에 비치며 흘러가는 발코니, 소박한 나무 창살, 화려한 무덤, 신비한 녹색의 포석(鋪石)들, 잠든 정원들, 지붕과 그 아래 은밀한 방들로 이루어진 세계, 글. 글을 쓰는 사람들은 왜 어느 특정 시점부터는 자신의 이야기만을 쓰게 되는 것일까. 마치 그 순간부터는, 세계가 오직 글을 쓰는 자의 이야기로만, 글로 씌어질 이야기들로만 이루어져 있음을 비로소 깨닫게 된 사람들처럼. 글을 쓰는 사람들은 왜 자신의 이야기 속에서 잠들고 꿈꾸고 취하고 깨어나고 읽고 사랑하고 환상에 잠기고 긴 산책을 하고 태어나고 죽고, 그리고 쓰는 것일까. 왜 자신의 이야기 속에서만 잠들고 꿈꾸고 취하고 깨어나고 읽고 사랑하고 환상에 잠기고 긴 산책을 하고 태어나고 죽고, 그리고 쓰는 것일까. 오직 그 속에서만. 그들은 어떻게 자신의 손으로, 자신의 입으로 말해지는 자신의 이야기 속에서 이방인으로 나타나는 방법을 터득하는 것일까. 그들은 자신의 이야기 속에서 언제 '그'이며, 언제 '나'가 되는 것일까. 마침내, 글을 쓰는 사람들은 왜 궁극적으로 자신의 이야기 밖으로 달아날 수가 없게 되는 것일까. 달아날 수 없게 되기를 바라는 것일까. 그리하여 세계가 글을 쓰는 사람들이 쓴 글과 글을 쓰는 사람들이 쓰고자 꿈꾸는 글로만 이루어질 수 있도록. 그 각각을 현실과 꿈으로 이름 붙일 수 있도록. 글을 쓰는 사람들은 왜 희열 속에서 비통해하고 비통해하면서 희열에 떠는 것일까. 그러고는 말한다. 놀라워라, 아름다운 것이 추하고 추한 것이 아름답다니, 별빛과 낯선 이름 아래서는, 하고. 어느 날, 글을 쓰는 사람들은 왜 글을 쓰는 사람에서 서서히 씌어지거나 씌어져야 할 글로 변해가는 것일까. 별빛과 낯선 이름 아래서는. 글을 쓰는 사람들은 왜 어느 시점부터는 스스로 글 자체가 되기를 원하는 것일까. 왜 그것 말고는 아무것도 아니기를 바라게 되는 것일까. 그리고 어째서 실제로 어떤 사람은 그렇게 될 수 있는 것일까.

열여섯 살 때 나는 흉했다, 하고 강은희는 생각했다. 대학생일 때도 계속해서 흉했으며, 대학원에 다닐 때도 마찬가지였다. 페미니스트였을 때도 흉했고, 더 이상 페미니스트가 아닌 다음에도 여전히 흉했다. 이곳에서나 그곳에서 모두 마찬가지로. 형이상학적인 그 흉함은 항상 새로운 힘을 가지고 강은희를 압도했기 때문에 강은희는 거기에 굴복하여 그 흉함이 이끄는 대로 하는 것 말고 다른 대응법을 찾지 못했다. 사랑을 할 때도 흉했으며, 이 세상의 유일한 가임 여성인 것처럼 지극한 사랑을 받을 때도 역시 마찬가지였다. 강은희의 흉함은 강은희의 표지 아래에 있는 강은희의 문자, 강은희의 내용이었다. 그곳에 있을 때와 마찬가지로 이곳에 있을 때도 여전히. 거울을 볼 때와 보지 않을 때, 이민자일 때와 아직 이민자가 아니었을 때, 그 흉함의 차이는 없었다. 그러나 어쩌면 모든 흉함의 원천이라고 할 수도 있는 열여섯 살 절정의 흉함, 피부를 뚫고 솟아오르기 시작하던, 가장 젊고 가장 연하며 가장 미숙하고 어리지만 가장 치열하고 진지한 흉함, 흉함의 원초적 스케치이자 싱싱한 뿌리인 그 순수한 흉함으로 다가가기까지는 항상 상당한 시간이 걸린다. 마흔이 넘고 나이가 들어가면서 어느 시점에서부터인가 강은희는, 자신도 모르는 사이 묘한 호기심을 가지고 흉한 그것의 한가운데를 들여다보는 행위를 심술궂은 마음으로 즐기게 되었다. 그것은 강은희 자신의 흉함이기도 했지만, 강은희의 일생이 어느 순간 우연히 마주친 어느 한 강은희의 어느 한 흉함이기도 했으므로. 복도를 지나가다가 무심코 바라본 거울 속 얼굴을 가만히 응시하면서, 흉한 외모의 저 여인은 과연 누구일까, 무엇을 생각하고 있는가, 저 여인의 안에는 어떤 여인이 들어 있단 말인가 하고 한참 동안 생각에 잠기게 되는 것과, 그러나 결국은 아무런 대답도 얻지 못한 채, 매일매일 하나의 거울을 지나쳐 그다음 거울을 향해 계속해서 걸어가게 되는 것과 비슷하리라. 그걸 들여다보기 위해서는 지도에도 없는 기억의 먼 노선을 느리게 돌아가야 한다. 누구에게도 말하지 않았고, 일기장의 어떤 페이지에도 쓰지 않았던, 아무도——본인을 포함하여——모르는 기억이라는 특정하고도 변칙적인 무늬, 움직이는 무늬, 물과 빛으로 이루어진 그림자의 무늬. 이른 아침 창밖에서 해가 떠오르는 불그스름한 빛을 마주하면서 문득 충동적으로 상기하곤 한다. 저런 빛은 내가 아직까지 단 한 번도 본 적이 없는 게 분명해, 그러니 아, 마침내 이제 그걸 기억의 심연에서 건져 올려야 할 시간이 되었어. 전화벨이 울리면 2초 정도 그 자리에 가만히 서서, 소리가 들려오는 방향도 모르는 채 어느 한 불특정한 방향을 향해 진지하게 귀를 기울인다. 어쩌면 그것이 전화를 걸어온 걸지도 몰라. 드디어 그 순간이 온 거야. 그것은 내 목소리를 듣고, 그것이 나의 목소리라고 생각할 테지. 그러면 나는 어떤 목소리를 가지고 그것과 대화를 해야 할까. 수화기를 들고 대화를 하고 있다 보면, 상대편이 딱히 반드시 숨겨야겠다는 작정은 없이, 단순히 뭔가를 은연중에 말하지 않고 있다는 인상을 받는다. 내가 그것을 중요하게 여기지 않는다고 생각하는군. 아니면 내가 그것을 필요 이상으로 중요하게 여기고 있다거나. 혹은 내가 그것을 기억하지 못한다고 생각하고 있는 게 분명해. 내가 잘못된 목소리를 전달한 탓일까. 내 것이 아닌 채로 나에게서 흘러나오는 목소리. 내 것이 아닌 의지를 가진 그 목소리. 이럴 때 '내가 말한다'라는 문장은 '나는 그 목소리가 내 입을 통해서 말하는 것을 듣는다'와 동의어로군. 늘 하듯이 기차역으로 마중을 나갈 때, 의례적인 발걸음으로 이루어진 그 마중, 어둑어둑하고 진한 색채의 변함없는 오후, 임의의 개인이 필요로 하는 것보다 조금 더 어둡고, 무거움은 조금 더 진한 그 시각, 사람들은 하나하나의 잿빛 덩어리가 되어 어깨와 팔다리를 기계적으로 놀리고, 깊은 저녁의 커튼이 스산하고 불길하게 너울거리는 하늘, 위협당하고 있지만 그 내용을 모르는 내 심장, 오늘은 이상스러워라, 이곳은 마치, 내가 맨 처음 이 도시에 왔던 15년 전 그날처럼 보이는군, 모든 것이 말이야, 그런데 사람들은, 마치 15년쯤 세월이 흐른 것처럼, 그렇게 태연해하는군, 마치 15년의 시간이 아무것도 아닌 것처럼. 15년 정도는, 얼마든지 그때그때 기억의 필요에 따라 앞으로 혹은 뒤로 의식을 이동시키는 것이 자연스럽다는 듯이. 심지어 50년이라 해도 마찬가지로, 아무것도 하지 않고, 아무것도 건드리지 않고, 아무것으로도 변하지 않고, 아무 데로도 가지 않고, 아무것도 되지 않고, 그러면서 또한 아무 곳에도 머물지 않고, 15년이든 50년이든 상관없이, 자신과 가만히 평행선을 그리며, 시간의 복잡한 자연에 따라, 동시에 여러 가지 차원으로 흘러가게 놓아둔다. 그러기 위해서 모든 도시에는 강물이 지나가는 길이 있다. 그 이름은 금욕, 그 이름은 처형, 그 이름은 감금, 그 이름은 하데스, 그 이름은 사랑, 그 이름은…… 그것이 자신을 비껴 옆으로 지나가도록 놓아둔다. 어느 날 플랫폼 위에서 그렇게 했다. 마치 그것이 아무런 흔적을 남기지 않는다는 듯이 상처 없는 얼굴로 쳐다보기. 플랫폼 위에서. 희태의 얼굴이 흐릿하게 어두운 객실의 창 너머에서 보인다. 기차가 플랫폼으로 들어오자, 자리에서 일어서서 짐을 들고 통로를 불안정하게 서성이는 사람들의 무리에서, 나는 방금 마치 희태의 것 같은 얼굴을 보았군, 그것이 눈앞을 스쳐 지나갔어, 하고 막연히 생각한다. 이 기차는 어디서 오는 것일까. 내가 아는 곳에서? 내가 분명히 아는 곳에서? 혹시 그곳에서 오는 건 아닐까. 15년 전의 그날로부터. 기차는 서서히 속도를 늦춘다. 육중하고 막강해 보이는 밝은 은회색 몸체, 뜨겁게 달아오른 유선형 테크닉의 흉함. 그렇구나, 이제 다시 생각이 났어. 흉함, 그것에 대해서 생각하는 중이었지. 그것에 대해서 생각해야 한다는 사실을, 가끔 나는 생각하지 못하고 말아. 희태가 기차에서 내린다. 그는 나를 여전히 흉하다고 생각하겠지. 비록 내가 더 이상 강은희가 아닐지라도, 그는 나를 강은희가 아닌 다른 것으로는 보지 않겠지. 우리는 자라나면서 너무 많은 절대적인 것을 학습했으므로, 죽을 때까지 그것을 반복해서 흉내 내는 것 말고 다른 일은 절대 하지 못하고 말겠지. 우리의 모든 무의미한 몸짓, 습관적이고 무해한 떠오름, 무의식과 반사, 그리고 고통을 당할 때 취하는 자세까지도 오직 그것 안에서 해석되고 평가되겠지. 다름 아닌 우리 스스로에 의해서. 우리는 학교로 가서 집단적으로 학습했다. 삶이 하나의 교리라는 것을, 국가는 하나의 군대라는 것을, 민족은 종교라는 것을. 지금 우리에게 삶은 분명한 교리가 아니고, 국가는 적어도 외형적으로는 더 이상 군대가 아니며, 그 국가는 적어도 외형적으로는 더 이상 다른 국가들이 그러는 것보다 더 많이 군대가 아니며, 그럼에도 불구하고 심리적인 군인들이 매일 행렬을 지어 지나가는 커다란 사거리들, 어떤 형태의 종교도 강요되고 있지는 않지만, 종교의 방식, 바로 그런 방식으로, 방식만은 여전히 사람들 사이에 집요하게 남아 있어서, 그 남아 있는 방식의 발톱이 끈질기고 혹독하여, 그 방식이 우리에게 이름을 주고 우리를 다스리게 허용하며, 그 방식으로 꿈을 꾸고 사랑을 하니, 그는 나를, 나는 그를 다른 것으로는 인식하지 못하고 말겠지. 한때 우리가 그것이었던, 바로 그것의 표정. 우리는 같은 수용소에서 자라났지, 하는 슬픈 표정. 그래서 우리는 앞으로 다가올 그 어떤 형태의 미지의 전제주의도 전부 견디어내고야 말겠지, 하고 말하는, 비장하게 일그러진 좌절의 흉한 표정.

비록 지금은 내가 더 이상 강은희가 아니고 오직 한 명의 이방인일지라도. 비록 내가 오직 한 명의 이방인일 수 있기 위하여 더이상 그 특정 강은희가 아니게 되었더라도.

그러니까 너는 자유로운 거구나, 하고 강은희는 기차에서 내린 희태에게 말했다. 자유가 무엇인지 알 수 있기만 하다면. 희태의 머릿속에 그런 생각이 문득 스쳐갔다. 그러면 나는 그것을 향해서 팔을 뻗을 텐데. 그것을 안을 텐데. 그에 비해서 자유라는 것이 무엇을 뜻하지 않는지는 분명히 확신한다는 강은희의 말투. 커피잔을 끌어당기며. 나는 잡지에 글을 써야 해(그것이 무척이나 중요하다는 듯이), 오랫동안 미뤄오던 일이야, 여성의 입장이나 지위가 아주 다른 곳에서 살고 있고(……), 물론 자의식의 종류도 많이 다르지. (아니 도대체 무슨 말을 하고 있는 거야. 네 안의 오래된 녹음 테이프가 저절로 다시 돌아가고 있는 것처럼 들리잖아.) 오래전 나는 한국의 경제 상황이 나아지면 한국 여인들의 처지와 사고도 따라서 자연스럽게 변화하리라고 기대했었어. 그런데…… (하지만 말이야, 왜 내가 지금 그런 것을 신경 쓰고 있는 건지, 아무도 진지하게 신경 쓰고 있지 않은 문제이기 때문에 고집스레 매달려 있는 것처럼 들리는군.) 시대의 흐름에 따라 점차 자명해지는 사실은, 한국 여성들은 절대 혁명을 원하지 않는다는 거야. 예전에는 그것이 '아직은' 원하지 않는다고 생각했지만, 그리고 여성성의 상실에 대한 두려움이 다른 여성 인류의 평균치보다 유난히 너무 강해서 우회로를 선택하는 것이 현명하다는 것을 알아차려버린 여성들이 대표가 되어, 모든 여성들의 입장과 위치를 동상처럼 대변하게 되어버린 탓이라고 생각했지만. (그런데 너는 이미 그런 것들은 진심으로 신경 쓰고 있지는 않아, 그렇지? 단지 페미니스트와 이민자는 너의 유일한 신분 증명서이니까, 네 증명서에 그것 말고는 다른 내용은 적혀 있지 않으니까, 그래서 그러는 거지, 더욱 필사적으로.) 사람들은 말하지, 돼지죽을 먹을 때와 돼지처럼 많이 먹을 때 각각 요구되는 혁명의 성격은 다르다고. 하지만 돼지죽을 먹을 때 머리를 들어 추상적 혁명의 오로라를 바라보지 않았다면 돼지처럼 많이 먹을 때라도 역시 머리를 들어 그것을 바라보지는 않는다는, 오로라 돼지의 법칙. 그러나 이미 오래전부터 난 더 이상 예전과 같은 전투적인 입장은 아니고, 너도 그걸 잘 알고 있을 테지. (이제 나에게 전투의 대상을 찾는 일 자체가 불가능하고도 무의미해졌어. 그래서 갑자기, 적을 갖지 못한 지금, 나는 혼자야—상투적인 종결이자 고백으로 도피하기.) 내 생각을 솔직히 밝히자면, 내가 쓰려는 칼럼은 사실 지나간 시절의 히스테리에 불과한 것들이야. 강철 같은 신념은 어느 방향을 향하더라도 종국에는 아무것도 이루지 못한 채 우스꽝스러운 포즈로 끝나고 말 테니까. 그 이유라면 나는 잘 알고 있지. 노예나 가난한 자, 여자들과 흉한 자들이 항상 모든 형태의 신념을 향해 돌을 던지거든. 그들은 전형적인 반신념의 십자군이야. 왜냐하면 신념은 그들이 먹기에는 너무 딱딱하고 맛이 없으니까. 그러므로 운 좋게 아직도 품위를 유지하는 신념가들은 모두 그전에 발을 뺐거나 아니면 히스테리의 한가운데서 죽었다는 공통점이 있지. 한때 울리케 마인호프는 내 여신이었어. (왜 너의 사랑이었다고는 말하지 않는 거지?) 그런데 지금까지 풀리지 않는 가장 커다란 의문은, 왜 나는 자살하지 않았을까? 왜 나는 단 한 번도 그 흔한 감옥에조차 가지 않았을까? 왜 나는 불문의 질서라는 괴물을 향해 진짜 폭탄을 던지지 못했을까? 그들은 내게 확실한 방법으로 증오를 가르쳤는데, 나는 왜 내 증오를 그처럼 감쪽같이 숨겼을까? (그 대답을 너 자신은 잘 알고 있지. 네가 흉하기 때문이야. 네가 흉하기 때문에 너는 너를 항상 가방에 넣고 남몰래 보살피며 들고 다녀야 했어. 가엾은 그것을 차마 버려둘 수가 없었던 거야. 허름한 골목길 쓰레기통에 기묘한 폐기 넘버를 단 네가 널브러져 있는 광경과 마주치기라도 한다면!) 나는 아직도 그녀를 사랑하고 있는 것처럼 글을 쓸 거야. 단 한 번도 그녀를 사랑하지 않은 적이 없었던 것처럼, 내가 과거의 연장인 것처럼, 단 한 번도 내 것인 적이 없었던 그런 과거, 심지어 단 한 번도 실제로는 존재하지 않았던 그러한 과거의 지속이자 연장인 것처럼. 히스테리를 거부하는 히스테리. 히스테리를 거부하는 히스테리를 거부하는 히스테리로서. 그런데 말이야, 사실 난 오래 전부터 생각했어, 희태 네가 한국에서 대화가 가능한 유일한 남자일지도 모른다는 것을. 너는 페미니스트도 아니고 사회주의자도 아니고 학위를 가진 지식인도 아니고 진보주의 운동가도 아니며 어떤 사회 활동에도 참여하지 않고 살지만, 과거에도 그런 종류의 인간이었던 적이 단 한 번도 없지만, 그리고 우리 세대에게 공통적인 비극——전통과 융합된 군국민족주의 독재라는 흉한 교육의 수동적인 피폭자. 아직도 의식에는 그 화상이 덕지덕지 남아 있는——을 마찬가지로 체험했지만, 그래도 너는 이상할 정도로 훌륭하게, 한국의 전형적인 기형아로 자라나는 불행을 피해간 인물이니까. 우리와 비슷한 시대를 살았고, 정의롭고 활동적인 성향을 가졌으며, 그래서 당연히 겉으로는 페미니스트이면서 사회주의자이고 학위를 가진 지식인에다가 이런저런 사회 활동에 참여하는 그런 인물들을, 혹은 그러했던 인물들을 우리는 여럿 알고 있지. 어쩌면 그런 인물들을 지나치게 많이 알고 있는 건지도 몰라. 그들은 지금 불가능함의 대명사로 살아가고 있어. 그들은 여자의 집 담을 넘으려다가 경찰의 총에 맞고, 자기 아이를 때린 죄로 감옥에 갇혔으며, 돈을 갚지 않은 데다 뇌물과 부패에 어떤 식으로든 연루되었고, 아내와 아이들을 증오하거나 아니면 아예 증오가 무엇인지 잊었으며, 미국으로 갔고 미국에서 돌아왔으며 혹은 미국으로 갈 예정이고, 마치 그것 이외의 다른 세계란 존재하지 않는다는 듯이. 그럼에도 불구하고 그들의 이마에는 가난하게 태어난 왜소한 육체와 비대한 후천적 영양이라는 불가능함이 지워지지 않았고, 여전히 그들의 모든 발걸음은 어느 한쪽도 버리지 못하는 엉거주춤의 댄스를 추느라 허둥대며, 그들은 웅변조의 말투를 가지고 기꺼이 단상에 서며 그만큼 남을 가르치기 좋아하고, 하지만 그들의 눈 속에는 오직 한가지 유교적인 복종의 빛만이 서려 있음을 우리는 보게 되었고, 앞으로도 변함없이 그렇겠지. 뭐든지 다 부둥켜안으려고 발버둥치는 팔다리와 입을 반쯤 벌린 채 서서히 질식해 죽어가는 물고기의 눈동자들의 사회. 나를 포함한 우리 모두는 그렇게 나이 들어가도록 운명 지어진 시대의 아이들이야. 때로는 어떤 모순의 최종 피해자들이 더더욱 그 모순에게 투표하는 경향이 있고, 그러므로 민주국가란 점점 왜소해져 가는 약자들의 자기 비하 심리를 먹고 자라나는 사회라고 할 수 있어. (15년 전, 유럽에 갓 도착한 너는 베를린의 동물원 역 앞에서 담배를 피우고 있었어. 그런데 한 나이 지긋한 여인이 너를 스쳐 지나가면서 말한 거야. 당신의 나라에서 여인들의 삶이란 참으로 고단하겠지요. 네가 어디서 왔는지, 어느 나라 사람인지도 모르는 그 여인의 입에서 흘러나온 무섭도록 단정적인 한마디, 서두도 해명도 없는 오직 단 한마디, 참으로 고단하겠지요, 당신의 나라에서 여인들의 삶이란.) 그런데 네가 그 모든 기형을 피할 수 있게 된 이유라면, 매우 기묘하고 부당한 이유이긴 하지만, 그건 네가 부유하기 때문이야. 부유하면서 동시에 철저하게 무력하기 때문이지. 부유하면서 무력할 수 있다는 것은 네 운명의 특별한 선물이기도 해. 부유하고 강하다는 것은 사실 어떤 의미에서는 동어반복에 불과할 테니까, 그렇지? 그러나 너는 부유하면서도 강자의 역할은 그 어느 것도 하지 않았기 때문에, 사회적 질투나 악의적 선망이라는 독화살도 피해서 살아남았어. 너는 크게 이름을 떨치진 못했더라도 재능 있고 눈여겨볼 만한 연극배우나 작곡가, 혹은 시인이 될 수도 있었고 그럴 기회도 가졌었는데 그중 아무것도 되려 하지 않았어. 심지어 대학원조차 중간에 그만두어버리고 지식인조차도 되지 않았지. 뿐만 아니라 네 부모들이 그러했던 것처럼 예술의 후원자라는 귀족적인 호칭까지도 원하지 않다니, 참으로 놀라워. 너는 철저히 관객이고 독자이며 청중일 뿐으로, 너는 아무것도 즐겨 대표하려고 하지 않았던 거야. 그리고 덧붙이자면, 너는 병역 부정이 흔해빠졌던 시대의 아들로서 그것의 흔하디흔한——그래서 도리어 눈에 뜨이지 않는——수혜자 중의 하나이기도 했으니까. 우리 아버지는 가난한 공무원이었는데, 네 아버지는 우리 아버지의 직속 상관의 상사에게 정기적으로 뇌물을 주는 사람들에 속해 있었잖아. 뇌물이 더 이상 뇌물로 불리지 않아도 되고, 부패와 부정이 더 이상 부패도 부정도 아닐 수 있을 정도의 고상한 소사이어티. 너는 마음만 먹으면 얼마든지 네가 속해 있던 그러한 소사이어티를 상속하고 복제할 수 있는데도 불구하고, 적어도 지금까지는 조금도 그렇게 하지 않고 있어. 너는 네 계급의 소멸에 그렇게 소극적인 방식으로 기여하려고 하는 것처럼 보여. 하지만 네 기여는 아무런 가시적 흔적도 남기지 않을 테고, 한국에서 너를 규정하

는 명칭은, 반사회적이자 비사회적으로 분류되는 무직 남성 비혼
자이며—네가 거주지로 택한 서민 구역에서 아동 강간 유괴 실
종 사건이 생길 때마다 경찰의 주목을 우선적으로 받는, 그리고
매번 경찰이 네 은행 계좌를 조회한 다음에는 더더욱 큰 의심의
대상이 되는, 인간성과 세계관, 사고 형태 자체로 볼 때 명백한
이상 행위자이며 탈사회적 인격으로 낙인 찍기—네 존재 방식은
한국에서는 그런 이외의 다른 의미는 절대 가질 수 없을 것이고,
너 자신도 그걸 잘 알고 있겠지만 말이야. 직업. 그래, 넌 직업을
갖는 시기를 할 수 있는 최대한 미루면서 살아왔어. 여러 잡지사
와 신문사를 전전해가면서 일시적인 일자리로 만족하다가, 그나
마도 이제는 완전히 은퇴를 했다고. 너와 함께 살기 위해서 남편
의 집을 나왔던 여자와도 헤어졌다고. 그 여자는 성우라고 했지.
아니면 무대 배우였나? 만난 지가 오래돼서 기억이 잘 나질 않아.
하여간 자기 분야에서는 꽤 이름이 알려진 여자라고 들었는데. 그
런데 그녀는 어디로 갔다고 했지? 그렇듯 네가 모든 것을 네 입장
에서 가능하도록 만들어버리는 방법이 뭔질 알아? 그건 자신 있
는 무력함이야. 개의치 않는 무력함. 패배를 개의치 않음으로써
패배를 모르는 무력함. 결코 아무것도 욕망하지 않는, 무결핍의
무력함. 그 어떠한 심연을 향해서도 가라앉지 않을 만큼 가벼운
무력함. 제발 그렇게 무의식적으로 고개를 끄덕이지 말아, 너는
이제 다른 곳에서 살려고 한다고. 여자와 함께, 혹은 여자도 없
이. 아무도 모르는 멀리 있는 섬 같은 곳. 인도네시아인지 뉴기니
인지 개의치 않고. 그러니까 내 말은, 너는, 자유로운 거구나. 여

권의 스탬프가 상관없다는 그런 종류의 자유로움. (너의 장광설은 늘 그렇듯이 피곤하고 지루해. 그 누구 때문이 아니고, 그 무엇 때문도 아니고, 단지 네가 흉하기 때문이야. 너는 흉한 네 자신에게서 멀리 달아났고, 어느 흉한 다른 사람이 되기로 했는데, 그런데 지금 원래의 너를 알고 있는 이 사람, 희태와 마주하고 있는 거지. 왜 희태는 기차를 타고 계속해서 가지 않고, 인도네시아든 뉴기니이든, 하필이면 여기서 내린 것일까. 그냥 가버렸다고 해도 그를 비난하지 않았을 텐데. 정말로 자유로워지기 위해서는 도대체 어디까지 달려가야 하는 것일까. 아니 정말로 자유로워지기 위해서는, 도대체 우리는 어디로부터 와야만 하는 것일까.)

부엌 창 한편에서부터 서서히 비쳐드는 흐릿하고 창백한 빛에서부터, 아무도 없는 부엌의 풍경은 시작된다. 그것은 새벽, 혹은 소나기 내린 다음 구름을 통해 느껴지는 미약하고 밀도가 희박한 광선, 겨울의 짧은 석양, 인색하고 불충분한 온기, 반쯤 차갑게 식은 차, 그리고 한 번도 가본 적이 없는 교외의 끝에 걸린 먼 태양을 연상시키는 빛이다. 희태는 강은희의 집에 며칠 동안 머문후 다시 기차를 타고 떠났다가, 짧게는 하루나 이틀, 길게는 몇주일 후 돌아와 다시 며칠 동안 머물기를 여러 번이나 반복했다. 저녁이면 강은희는 아무도 없는 부엌으로 들어와 야채를 삶아 수프를 끓였고, 아침이면 역시 아무도 없는 부엌에 서서 하루의 첫빵을 잘랐다. 빵 부스러기가 식탁 아래 강은희의 실내화 근처에 떨어져 쌓였다. 강은희는 부엌 바닥의 빵 부스러기를 치우지 않았다. 갈색 양파 껍질과 샐러리 찌꺼기, 브로콜리 줄기와 말라버린

홍당무, 검게 변한 감자와 오이 꼭지, 시들어버린 배추 이파리, 파슬리, 치커리와 순무 조각, 파프리카와 사과 속, 딱딱하고 두꺼운 멜론 껍질과 말라버린 파, 가지의 끄트머리 부분, 대추야자와 복숭아 씨앗들이 쓰레기통을 가득 채우면 강은희는 쓰레기를 버리러 아래층으로 내려갔다. 오후가 되면 강은희의 부엌에서는 박하와 회향풀과 아니스를 넣은 차 향기가 났다. 계피와 소금, 후추와 바질, 파슬리 가루가 담긴 병이 식탁에 놓여 있었다. 희태는 계피와 소금, 후추와 바질, 파슬리 가루 중 어느 것에도 손을 뻗지 않았다. 강은희는 접시의 한쪽에 밥을 담고 파를 삶아 식초와 기름을 뿌려 만든 요리를 다른 한쪽에 담아 희태 앞에 내놓았다. 그들이 밥을 먹는 동안 창가에는 달걀과 마늘, 사과를 담아놓은 바구니가 매달려 흔들리고 있었다. 그리고 저녁을 먹으면서 강은희는 희태가 매번 방문했다가 다시 돌아온 도시의 이야기를 들었다. 베를린과 스코페, 베오그라드, 이스탄불, 그리고 크라쿠프와 파리. 왜 어떤 사람은 한 도시를 떠나려 하고, 또 어떤 사람은 바로 그 도시에서 살기 위해 아득히 멀리서 찾아오는 것일까. 잘 아는 도시에서 잘 알지 못하는 도시로. 그건 단지 이방인이 되기 위해서야, 하고 강은희는 희태의 설명을 듣는 도중에 문득 생각했다. 그들은 필연적으로 체류 허가를 얻으려 하지. 그런데 그거야말로 똥 같은 거야. 능청 떠는 문명의 신종 카스트 제도. 덕분에 이방인은 까마귀처럼 자랑스럽게 으쓱거리면서 길을 걸어. 나는 체류 허가가 있답니다. 나는 심지어 난민도 아니에요. 제발, 누군가 선언해주지 않겠어요? 너는 이 도시와 저 도시에 삶을 가지고 있구나, 그러니까, 너는 자유로운 거구나, 하고. 강은희는 무의식 중에 소리 내어 짧게 웃었다. 희태가 무슨 얘기를 하고 있던 중이었더라? 그래, 여자들. 이 거리와 저 거리, 이 도시와 저 도시의 여자들에 관한 거였어. 희태는 오래전부터 항상 여자들을 보고 있었지. 항상 그녀들의 옷자락을 만지거나 그녀들의 그림자를 딛고 있었어. 여자들이 희태를 끌어당기고 희태가 여자들을 끌어당기는 거야. 서로 알지 못하는 별과 별처럼. 서로 알지 못하는 이 별과 저 별처럼. 그러기 위해서 희태는 언제나 혼자인 거지. 혼자가 아니기 위해서. 절대적으로 혼자가 아닐 수 있기 위해서. 이 도시와 저 도시에서 동시에 고독한 삶을 갖기 위해서. 이 별과 저 별에서 동시에 존재하는 두 가지 빛과 시간처럼. 강은희와 희태는 접시에 담긴 밥과 파를 삶아 식초와 기름을 뿌려 만든 요리를 조금씩 떠먹었고, 진한 맛을 좋아하지 않는 희태는 거기에 식초와 기름을 조금씩 더 뿌리라는 강은희의 말을 거절했다. 저녁 식사, 허기, 공허, 버섯과 토마토와 코코넛 우유와 타이 고추를 넣은 수프, 친절한 안과 의사, 이름 모를 한국 작가들이 보내준 책, 삶속으로 스며드는 잊혀짐과 체념 어린 분노, 강은희는 그런 어휘를 썼다. 다음에는 버섯과 토마토와 코코넛 우유와 타이 고추를 넣은 수프를 해줄게. 저녁 식사, 허기, 공허, 낯선 플랫폼에서의 밤, 이민국 사람들, 남겨짐, 일방적으로 홀로 남겨짐, 여인들, 친절한 안과 의사, 엄습, 잊음과 치유, 희태는 그런 어휘를 썼다. 그것이 나를 엄습했고, 그래서 나는, 늘 그렇듯이 그러한 방식의 치유가 필요했어.

발목까지 오는 긴 스커트를 입고 여행 가방을 끌고 가는 여자가 보였다. 플랫폼에서. 그녀에게 물어볼 수도 있었으리라. 당신의, 그 커다란 가방 속에…… 들어 있는 것은 (도대체) 무엇인가요……? 나는 그것이 궁금합니다. 이 장소, 이 특정한 장소. 낮은 공중에는 우중충한 비둘기들, 그리고 지상에는 셀 수도 없이 많은 외국인들로 붐비는. 이 하루, 이 특정한 너의 하루, 하염없이 꿈의 내부로 가라앉는. 이방인의 표정과 이방인의 얼굴을 가진 이방인들로 붐비며. 광대와 곡예사, 마술사, 익살꾼, 댄서, 하녀와 종업원, 미지의 종교를 가진 승려와 수녀들, 중국과 아프리카의 시인들. 그리고 마스크를 쓴 카프카 극단의 배우들. 끊임없이 방랑하면서 체류 허가 없이 여행하는 자들의 냄새.

　수용소의 입소 승인을 받던 날, 수니는 희태에게 드디어 그곳의 체류 허가를 얻었어, 라고 말했다.

　당신을 사랑해. 어느 날 한 모르는 여자가 희태에게 말했다. 좀 떨어진 곳에는 수니가 남편과 다른 동료들과 함께 서 있었다. 그날은 낭송극 「아무도 아닌 자의 아내」 초연일이었다. 무대가 막 끝났고, 그들은 자리를 옮겨 늦은 저녁을 먹으러 갈 참이었다. 희태는 좀 떨어진 곳에서 수니를 바라보면서, 수니가 자신에게 다가와주기를 기다리고 있었다. 그 여자도 자신의 남자 동행을 기다리는 중이었다. 극장 대기홀의 불빛이 아주 희미했기 때문에 희태는 그 여자가 갑자기 손가락을 들어 똑바로 희태의 가슴을 가리키면서 당신을 사랑해, 하고 눈앞에서 한 음절 한 음절씩 또박또박 말하는 그 시점까지 그녀가 아주 젊은, 소녀라고 부르는 편이 더 적절한 외국 여인이라는 사실을 알아차리지 못했다. 여인의 머리카락은 더 이상 그럴 수 없이 검었고 눈동자는 왁스 빛으로 하얀 얼굴에 일부러 붙여놓은 크리스마스 장식 별처럼 반짝반짝 빛났다. 여자가 그 말을 마치자마자 그녀의 남자 동행이 왔고, 그들은 미소 지으며 서로 손을 마주 잡았다. 여자가 남자 동행에게 뭐라고 짧게 속닥거렸다. 그들은 즐거워했다. 그들이 즐거워하는 방식은 서로에게 들뜬 몸짓을 솔직하게 내보이는 것이었다. 그들은 서로 언어가 다른 커플이 대개 그렇듯 몸짓과 표정, 충동적이고 즉흥적인 짧은 대사, 눈빛의 교환, 말의 내용 자체보다도 서로를 빨아들이고자 욕망하는 입술의 움직임을 이용하여 적극적으로 대화하고 있었다. 그들은 자신들만의 독특한 무국적 언어, 제3의 소통 방식을 즐겼다. 그리고 거의 동시에 수니가 희태에게 다가왔다. 어둑어둑한 불빛 아래서 수니는 유난히 키가 커 보였고, 너무 긴장한 나머지 어색하게 휘청거리는 듯했다. 수니는 희태 앞에서 어떤 태도를 취해야 할지 모르는 입장이었으므로 늘 그렇듯이 조금 딱딱했으며, 특히 사람들 앞에서는 지나치게 예의 바르게 말하려고 노력하느라 목소리가 힘겹게 나왔다. 그들은 몇 달 동안이나 은밀하게 사랑하고 있었기 때문이다. 그때 희태의 머리에 문득 든 생각은, 단 한 번도 그들은 서로에게 사랑한다고 직접적으로 말한 적이 없다는 거였다. 하지만 그때까지는 특별히 이상하다는 느낌은 갖지 않았다. 희태는 말이 없는 남자였다. 하지만 수니는 다르다. 수니는 여러 가지 뛰어난 형태의 사랑의 고백, 감각적으로 피부에 와 닿는 낮고 그윽한 속삭임들, 뜨거운 감정이 담긴 암시적인 대화에 매우 익숙했으며, 그럴 때 전 세계의 사람들이 사용할 수 있는 수많은 대사를 이미 여러 번이나 소리 내어 말해본 적이 있는 것이다. 수니는 목소리의 배우이기 때문이다. 그래서 도리어 실제 관계에서는 평균 이상으로 과묵하게 구는 것이라고 희태는 짐작했었다. 지금 저 여인이, 하고 희태는 바로 곁에 서 있는 그 젊은 외국 여인을 가리켰다, 나에게 사랑한다고 말했어요. 뭐라구요? 아마도, 희태에게 다가오는 짧은 그 순간에도, 희태의 얼굴을 보면서 무슨 말을 꺼내야 가장 자연스러울까 걱정스러워하고 있었을 것이 분명한—그러나 그러한 시도가 단 한 번도 보기 좋게 성공한 적이 없는—수니는, 잘 이해하지 못하겠다는 얼떨떨한 표정으로 되물었다. 저 여자가 당신에게 뭐라고 말했다구요? 당신을 사랑해, 하고 말했어요. 마치 말을 연습하는 어린 배우처럼. 오. 수니는 그 순간 적절하게 대꾸할 말을 찾지 못하고 잠시 당황하는 표정이 되더니, 그 여자를 아느냐고 희태에게 다시 물었다. 희태는 고개를 끄덕이며 모른다고 대답했다. 하지만 전혀 모르는 아름답고 젊은 외국 여인으로부터 사랑의 고백을 듣다니, 그리 나쁜 기분은 아니라고 덧붙였다. 그사이 젊은 커플은 극장을 떠나고 있었다. 수니는 그 뒷모습을 물끄러미 바라보았다. 하지만 아무 말도 하지는 않았다. 그리고 수니의 남편과 동료들이 웃으면서 다가왔다. 그들은 그날 수니를 「아무도 아닌 자의 아내」라고 불렀다. 그들은 다 함께 파티를 하러 갔다.

수니는 방 안에 서 있다. 크기가 약 3미터, 5미터 정도인 길쭉한 모양의 그리 크지 않은 방이었고 짙은 호두색 옷장과 니스 칠을 한 책상, 접었다 폈다 할 수 있는 두 개의 의자, 그리고 비교적 널찍한 침대가 놓여 있다. 수니가 언제부터 그곳에 서 있었는지는 정확히 알려지지 않았다. 아마도 오래전에 그 방에 들어와 그렇게 서 있었음이 분명하지만, 다리가 아프거나 목이 마른 느낌은 조금도 없다. 책상 위에는 전화기가 한 대, 그리고 회색 표지의 노트가 한 권 놓여 있다. 수니는 노트를 펼친다. 창밖으로는 길게 이어진 활주로 너머, 건물의 날개 부분에 해당하는 커다란 노란색 벽이 보였고, 그 위로 화가가 일부러 최대한 흐린 색으로 칠해놓은 듯이 바짝 탈색된 하늘이 있었는데, '아무것도 아닌 하늘'이라는 말이 어울리게 공허해 보인다. 자신을 둘러싼 풍경은 항상 익명이거나 익명에 가까웠다고 수니는 생각한다. 장소와 시간을 전혀 암시하지 않는 공기와 빛, 소리들이 이루는 이름 없는 풍경, 정교하고도 광택 나는 거리감으로 이루어진 익명. 내 고향은 이곳이 아니다, 내 고향은 내가 머무는 그 어느 곳도 아니다, 라는 일상적 절규에 정당성을 부여하기 위하여 참으로 오랜 시간이 걸렸다. 그러한 화면 끝 저 너머로 멀리, 노랗고 높다란 유명한 담장이 서 있다. 저 담장을 넘어 탈출하기 위하여 이곳으로 자진해서 들어온 사람도 있었다고 하며, 그 사람은 결국 아무 곳으로도 탈출하지 않았는데, 외부와 내부를 혼동하게 되는 새로운 질병에 걸렸기 때문이라는 소문이 떠돌았다. 담장 아래는 아무도 돌보지 않는 야생 들장미 덩굴이 아무렇게나 우거져 있다. 밖으로 나가자,

산책을 해야지. 수니는 자기 자신에게 의도적으로 타이른다. 그러나 밖으로 나간다고, 밖이 어디란 말인가. 너는 그것을 모르잖아. 바깥으로 나가면 다른 벽이 있을 것이고, 그 너머로 나가도 어딘가에 또 다른 벽이 있을 것이다. 벽과 벽을 통과해서 일생에 걸친 산책을 하다 보면, 어느 날인가는 벽 안쪽의 땅을 디딘 네 발자국을 벽 바깥쪽에서 발견하게 될 거야. 아무도 살지 않는 해변의 단 하나의 발자국, 시간도 장소도 암시하지 않는 어느 날의 발자국, 혼자이면서 혼자가 아닌 발자국, 로빈슨의 것이 아닌, 로빈슨의 발자국을. 그러나 너는 항상 그것을 모르고 있었지, 언제나 모르는 채로 있었어, 하는 대답만 자신 안에서 즉시 들려올 뿐이다. 그렇게 꼼짝 않은 채로 수니는 서 있다. 어떤 하나의 식물이 몸 안에서 서서히 자라나기를 기다리는 사람처럼. 정말로 그런 일이 일어날 것을 믿는 신념의 신자처럼 진지하고도 고요하게. 노란 마루가 깔린 방은 밝았지만 싸늘하다. 간혹 오래된 판자들이 삐걱대는 외마디 비명 외에는 아무 소리도 들려오지 않는다. 그 누구의 목소리도 없다. 수니는 귀를 기울인다. 자기 자신의 가슴뼈 안쪽을 향해 귀를 기울인다. 자신이란 벽의 경계 위에서. 자신의 육신들을 이어주는 문지방 위에서. 나는 젖은 스타킹을 신고 있는 것인가? 이미 한참 전부터 창을 넘어 들어와 발을 조금씩 엄습하기 시작한 축축한 냉기가 스멀거리며 몸을 기어오르는 것 같다. 그럼에도 불구하고 나는 꼼짝 않고 서서 귀를 기울인다. 좀 떨어진 공동 부엌의 냉장고가 내는, 윙 하며 둔중하게 청각을 마비시키는 소음이나 고장 난 전등과 전자 기기에서 뿜어 나오는 신경질적이고 일상적인 전자음, 모르는 사람이 틀어놓은 라디오에서 흘러나오는 분절음들, 몇 개의 벽과 벽 너머에서 들려오는 북치는 소리, 침묵과 단절을 향해 행진하는 소리, 레코드의 목소리가 부르는 노래(Gustav Mahler), *그토록 오랜 세월을 헤매고 다녔으나, 나는 이 세상으로부터 버림받았네. 그들은 모두 말하네, 나는 죽었다고.* 누군가 혼자서 책 읽는 소리, 그러한 연습의 소리, 무대에서 들려오는 낭송극의 속삭임, 무대 특유의 울림과 음향 자체에 불과한 인상을 주는, 무형의 속삭임, 하나의 속삭임 위로 다른 하나의 속삭임이 중첩되고, 그렇게 하나씩 무한히 쌓여가는 불특정한 속삭임의 파도치는 덩어리들, 거대한 물살의 소리, 노래, 연설, 외침, 절규, 함성, 고함, 기도, 비명, 구호, 아우성, 저주, 고백, 구애, 탄식, 애원, 호소, 울음, 신음, 설교, 낭독, 독백, 고해, 지시, 명령, 설명, 선동, 웅변, 합창, 그리고 선언으로 이루어진, 동시적인 다언어 음악, 단 하나뿐인 목소리의 수많은 발자국들, 그 위를 걸어가는 무거운 나의 몸들, 아직, 한 번도 말해지지 않은, 한 번도 읽혀지지 않은, 그런 길이 있다면, 나는, 그 길로, 가고 싶다고 했다. 무거운 몸, 잘려나간 발가락, 튀어나온 눈동자와 절뚝거리는 걸음으로, 시곗바늘, 환상곡, 물방울, 눈물, 타이핑, 향수 뿌리기, 전화벨, 책 펼쳐들기, 입맞춤, 파티, 좌절하여 문 앞에서 멈추어 서기, 잠, 아침, 종소리, 그리고 작별, 울림을 만드는 것들. 모든 종류의 들려오지 않는 목소리들. 모든 종류의 목소리를 갖는 일과 사물들. 나는 그것들과도 작별한 걸까. 수니는 귀를 기울인다. 나는 밤이면 부엉이가 되어야 해. 그리고 일단 부엉이가 되면, 내게는 항상 커다란 귀와 밤뿐이지. 귀는 텅 빈 채 조용하고 밤은 울림으로 가득하다. 모든 떨림이 저마다 다른 파장을 갖는, 무한한 파장들의 비연속적인 밤. 희태는 그런 밤 수니의 모습을 연상할 수가 있다. 어두운 밤의 분수, 흰 물줄기가 외롭게 수직으로 솟아오른다. 오직 물의 내부만을 비추는 어딘가로부터의 빛. 그토록 고집스럽고 배타적인 빛. 그곳의 방 한가운데에 홀로 서 있는 수니는 흰옷을 입고 있던 그날 밤의 일을 희태에게 연상시킨다. 수니는 여자 친구와 함께 왔다. 그들이 문을 열고 들어설 때, 그들은 둘 다 흰옷을 입고 있었다. 그들은 흰 담배를 피웠고 그들의 손은 어둠 속에서 피아노 건반처럼 희게 보였다. 수니는 두번째로 담배를 끊은 지 몇 달밖에 지나지 않았다. 시간이 흐른 다음에 두 남자가 몸집이 작은 수니의 여자 친구에게 잠시 무례하게 굴었다. 반면에 남자들은 늘 수니를 다가가기 어려운 냉엄한 여자라고 생각했다. 저 여자의 남편은 유럽인이거든, 하고 한 남자가 그것이 모든 사실을 설명해준다는 어투로 말했다. 그러면 그것이 정확히 무슨 의미라는 아무런 합의가 없음에도 불구하고, 사람들은 최면에 취한 듯 집단적으로 고개를 끄덕였다. 수니는 그 한가운데서 공중을 향해 수직으로 솟구치는 분수처럼 홀로 서 있었다. 아무 곳에도 붙잡을 손을 내밀어주는 이가 없는 것처럼 보였다. 그녀는 허공에 머무는 물이었어(잠시 동안 희태의 생각). 무례하거나 냉담한 사람들이 수니를 외면한 채 수니를 둘러싸고 있었다. 수니의 남편은 매우 다정하고 지성적인 사람이었지만 그들은 같은 도시에서 함께 살 수가 없었다. 수니의 목소리가 소리 내는 언어는 한국이라는 풍토에만 뿌리내린 산물이었다. 수니의 혀는 그곳, 무례하고 냉담한 고향에 못 박혔다. 목소리의 배우인 수니는 그 누구보다도 방랑자가 될 수 없는 운명이었다. 수니의 몸은 나선형 동굴이고 그 안에서 정착형 목소리가 메아리 친다. 무례하거나 냉담한 가까운 사람들. 희태는 지금도 수니의 머릿속에서 그런 목소리가 울리고 있는 거라고 계속 생각한다. 그 목소리는 수니가 지닌 고독하게 환하고 배타적인 빛의 근원이었다. 한 여자에게 지극히 냉엄하다는 인상을 가차 없이 선사하고 있는. 그날 희태는 늘 그렇듯이 조용하고 눈에 띄지 않는 구석에 자리 잡고 있었다. 거의 보이지 않을 정도였다. 가까운 친구들조차 희태가 어디에 있는지 알아차리지 못했다. 수니는 희태를 보지 못했거나 보이지 않는 것처럼 행동했고, 사람들은 수니를 보지 못했거나 보이지 않는 것처럼—수니가 남편 없이 혼자 있을 때라면 이런 현상은 더욱 두드러지게 노골적이 되며, 그리고 대개의 경우 수니는 남편 없이 혼자 있곤 했다—행동했다. 눈은 슬프지만 입술은 사랑을 알며, 보이지 않는 사람의 목소리에서 아름다움을 읽는다. 북쪽 거실로 가서 우리 차를 마셔요, 하고, 무례함을 당했으나 그래서 무례함을 당하지 않았다고 생각하는 수니의 여자 친구가 수니를 쳐다보지 않으면서 말했다. 대신 여자들은 문지방을 넘어가다가 문득 동시에 고개를 돌려 희태를 보게 된다. 저 사람은 어디에 있다가 지금 검은 문 뒤에서 불쑥 나타난 것일까, 하는 눈빛들. 우리가 살고 있는 시간은 성분을 알 수 없는 형이상학적 물질이 기묘한 형태의 차원으로 연장(延長)된 것이며, 우리의 존재는 그 속을 헤엄치는 물고기, 혹은 물고기처럼 보이는, 물고기의 길이고, 물고기의 꿈이며, 그것의 연장이 만들어내는 무수한 방사형의 음파들 중의 하나인 것일까. 지금, 그들이, 그 여자들이, 그 남자들이, 그 눈빛들이, 그 여자 친구와 그들의 냉담함이, 오직 아는 사람들만이 선사할 수 있는 특유의 냉담함이 수니와 함께 이 방 안에서 너울거린다. 그들이 이곳까지 나를 따라오다니, 그러나 그 생각은 틀렸다. 내가 그들을, 그들과의 그날 밤을 이곳에 가지고 온 거야. 마치 이 방이 북쪽 거실이라서, 그들 모두가 마침내 오늘, 차를 마시러 이곳으로 한꺼번에 들어온 것처럼. 지금 이 방 안에 서 있는 그 사람들의 눈길과 호흡. 느리게 꾸물거리는 기억의 유령들. 희태는 그들 중에서 수니를 발견하고, 그날과 마찬가지로 미소를 보낸다. 지금 이 방에서 살아나는 그 미소의 연장, my dear. 그로부터 몇 달 후 수니의 여자 친구는 누군가를 소개해준다며 희태에게 전화를 걸었다. 그들은 다음 날 오후에 시내의 커피숍에서 만나기로 했다. 수니의 여자 친구가 데리고 온 사람은 몸집이 크고 둥근 테의 안경을 쓴 30대의 남자였다. 그 남자가 숨을 쉴 때마다 목구멍에서 쉭쉭거리는 미세한 금속성의 소리가 났다. 그 소리가 실제보다 너무나 크게, 아마도 수천 배나 더 크게 들렸기 때문에, 희태는 그 어떤 무엇인가로 인하여 몇 달 만에 자신의 청각이 유난히 예민해졌음을 느꼈다. 이 사람은 몸집이 크긴 하지만 특별히 뚱뚱한 것은 아니에요, 하고 수니의 여자 친구가 대화 도중에 강조했다. 배가 좀 나온 건 맞아요, 그래도 저녁마다 트레이닝을 받고 있으니 이 정도의 살은 곧

빠질 거예요. 그 어떤 무엇인가로 인하여, 희태는 매 순간 큰 소리로 거칠게 숨을 내쉬는, 특별히 뚱뚱하지는 않은 그 뚱보 남자가 견디기 힘들었다. 손가락을 불필요하게 움직이며 매번 커피잔을 달그락거리는 그의 습관도 신경에 거슬렸고 장마철의 공기처럼 눅눅하고 늘어지는 말투와 목소리도 불쾌했다. 우리는 결혼할지도 몰라요, 수니의 여자 친구가 희태의 눈치를 살피며 계속 말했다. my dear, 이 사람은 흡연자지만, 이 사람은 뚱뚱하고 땀이 많지만, 이 사람은 유머를 모르지만, 이 사람의 세계는 사물적이고 이 사람의 목소리는 당신과 다르지만, 그리고 무엇보다도 이 사람은 당신이 아니지만, 그럼에도 불구하고, my dear. 그럼에도 불구하고 희태는 미소 지었고, 손을 흔들었고, 귀를 막지 않았고, 참을성 있게 신호등의 색이 바뀌기를 기다렸다. 그리고 그 어떤 무엇인가로 인하여 분명히 달라진 세상의 제브러를 고요히 횡단했다. 나는 언제까지 이곳에 서 있게 될까. 스타킹을 벗지 않으면 내일 아침에는 분명 발이 퉁퉁 붓게 되리라. 하지만 나는 귀를 기울여야 해. 들려올 그 소리를 기다려야지. 이윽고 수니는 노트를 닫는다.

나는 오늘 집으로 돌아가지 않겠어, 하고 어느 날 수니는 말했다. 수니의 책들, 옷과 그림, 사진, 일기장과 음반, 남편이 한국에 올 때마다 사용하는 커다란 목욕 가운이 걸린 욕실이 수니의 집에 있었다. 그렇지만 나는 오늘 집으로 돌아가지 않겠어. 커다란 종이 내 머릿속에서 울리고 있고 바람이 시간의 흰 나뭇잎을 멀리멀리 실어 가는 중이지. 강물 위로 비치며 희미해져가는 황금빛 이 순간, 분수와 우물, 연못, 운하, 소리 없는 수로, 빗물 웅덩이, 모든 반사되는 것들, 얼굴을 알지 못하는 이들의 발걸음이 강물을 디디고 간다. 오늘은 눈이 멀고, 내일은 노인이 되리. 그리고 나를 벗어나 허공에 자국을 남기며 지나가는 나, 눈먼 자이며 노인인 나, 그렇게 나를 응시하는 나, 그 나는 오늘 집으로 돌아가지 않겠어. 아무도 아닌 자의 아내란 아무의 아내도 아니란 뜻이다.

어느 날 며칠 일정으로 베를린을 다녀오겠다며 공항으로 간 희태는 여행을 떠나는 대신 예상하지 못한 방문객을 데리고 강은희의 집으로 다시 돌아왔다. 그 방문객이란 피곤으로 멍해진 표정을 하고 있었지만 그 어떤 본능으로 인하여 희태의 팔에 필사적으로 매달린, 캔버스 천 가방을 든 젊은 여자였다. 강은희는 문을 연 순간, 후줄근한 옷차림의 여자가 희태의 허리를 온몸으로 움켜쥐고 있다는 인상을 받았고, 순간적으로 희태가 그 짧은 시간 동안 인도로 가서 길 잃은 고아를 입양이라도 해온 것이 아닐까 하는 착각에 빠졌다. 여자는 스물다섯 시간 동안의 여행을 마치고 방금 도착했으므로 완전히 지쳐버린 상태였다. 그다지 추운 날씨도 아니었는데 머리에 두꺼운 털모자를 쓰고 있었고, 그 아래로 보이는 머리카락은 땀에 젖어 피부에 찰싹 달라붙어 있었다. 소매가 축 늘어난 싸구려 스웨터 위에 이번 여행을 위해서 새로 산 것이 분명한 번쩍거리는 재킷을 걸치고 있었다. 그리고 마치 슬프고도 충직한 개가 주인의 새 여자 친구를 바라보는 눈길로 물끄러미 강은희를 올려다보는 것이었다. 여전히 두 팔로는 희태의 허리를 꽉 부둥켜안은 채. 희태가 순이라고 소개한 그 여자는 외국어라고는 단 한마디도 할 줄 몰랐으며, 뿐만 아니라 지금까지 외국 여행이라곤 한 번도 해본 적이 없다고 했다. 심지어 한국에서 국내선 공항조차 구경해본 경험이 없다는 것이다. 그런데 어떻게 비행기를 두 번이나 갈아타야 하고 한 번은 짐을 일단 다 찾은 다음 공항에서 열두 시간이나 기다렸다가 다시 출국 수속을 밟아야 하는 그런 복잡한 여행을 혼자 해냈단 말인지. 이곳으로 오기 위해 순이는 여권을 새로 만들어야 했고 그 일을 위해 우선 사진을 찍었으며—그러면서 그녀는 실제로 여권을 꺼내 매우 경직된 표정의 사진이 나온 첫 페이지를 보여주는 것이었다. 강은희는 그 순간 문득 그녀의 말투에서 어딘지 모르게 자랑스러워하고 있다는 느낌을 받았다. 무엇이 자랑스러운 것인지 그 내용은 전혀 짐작이 가질 않으나, 아마도 자신의 경직됨 그 자체와 어떤 식으로든 관련되었을 것이 분명한—거의 1년 동안이나 노인 병원에서 간병인으로 일하며 비행기표 살 돈을 모았다고 말했다. 강은희가 내온 차를 마시면서 순이가 긴 얘기를 풀어놓을 동안 희태는 한마디도 입을 열지 않고 있었다. 입뿐 아니라 온몸을 미동도 없이 찻잔 앞에 고정시키고 있었다. 희태의 태도로 보아 순이가 이곳에 올 것을 아주 최근까지, 어쩌면 오늘 오전까지도 모르고 있었음이 틀림없다고 강은희는 짐작했다. 계속되는 순이의 설명이 강은희의 추측을 확신시켜주었다. 난 마침내 이름조차 생소한 이곳 공항에 도착을 했는데, 그다음은 어떻게 해야 할지 조금도 알지 못했어요. 아주 조금도. 영어도 독일어도 프랑스어도 이탈리아어도 못할 뿐 아니라 공중전화를 거는 방법도 모르고 버스를 타는 방법, 주소를 들고 집을 찾아가는 방법도 몰랐어요. 오, 나는 쓰레기통이란 글자를 모르고 '분리수거'나 '지하철' 혹은 '들어가지 마시오'를 읽을 줄 모르죠. 금지, 폐쇄, 차단, 위험, 중단, 고장, 전염병, 전쟁, 발포, 지진, 테러, 폭탄, 히스테리와 우울, 도시에 도사린 그런 위협의 징표들을 나는 읽을 줄 몰라요. 난 그냥 왔고, 그게 이 세상에서 내게 주어진 유일하고도 고유한 증명 행위예요, 그래서 난 그렇게 해야만 해요, 그것밖에는 아무런 방법이 없는 것처럼요. (이 말을 하면서 순이는 동의 혹은 다짐을 구하듯 희태를 흘깃 쳐다보았고, 강은희는 이들이 예전에도 이런 식으로 만난 적이 있을지도 모른다는 생각이 문득 들었다.) 그래서 마침내 이곳에 도착한 다음에는 긴장과 피곤으로 너무나 진이 빠져서, 아직 진짜 과제가 남아 있다는 사실을—희태를 찾아야 한다는—미처 실감하지 못했어요. 나는 왔다, 마침내 왔다, 이 생각뿐이었거든요. 먼저 무엇을 해야 할지 결정도 못한 채 공항 벤치에 멍하니 앉아 있는데, 그런데 사람들 사이에서, 한 동양인이 내 쪽을 향해 똑바로 걸어오는 거예요. 키가 크고 좀 마른 듯한 동양 남자였죠. 마치 희태와 같구나, 하고 희망 없이 막연하게 생각했어요. 그런데 점점 가까이 다가오는 남자의 모습은, 정말로 희태였어요. 이걸 믿을 수가 있겠어요? 그는 내가 한국에 있을 거라고 생각하고 얼마 전에는 편지까지 써 보냈다는군요. 이걸 믿을 수가 있겠어요? 그제야

난 비로소 엄청난 공포가 실감되기 시작했어요. 말 한마디 못하는 도시에 홀로 막 도착했으며, 돈도 충분하지 않고 아는 사람도 하나도 없는데, 의사표시를 할 수 없기 때문에 도움을 요청할 수조차 없었다는 것. 앞으로 어떻게 할 것인지 아무런 구체적 계획도 없었다는 것. 이걸 믿을 수가 있겠어요?

그래서 앞으로 어떻게 할 생각인지. 강은희가 던진 이 질문에 순이는 아무런 대답도 하지 못했고, 강은희는 원래 대답을 기대하지도 않았다는 투로 계속 말했다. 난 오전에 도서관에서 일을 해요. 오후에는 장을 본 다음 집에서 책을 읽거나 차를 마시면서 시간을 보내죠. 당신 같은 젊은 여자들은 그런 내 생활에 적응하지 못할걸요. 난 텔레비전이나 라디오도 없고 음악도 안 들어요. 외출도 거의 하지 않는답니다. 극장이나 식당에도 안 가요. 난 집 안에서 텔레비전이나 라디오, 그 밖의 기기들이 소리를 내는 걸 원하지 않아요. 내 말의 포인트는, 난 당신과 함께 지낼 수도, 당신을 돌봐줄 수도 없다는 거예요. 게다가 희태는 늘 여행을 떠나요. 그것이 그가 여기 온 목적이기도 하고. 그가 여행에서 언제 돌아올지는, 희태 자신을 포함하여 아무도 모르는 일이죠. 그러니, 앞으로 어떻게 할 생각이죠? 그때 희태가 입을 열었다. 오늘 당장 순이가 지낼 호텔을 알아보겠노라고. 강은희의 집에서 얼마 떨어지지 않은 곳에 비싸지 않고 조용한 호텔이 있는 걸 봐두었다. 그곳에서 얼마간 머물며 시내 구경도 하고, 아마도 희태와 함께 두어 군데 여행도 다닐 수 있으리라고. 그런 다음에 순이와 함께 한국으로 돌아가겠다고 했다. 처음에는 분명 돌아갈 생각이 아니었는데 이제 이 여자 때문에 돌아가기로 결심을 해버렸군. 이 아이는 늘 치명적인 결정을 무심하게 내려버리더니 이번에도 역시 마찬가지야. 하지만 강은희는 그 생각을 입 밖에 내지 않았다.

며칠 뒤 도서관에서 돌아오던 강은희는 우연히 박물관 앞에서 그들의 모습을 발견했다. 강은희는 박물관 건너편에서 버스를 기다리고 있었고 그들은 박물관의 입장권을 사는 긴 줄에 서 있었으므로 강은희를 보지 못했다. 이상스러운 소름이 강은희의 등줄기를 훑고 지나갔다. 그 많은 사람들의 시선 한가운데서도 순이는 여전히 희태의 허리를 두 팔과 온몸으로 꽉 부둥켜안고 얼굴을 희태의 몸에 찰싹 붙인 채였다. 옆 사람이 희태에게 뭐라고 말을 거는 순간이나 희태가 매표소 직원에게 어른 두 사람이라고 말하는 순간에도 마찬가지였다. 강박적으로 오직 한 가지만을 향하는 겁먹고 절박한 표정과 태도가 멀리서도 그대로 느껴졌다. 나는 매표소라는 글자를 몰라요, 나는 이곳의 돈이 어떻게 생겼는지 몰라요, 나는 입장권을 살 줄 몰라요, 나는 어른 두 사람이라고 말할 줄 몰라요, 내 목소리는 이곳에서 피투성이 사산아예요, 끔찍하고 무서워서 입을 열 수 없어요, 지구의 고아인 나는 지탱할 곳이 필요해요, 내 지도이자 내 여행 증명서, 내 발자국 당신, 내가 아는 단 한 가지, 그것을 향해서 나는 가요, 하고 순이는 온몸으로 말하고 있었다. 희태는 동요하지 않고 의연하게 그것을 견뎌내는 중이었다. 왜 그러는지, 왜 그래야만 하는지는 누구도 모른다. 그들은 그런 상태로 박물관의 입구를 향해서 나란히 걸어가고 있었다. 전쟁과 학살의 한가운데서 구출된 난민 소녀만이 행할 수 있는 운명적인 사랑이로군. 이번에 강은희는 이렇게 소리 내어 중얼거려보았다.

2002년 서울, 린의 꿈:

북(北) 경찰서 자료실, 11월 ×일

오전 2시 30분경, 북(北) 거리에 살고 있는 한국계 이민자 장 씨(50세, 아시아식품점 경영)는 잠결에 쿵 하는 큰 소리를 들었다. 무거운 물체가 아주 높은 곳에서부터 부드러운 흙바닥에 떨어지는 소리처럼 들렸다. 장 씨는 오래전에도 한 번 그런 소리를 들은 적이 있었다. 그것은 인간과 비슷한 몸무게를 가진 생물체가 무방비 상태에 처한 채 아무런 지탱할 곳 없이 수초간 허공에서 수직 낙하하다가 절망적으로 땅에 떨어져서——대개는——두개골이 으깨어져 죽는, 그런 소리였다. 즉 그가 아는 한도 내에서는 죽음의 소리의 한 예, 바로 그것이었으므로 장 씨는 갑자기 잠이 달아나버렸다. 그는 일어나서 침실 등을 켜지 않은 채 커튼을 살짝 젖히고——갑자기 충격적인 어떤 광경과 마주칠까 두려운 나머지——앞뜰을 내려다보았다. 구름이 잔뜩 긴 깜깜한 밤이었고 집 앞 버스 정류장의 노란 불빛만이 차가운 가을밤의 텅 빈 거리를 비추고 있었다. 아무도 없는 버스 정류장의 커다란 자동 광고 화면이 맥주 광고에서 속옷 광고로 서서히 바뀌는 중이었다. 그때 장 씨의 아내가 잠꼬대를 하며 침대에서 몸을 크게 뒤척이는 바람에 장 씨는 자신도 모르게 흠칫 놀라 커튼 자락을 놓칠 뻔했다. 그럴 이유가 전혀 없는데도 불구하고. 좁다란 앞뜰은 어두컴컴했고 아무것도 보이지 않았다. 도둑고양이 한 마리조차 꼼짝하지 않는 밤이었다. 마치 어둠이, 스스로를 들키지 않으려고, 더욱 진한 어둠 속에서 움츠린 채 숨어 있는 듯한 그런 어둠. 하지만 그것이 만약 그것이라면, 하고 장 씨는 이불 속으로 파고들어가면서 생각해보았다. 그렇다면 아무것도 움직이지 않는다는 것은 너무나 당연하겠지. 그의 아이들은 둘 다 다른 도시에서 대학을 다니고 있었지만 마음속을 파고드는 불길한 스멀거림이 완전히 사라지지 않았으므로 장 씨는 쉽사리 잠이 들지 못했다. 추락사란 젊은이들의 방식이라고 생각되었기 때문이다.

장 씨는 지난달 한국행 비행기를 탔을 때 옆자리에 있던 여자를 기억한다. 얼핏 보기에는 평범한 인상에 피부가 흰 여자였는데, 놀랍게도 턱 바로 아래 목 윗부분을 빙 둘러가며 무서운 멍 자국이 나 있었다. 시커멓고 굵직한 밧줄을 두른 듯 까맣게 죽어 있는 멍 자국 가장자리로 태양의 코로나처럼 불그죽죽하게 피가 맺힌 것이 보였다. 여자는 앞을 쳐다보며 꼼짝 않고 앉아 있었다. 손등이 통통한 두 손을 무릎 위에 가지런히 포개놓은 채. 그 비행기 안에서 불편하게 잠이 든 장 씨는 천장이 높고 서늘한 어느 방 안으로 걸어 들어가는 꿈을 꾸었다. 장 씨는 불을 켜려고 벽을 더듬어 스위치를 찾았으나 실패하고 말았다. 이유는 알 수 없으나 그는 이 방 안에서 뭔가를 찾아야 했고, 바로 그 뭔가와 마주치는 것에 대한 두려움으로 떨고 있었다. 시커먼 멍 자국 같은 어둠 속으로 그는 한 걸음씩 주춤주춤 발을 내디뎠다. 이 방은 어디인가, 누구의 방인가, 그건 알지 못했다. 하지만 그는 자신이 두려워하는 것의 정체는 알고 있었다. 허공에 매달린 채 자연적으로 진동하는 그것의 들리지 않는 소리. 자기 존재의 무게가 그만큼의 치명성으로 작용하는 그것. '그 물체'라고 불리는 것의 독특하고도 고유한 음파. 코로나와 절망의 진자(振子)가 파동하는 소리. 아주 오래전 한 번 보았던 그 광경의 재현. 철썩하고 마주치는 소리, 흐느적거리는 소리, 스위치를 켜는 소리 혹은 끄는 소리, 아무도 없는 집 안의 소리, 편지 쓰는 소리, 뒷모습의 소리, 그 뒷모습이 서서히 고개를 돌리는 소리, 꼬리를 치켜세운 고양이가 지나가는 소리, 그것의 뒷모습을 찍은 사진과 그림의 소리, 모든 암시와 징후에도 불구하고, 아무것도 들리지 않는 소리.

린의 꿈속에 나타난 장 씨의 꿈: 북 경찰서 대기실에서 11월 ×일, 장 씨는 정말로 그 모든 소리를 다 들었다고 주장했다. 많은 사람들이 그의 주장하는 소리를 들으면서 복도를 지나쳐갔다. 복도에 있는 많은 문들이 열리고 닫힐 때마다 문에 매달린 종이 흔들렸으나 소리는 나지 않았다. 문들은 투명했고 사람들은 장 씨가 있는 쪽을 바라보기 위해 고개를 돌리지 않았다.

꿈속에서 눈을 뜬 린은 북 경찰서 자료실에 있었다. 창문이 열려 있었고 초록빛 제복이 하나 벽에 반듯하게 걸려 있을 뿐, 자료실은 텅 비어 있었다. 호두색 탁자 위에는 커다란 방명록이 펼쳐져 있었다. 린은 방명록에 이렇게 기록했다.

북 경찰서 자료실, 11월 ×일

이 꿈을 꾸고 있는 나는 아직 린이 아니다. 그러나 나는 언젠가는 린이 될 것이다. 꿈속에서 그 소리를 듣는 린.

꿈에서 깨어난 린은 당장 꿈 내용을 정리하여 국어 교사에게 보내야겠다는 생각이 들었다. 자신은 앞으로 꿈을 쓰게 될 것이다. 그러니 꿈을 꾸지 않는다면 삶은 벽에 갇힌 수용소나 다름없을 거야. 감시병은 없지만 달아날 수도 없다는 기분 나쁜 소문의 그곳. 현대의 질병 자체라는 악명의 그곳. 꿈의 내용을 글로 정리할 충분한 언어와 문장이 없다면, 그건 어떤 유형의 인간에게는 질병일 뿐 아니라 혹독한 형벌이나 마찬가지지. 그 언어나 문장이 형체와 소리가 없는 꿈의 장면 하나하나를 묘사하고 수많은 내용이 서로 중첩된 꿈의 고통과 색채와 떨림을 현실에서 다시 불러일으키며 꿈을 지배하는 그리움, 다른 해안에 대한 그리움의 성질과 증상을 증폭시킬 수 있을 정도로 섬세하면서도 예술적으로 문명화되어 있지 못하다면. 그리하여 언어를 통해 살아난 꿈의 그것들을 현실로 투입하여, 마침내 현실을 꿈으로 채색하고 현실이 꿈을 통해 호흡하도록 만들 수가 없다면. 그리하여 잠들지 않고도 꿈을 바라보고 만지고 느낄 수 있으며, 마침내 잠 없이도 꿈의 상태에 머무는 그런 단계에 도달하지 못한다면. 그러면 어떤 유형의 인간에게는 혀와 눈이 있더라도 혀와 눈을 뽑힌 것과 다를 바가 없을 테니까. 그리고 최종적으로는 그 꿈의 내용을 정리하여 편지로 보낼 하나의 주소를 갖고 있지 못하다면, 그건 결코 산다고 할 수 없다. 오직 숨 쉬고 있는 살갗의 몸통일 뿐. 오직 욕망을 알고 그 방향으로 움직이는 눈먼 육체일 뿐. 어떤 유형의 인간에게는.

린의 국어 교사, 당시에 이미 50이 넘었고 1미터 60이 채 되지 않는 왜소하고 작은 체구에 염소수염을 기른 골초. 오직 화려한 수사와 달변으로 어린 소녀들을 휘어잡는 희열 하나로 살아가며 자기 체구의 두 배나 되는 아내와의 사이에 네 명의 아이를 낳은 남자. 린은 이미 예전처럼 그렇게 절실한 마음을 품고 그를 흠모하는 건 아니었지만, 그래도 어떤 구절, 어떤 장면, 어떤 상상이 떠오르거나 어떤 꿈을 꾸게 되면 거의 대부분 자세히 기록하여 그에게 편지를 보내고 있었다. 환상을 가져라, 환상을 버리지 마라, 하고 그는 여학생들을 한 명씩 차례로 자신의 무릎에 깊숙이 당겨 앉히고는 귀에다 뜨겁게 속삭이곤 했다. 나의 소녀들, 나의 유일한 소녀들, 너희는 새벽의 꿈꾸는 나무가 되어라, 안개의 베일을 쓰고 숲 속을 산책하는 환상의 신부가 되어라, 환상 말고는, 그 어떤 남자와도 절대 결혼하지 말아라. 그러면, 내가 환상을 가지면, 이 세상은 어떻게 달라질까요? 하고 린은 재떨이의 악취를 풍기는 그의 입을 향해 차분하게 물어보았다. 그건 중요하지 않아. 핵심은 바로 네가 다른 세상을 보게 된다는 거지. 세상이 달라지든 달라지지 않든 상관없이 말이다. 하지만 환상은 잠시 동안만 나타났다가, 자기 마음대로 사라져버리곤 해요. 나도 어린아이가 아니라서, 이제는 우리의 눈에 들어오는 세상의 주성분이 환상이 아니라는 것쯤은 알아요. 그 누구의 환상과도 모두 무관한 객관적 사물들로 이루어졌다는 것도요. 사람들이 제3의 사물이라고 부르는 것의 집합이 바로 실제의 세상이지요. 그러나 그럼에도 불구하고, 세계의 사실적 존재 방식은 여전히 내 관심의 대상은 아니에요. 어떻게 하면 내가 환상하는 방식이 곧 나의 실재, 내 세상의 실재가 될 수 있을까 하는 것에 관심이 있을 뿐이에요. 나는 오직 환상을 사랑하고, 그것이 나를 사랑하도록 만들고 싶어

118

요. 앞으로 시간이 흘러 나이와 이성이 나를 침범하여 나를 현실의 인간으로 만들어놓을지라도, 나는 지금의 이 환상과 헤어지지 않고, 언제까지나 함께 있고 싶어요. 어떻게 하면 그럴 수 있을까요? 하고 린이 다시 물었다. 만일 네가 네 환상을 기록한다면, 네가 보고 들은 것이 아니라 네가 꿈으로 꾸는 묘사 불가능한 것들을 기록한다면, 그런 것들을 기록하기 위해서 네 언어를 만들어낸다면, 하루하루 네 꿈을 기록한 노트를 당나귀처럼 어디든 짊어지고 다닌다면, 너는 같은 세상을 살면서도, 동시에 다른 모든 사물들과 안과 겉처럼 다를 수가 있지. 네 환상은 네가 기록하는 만큼 성장하고 우거질 것이며, 그래서 너만이 산책할 수 있는 검은 숲을 이루게 될 거야. 오, 나는 바란다. 네가 숲이 무엇인지 알기를…… 언젠가는 숲이 무엇인지, 그 속을 산책한다는 게 인간의 어떤 상태를 말하는 것인지 알게 되기를 가슴속 깊이 바란다…… 그때가 되면 너는 지금의 내 말을 더욱더 잘 이해할 수 있겠지. 네 환상은 네가 기록하는 만큼의 육체를 갖게 되며, 네가 기록하는 만큼의 고유한 현실성을 얻게 된단다. 환상이야말로 여섯번째 감각의 실체인 셈이지. 눈을 감고 상상해보아라. 안개 속에서 서서히 드러나는 흰 나무들을, 그들의 시적인 흰 몸들을, 검은 흙과 찬란하게 너울대는 저 세계의 빛을. 무의식 속에서만 살고 있는 꿈은 소리도 움직임도 없이 고요하나, 그런 꿈을 꾼 다음, 정체불명의 매혹적인 우수와 생각에 잠긴 무거움이 네 피부 아래로 파고들어가 너의 내부에서 폭풍우 치며, 너를 근본부터 바꾸어놓을 테지. 그러면 너는 꿈의 성분으로 다시 태어나며, 네 안에서는 환상

나무가 자라날 거야. 주저 없이 가거라. 그토록 오랫동안 아무도 이름을 모르고 있었던 꿈속의 정원 파라다이스로. 너는 마침내 그 숲으로 홀로 달려갈 수가 있는 거야. 오직 너 홀로, 오직 그곳으로, 온몸과 환상으로. 그러니, 꿈을 꾸도록 노력해. 많은 꿈을, 더 많은 꿈을, 더욱더 많은 꿈을, 그리하여 꿈의 가로수 길이 네 생과 네 이름을 넘어서서 더 먼 세상까지 너를 이끌 수 있도록. 다른 곳을 쳐다보지 말아라. 오직 그 길을 걸어. 빙하의 습지가 부드럽고도 거대하게 부풀어 죽음이 휩쓸고 간 평원을 덮어버리듯이, 그렇게 꿈이 너의 깨어 있음마저도 온전히 지배하도록 만들어! 절대로, 절대로 그 꿈에서 깨어나선 안 돼! 잊지 말아라, 삶의 목적어는 단연코 오직 꿈이라는 것을. 그러니 꿈을 살아! 꿈을 체험하고 꿈을 돌보도록 해! 그러기 위해서는, 기록해. 잊지 않도록, 깨어나지 않도록, 환상이 없는 현실로 가라앉지 않도록. 항상 이걸 생각해. 현실은 제짝을 잃어버린 쌍둥이 노인처럼 너를 붙잡아 자신과 똑같이 닮은 노예로 만들어버리려고 일생 동안 널 쫓아다닐 거라는 사실을. 그들이 얼마나 악의적이고 심술궂은지를 알아야 해. 그러니 네가 꿈꾸는 것을 기록하고, 그렇게 기록한 것을, 그것들만을 살아야 해. 언제까지나 꿈속에서 꿈꾸듯이, 그렇게만 깨어 있을 수 있도록!

린은 열두 살 때 이후 그 국어 교사만이 자신의 첫 남자가 될 수 있을 거라고 믿어왔다. 그게 아니라면 영원히 아무와도 자지 않으리라. 환상으로 건너가기 위한 단 하나의 정거장. 마지막 기차가 도착하기를 기다리는 늙은 환승역의 플랫폼.

이미 형체를 갖춘 사랑은 더 이상 사랑의 성격을 띠지 않을 것이다, 하고 2002년 가을, 여행 중에 있던 희태는 그렇게 일기에 썼다. 그러므로 사랑하라, 사랑하기 전까지만. 사랑의 무한한 성격이 곧 사랑의 정의이기 때문에, 사랑의 성격이 개념에 앞서기 때문에 사람들은 그토록 오랜 시간 동안 싫증 내지 않고 사랑을 노래해올 수 있었다.

희태의 일기, 다음 페이지 계속: 지난밤 나는 바다로 갔고, 나 자신도 깨닫지 못하는 사이, 90년 뒤의 내 뒷모습을 보았다. 90년 뒤, 내가 해변을 걸어가는 뒷모습을 보았다. 90년 뒤, 발목에 와 닿는 파도의 규칙적인 움직임, 영원히 지치지도 충족되지도 않을 그 반복, 세계의 반복, 그것의 일부로부터 우리가 나온, 따뜻하고 냄새가 강한 물과 피부를 애무하는 공기의 살랑거림, 애정을 갈구하는 부드럽고 작은 몸짓들, 변함없이 다가왔다 밀려나기를 되풀이하는 지조 깊은 물살의 구애, 바로 그것, 본능적인 사랑의 느낌, 형체도 부피도 없는 그것, 빛이고 어둠인 그것, 오늘 그리고 내일, 내일, 끝없는 내일, 끝없이 계속되어갈…… 나는 그 벅참을 알지만 모른 척하고 계속 걸어간다. 마치 가벼운 산책을 즐기러 바닷가에 나온 가볍고 한가로운 사람처럼. 그러나 나를 따라오는 이 발자국, 결코 누구의 것도 아니면서 철저하게 고유한 것……

2002년 베를린, 희태의 꿈:
북 경찰서 자료실, 11월 ×일

나는 진한 호두색 탁자 앞에 앉아 있다. 방 안에는 나 혼자뿐이다. 낯선 방 안, 이루 형용할 수 없게 아득히 높은 벽이 천장을 받치고 있다. 벽 위쪽에는 손이 닿지 않는 높이에 커다란 창문이 활짝 열려 있고, 그 창을 통해서 뭐라고 묘사하기 힘든 기묘한 가을의 공기가 흘러들어온다. 단 한 번도 이런 가을은 없었다고 자신 있게 말할 수 있을 정도로 독특하고 달콤하다. 심장을 붉게 적시는 늦가을 나뭇잎들의 냄새. 책상 앞에 앉은 나는 기분이 편안하고 만족스럽다. 뭉클거리며 가슴에서 소리 없는 감동이 솟아 나오는, 벅차면서도 차분한 그런 그리움의 기분. 멀리 있는 듯한 그리움. 탁자 위에는 방명록이 펼쳐져 있다. 종이와 잉크 냄새. 오래되고도 신선한. 동쪽 벽에는 제복이 하나 걸려 있다. 초록빛이고, 완벽하게 다림질이 된 것이다. 자리 잡히고 완성된 형체와 모양, 제복은 그것의 대명사로서 거기 있었다. 어느 순간 내 앞에는 몇 년 전에 결혼한 옛 여자 친구가 앉아 있다. 그녀는 어디로부터, 혹은 어딘가의 출입구를 통해서 방 안으로 들어온 것이 아니라, 어느 한순간에 나타났다 다른 순간에 사라지는 비현실적 현상들이 그렇듯, 순식간에 빛으로 빚어져서 거기 있는 것이다. 그녀의 나타남은 밀도도 존재감도 없이 투명하고 불안했고, 그런 상태에 어울리게 그녀는 얼굴 위로 진한 베일을 드리우고 있다. 얇은 결혼식 장갑을 낀 손으로 그녀는 방명록을 말없이 나에게 민다. 방명록의 펼쳐진 페이지에는 글자가 가득 적혀 있고 나는 그것을 읽는다. 나는 상상하고 그려내고 기억하고 스스로에게 펼쳐 보인다. 내가 글자로 읽은 그것을.

2002년 베를린, 희태의 꿈, 계속:

북 경찰서 자료실, 11월 ×일

방명록에 적힌 수니의 글: 당신을 사랑해. 어느 날 극장 앞에
서 한 모르는 여자가 희태에게 말했다. 번개처럼 짧은 순간, 내가
희태에게 자연스럽게 다가가기 위해 숨을 고르고 있던 바로 그 순
간에 일어난 일이었다. 나는 동료들과 남편 곁에 서 있다가 막 희
태의 곁으로 다가가는 중이었다. 분명 이상하게 흔들거리는 불안
한 발걸음으로. 나는 아름답지 못했다. 사랑에 빠졌기 때문에. 나
는 단 한 번도 사랑한다고 말하지 못했다. 사랑에 빠졌기 때문에.
나는 결혼 생활이 주는 긴 고독의 터널에서 빠져나오기로 작정한
참이었고, 그로 인해서 여전히 고통에 시달리고 있었다. 희태 앞
에서 내 혀는 시멘트처럼 거칠게 굳어졌다. 지상에는 수많은 사랑
의 속삭임이 있고, 내 혀는 그것을 안다. 사랑을 발음하는 것은
그 자체가 육체의 쾌락이며, 불행히도 내 혀는 그것을 안다. 다들
함께 극장을 빠져나오는데, 이루 말할 수 없이 극적인 저녁 빛이,
구름 사이에서 번져 나온 황금색 저녁 빛이 우리들의 바로 맞은편
건물을 빛의 폭포로 만들고 있었고, 그 위로 현란하게 너울거리는
무지개가 걸려 있었다. 신비하게도 그 외의 모든 사방은 믿을 수
없게 어두웠고, 하늘은 검은색 문을 닫아건 듯이 깜깜하게 흐렸
다. 밤이 되어가고 있다. 거리의 낮은 곳에는 흐릿한 회색빛 음울
뿐이었다. 자동차와 사람들이 만들어내는 불투명한 진창. 그 가
운데, 단지 하나의 지점만을 향해서 집중되는 우연한 축복의 현상
으로서 무지개의 빛이, 이 도시라는 삶 전체를 조롱하며 내려다보

고 있었다. 이유와 명분으로부터 자유로운 젊고 찬란한 우연. 나는 그 무지개를 향해서 마취당한 듯 무감각하게 걸었다. 내 온몸은 영혼이 빠져나간 상태였다. 가벼운 어떤 발걸음이, 우연히 내려앉은 어떤 산뜻한 눈길이 사랑을 한다. 그것이 사랑을 말할 권리를 가진다. 자기로 인해 무거운 것은 과잉이며, 그것은 언제나역(逆)을 향해서만 달려간다. 사랑의 말—나는 그날 처음으로 알았다. 그것이야말로 오해 없는 정말 사랑의 말이라는 것을, 지금껏 십수 년 동안 내 입에서 흘러나온 온갖 향기롭고 사치한 쾌락의 혀 굴림은 모두 열매 없는 공허에 불과하다는 것을—을 듣고 상기되어 있는 희태의 표정이 내 가슴에 못으로 와서 박혔다. 전혀 모르는 여인의 사랑의 말. 우리가 그동안 정체를 모르며 막연히 그리워한 모든 애절함의 단호한 본질이 거기에 있었다. 그리고 그것은 항상 나를 추월한다. 나를 스쳐 지나가고, 나를 관통하여 앞서 간다. 나는 영원히 어떤 사랑의 고백도 할 수 없으리라. 내 목소리여, 너는 무엇으로 인해 있는가. 나는 신음했고, 아무도 그 소리를 듣지 못했으나 나는 아팠다.

희태는 어느 날 모르는 여인인 나에게 전화를 걸었는데, 그것이 나를 향한 그의 처음이자 마지막 전화였고, 내가 그의 목소리를 최초로 인식한 날이기도 하다. 그는 몸매가 아름답고 눈이 깊은 남자였다. 그리고 그 목소리, 책을 읽는 듯 발음이 또렷하지만, 나는 지금 외국어로 말하고 있습니다 하듯이 주저함과 우아함을 동시에 갖춘. 혹 그것은 주저함으로 인한 희귀한 우아함이었는지. 그 목소리는 나에게 어떤 장면을 연상시킨다. 꿈처럼 화창한

6월의 어느 날, 검은 양복을 입고 살짝 경사진 언덕길을 올라가고 있는 한 남자. 눈에 보이는 그 언덕의 가장 꼭대기에는 두 그루의 나무가 서 있는데, 갑자기 하늘에 일식이 찾아와 깜깜하게 어두워지며, 태양의 코로나가 불타는 밧줄처럼 그의 목에 감기고, 그는 어둠 속으로 타들어가듯이 사라지고, 다시 사방이 환하게 밝아지고 나면, 그는 여전히 검은 양복을 입고 언덕을 올라가며, 그의 얼굴은 이상하게 평화로운데, 그의 모습도 목소리도 모두 물속에서처럼 고요히 흔들리면서 서서히 와해되고 있는 것 같은, 불타는 밧줄과 수용성의 와해가 리드미컬하게 되풀이되는 그런 장면. 나중에야 나는 그가 한때 무대 배우 수업을 받았다는 사실을 알게 되었다. 나는 그의 목소리에 입 맞추고 싶었다. 아니, 그가 처음으로 나에게 전화를 걸었을 때, 그래서 우리가 대화를 나누었을 때 이미 나는 그렇게 하고 있었다. 많은 결혼한 여자들이 그렇듯이, 매우 주저하면서, 매우 두려워하면서, 그리고 무엇보다도 스스로에게 매우 경이로워하면서. 나중에 내가 알게 된 것은 그의 무대 배우 수업 경력만은 아니었다. 왜 나는 그를 알아보지 못했을까? 우리는 이전에 적어도 최소한 한 번 이상 우연히 마주친 일이 있었다. 게다가 지금은 결혼을 앞두고 있는 한 여자 친구가 아주 최근까지도 그에게 한동안 열광하고, 심지어 나에게 그에 관해서 몇 번인가 말해준 적조차 있었던 것이다. 어떤 의미에서 우리는 그 여자 친구를 통해서 이미 간접적으로 알고 있는 사이나 마찬가지였지만, 누군가를 '알고 있다'는 생각이 그토록 우스꽝스러운 것일 줄이야.

전화를 끊은 다음 나는 소리 내어 웃었다.

나는 지금 한 남자와 어페어를 시작하려 해. 그것도 가장 친한 친구가 바로 얼마 전까지도 한창 열렬하게 사랑하며 my dear라고 불렀던 사람과. 그런 여러 가지 이유로, 아마도 나는 그를 절대로 my dear라고는 부르지 못하겠지. 이 세상의 다른 모든 속삭임으로 그를 부를 수 있다고 해도 그 my dear만은 못할 거야. 내가 명명하지 않은 이름들이 소리 내어 불리면, 그러면 내 목구멍에서는 내 것이 아닌 목소리가 흘러나올 것이고, 그러면 나는 그 어디에서라도 얼어붙고 말 거야. 이 세상의 그 어떤 모퉁이에서라도. 하지만 그는 다른 모든 속삭임이라는 먼 길을 둘러 가지 않고, 곧장 나에게 my dear라고 말할 수 있을지도 모르지. 그것이 내가 그에 관해 알고 있는 것의 거의 전부야.

제3장

목소리의

유령

아무도 강제, 노동, 죽음이라는, 수용소와 전통적으로 어울리는 전치 단어들을 입에 올리지 않을지는 모르지만, 이곳의 사물이 그것과 유사한 기색을 갖고 있는 건 사실이다. 유사함을 유발하는 유순하고 평화로운 눈빛을. 그들은 실제로 더 순하고 더 무심하며 더 느리다. 그중에서도 특히 순하고 무심하고 느린 사람은 여죄수였다. 아마도 반쯤 다른 생각에 잠긴 말투나 초조해하지 않는 행동 때문인지도 모른다. 하지만 여죄수는 약속 시간에 늦게 나오지는 않는다. 여죄수는 어두운 녹색의 긴 원피스에 어깨에는 커다란 모직 숄을 두르고 앉아 있다. 커피 테이블 위에는 잡지가 펼쳐져 있다. 혼자 있을 때 여죄수는 이상할 만큼 느린 속도로 미소 지었다. 회색 스웨터 위에 검은 코트를 걸치고 잿빛 중절모를 쓴 남자가 카페의 입구로 들어서며 눈길로 여죄수를 찾는다. 도서관 카페가 비록 아주 넓은 홀이기는 하지만, 아직 이른 시간이라서 거의 비어 있다시피 하므로 그들은 서로를 쉽게 찾아낸다. 남자는 뚜벅 뚜벅 걸어오고, 여죄수는 손가락을 잡지의 페이지 위에 둔 채 지속적으로 침착하다. 너무나 정적이고 침착해서, 마치 희고 커다란 여신상에 옷을 입혀놓은 것처럼 보인다. 그녀는 이미 적어도 반 시간 전부터 도서관 2층에서 빌려온 잡지의 똑같은 페이지를 펼쳐놓고 있는 중이다. 물론 수용소 도서관에 신간 잡지는 없으므로, 『무대』란 이름의 그 낡은 공연잡지는 1978년도에 나온 것으로 지금은 폐간된 지 오래인데, 어느 페이지를 펼쳐도 강제, 노동, 죽음이라는 글자가 용수철처럼 튀어나온다. 그러나 수용소의 용수철 또한 어쩌면 우리의 생각보다 더 순하고 더 느릴지도 모른다. 해변에서 발견한, 회오리바람 모양의 주인 없는 척추뼈처럼. 여죄수는 남자가 자신을 발견한 모습을 확인한 다음에야 그에게로 향했던 눈길을 거두고 잡지의 페이지를 유심히 읽기 시작한다. 남자는 자리에 앉자마자 이렇게 말할 것이기 때문이다. my dear, 내가 없는 동안 무엇을 그리 열심히 읽고 있었지?

여죄수는 자신이 실제로는 읽지 않은 것들을 상상으로 꾸며내어 대답하리라.

검은 벽. 잡지는 그것에 관한 기사와 광고들로 넘쳐난다. 이미 그 시절에 검은 벽의 숭배자들이 있었다고 한다. 드라마의 시작은 항상 같았다. 사람들이 검은 벽을 향해서 총을 쏘았다. 검은 벽은 건물과 건물 사이, 음침하고 외진 구석에 서 있으며 그 앞은 한 뼘 정도의 그늘진 빈 공간이다. 이 건물에서 저 건물로 건너가는 통로 역할을 하지만, 지나다니는 사람의 모습은 거의 볼 수 없는 한적한 공간. 이 건물과 저 건물을 이어주는 경로는 그곳 말고도 또 있기 때문에 사람들은 굳이 으슥한 그곳으로 지나다니려 하지 않는다. 양쪽 건물에서 검은 벽 쪽을 향해 난 창문은 모두 타르를 바른 이중 광목천으로 가려져 있다. 이 건물과 저 건물에는 복잡하고 난해한 이름을 가진 관청들과 위원회, 소규모 재판정, 라디오 방송국과 체육관과 진료실, 그리고 정체를 알 수 없는 빈방들이 흩어져 있고, 기다란 복도 끝에 다다르면 그곳은 벽돌이 반쯤 드러난 포장되지 않은 벽, 중단되어버린 익명의 현장들이다. 어느 날 사람들이 그곳으로 와서 검은 벽을 향해 총을 쏘았다. 사람들은 술에 취했고, 다들 큰 목소리와 붉은 얼굴을 가졌으며, 기분은 유쾌해 보였다. 그들은 문화를 이끌어가는 간수인가, 아니면 무기를 손에 넣은 자유로운 폭도인가? 그늘진 검은 벽 앞은 추웠다. 목소리는 말했다. 검은 벽을 향해서 걸어가, 그리고 벽 쪽으로 얼굴을 돌려. 총을 쏜 사람들이 가버렸다. 그들과 함께 유쾌함과 들뜬 소음도 빠르게 사라졌다. 희박한 태양빛이 벽 앞에 짧게 머물다가 떠나갔고 벽 창문에 매달린 검고 뻣뻣한 광목천들이 바람에 부르르 떨었다. 거대한 한 마리 검은 파리의 세찬 날갯짓 소리라고 생각할 수도 있는 그것.

남자는 고개를 끄덕이며 인내심을 가지고 듣는다. 그는 여죄수가 잡지에 소개된 페터 바이스의 희곡 한 구절을, 아마도 틀리게 기억하고 있는 것에 여죄수 자신의 상상을 덧붙여 인용하는 거라고 생각한다.

여죄수는 이제 다음 날이면 이곳을, 그리고 남자를 떠나게 된

다고 말한다. 남자는 알고 있다고 짤막하게 대답한다. 더 이상의
다른 표현은 불필요하다. 그들의 과묵한 대화는 천장이 높다란 도
서관 지하 카페를 가득 채운 도도한 물처럼 이리저리 거세게 흐른
다. 다른 독신 수용자와 마찬가지로 방 하나뿐인 아파트먼트에
살고 있는 여죄수는 주로 이곳에 나와서 책을 읽고 공부를 하고
차를 마시고 음악도 들었다. 누구나 신청만 하면 도서관에 개인
캐비닛을 가질 수 있었지만 그들은 이곳 카페에 함께 앉아서 여유
있게 대화하면서 책을 읽는 편을 좋아했다. 특히 여죄수가 그것을
좋아했다. 이윽고 남자가 모자를 벗어 테이블 위에 올려놓는다.
윗부분 가운데가 움푹 들어간 형태의 어두운 잿빛 펠트 모자는 마
치 대양을 향해하는 커다란 돛배처럼 가상의 파도 위에서 넘실거
린다. 남자의 턱은 파도의 계곡처럼 둥그스름하여 원만한 인상을
주지만 머리는 근본파 승려처럼 엄격한 손길로 말끔히 면도되어
있다. 그들은 서로 잠시 마주 본다. 그들의 얼굴이 말없이 대화를
시도한다. 그러면서 남자는 여죄수의 손을 잡는다. 손을 잡는 행
위는 모든 것의 시작이 될 수 있고, 실제로 그러했다. 그들은
노말 커피를 주문했으나, 여죄수는 울지 않는다. 입가에는 긴장
한 주름이 선명하다. 남자의 손이 여죄수의 허벅지 위로 내려온
다. 여죄수가 몸을 흠칫 떨었고 자신이 내일 이곳을 떠나리라는
사실을 자연스럽게 떠올린다. 이상한 일이다, 하고 여죄수는 문
득 생각한다. 함께 살았던 남자들이 언제나 다른 세계의 사람이었
다니. 다른 세계의 남자는 여죄수와 함께 살기 위해 여죄수의 나
라로 건너오는 법이 없었다. 대신 그들의 유령이 미끈하고 건강한

백조의 몸을 하고 창을 통해 여죄수의 침실로 들어왔다. 낮 동안 여죄수의 등은 못 박힌 듯 꼿꼿했다. 여죄수는 혼자 있을 때면 무의식중에 책을 작게 소리 내어 읽는 습관이 있었다. 누군가에게 들려주기 위해서가 아닌, 스스로를 위한 몸에 배인 훈련 같은 거였다. 여죄수 혼자뿐인 집 안에서 나직하고 굴곡 없는 목소리가 들려오면, 우리는 여죄수가 오디오북을 틀어놓았다고 생각할 것이다. 여죄수의 집에서 전화벨이 울리고 자동응답기 안에서 목소리가 한숨을 쉰다. 밖이란 없는 이곳에서 아침이면 여죄수는 맨발로 밖으로 나온다. 두 잔의 노말 커피가 날라져 온다. 남자는 손을 여전히 여죄수의 허벅지 위에 놓은 채 다른 손으로 커피에 우유를 붓는다. 여죄수도 그렇게 한다. 그리고 그들은 오랜 습관대로 잔을 들어 노말 커피를 마신다. 남자는 여죄수가 읽어주었으면 하는 책을 가지고 있다. 그 자리에서가 아니라 가능하다면 라디오 방송에서. 책의 제목은 『이집트의 헬레네』이다. 여죄수는 남자가 가지고 온 책의 페이지를 바람에 날리는 나뭇잎처럼 팔랑팔랑 넘긴다. 여죄수는 먼 곳에서 배를 타고 온 다른 세계의 아름다운 남자에게 그렇게 유혹당했으므로. 여죄수는 그날 오후에 스튜디오에서 마지막 방송을 녹음할 예정이다. 공식적으로는 며칠 전부터 일할 의무가 없는 여죄수이긴 하지만, 그래도 마지막 녹음 약속은 지키고 싶다. 「일요일의 셰에라자드」 방송에서 낭송극 대본을 읽는 일은 여죄수에게 지난 시절의 직업에 대한 향수를 불러일으켰다. 여죄수는 『이집트의 헬레네』 한 구절을 읽게 될까? 그날의 첫 커피를 혀와 목으로 넘기면서, 그들은 무감각하고 익숙한 욕망 속으로 들어가고 있음을 안다. 우리가 다른 무엇보다 사랑하는, 그 미지근하고 아득한 무중력의 물속.

　사람들은 종종 보통의 연인들 같은 대화를 나누기도 한다. 당신이죠, 당신이 나를 먼저 유혹한 거예요. 여기서 '당신'과 '나'는 서로에게 중의적이며 대체 가능한 인칭이다. 그날 나는 라디오 일을 마치고 새와 바람, 그늘과 햇빛 사이에서 평범한 오후의 산책을 하는 중이었죠. 입자가 고운 부드러운 흙이 발바닥 아래 느껴지는 오르막길이었답니다. 길 왼쪽으로는, 빛과 구름과 먼지와 안개가 뒤엉킨 흐릿한 하늘 아래 이상하게도 선명한 노란 벽이 보였지요. 길 중간중간에 나무로 만든 휴식용 오두막이 있었어요. 당신은 오두막 뒤에서 갑자기 나타났죠. 입으로는 투명하고 가벼운 피리 소리를 내면서. 나는 산책 내내 나를 따라오는 그 소리가 야생 꾀꼬리일 거라고만 생각했어요. 수줍어하는 투명한 야생 꾀꼬리가 깃털로 공기의 현을 튕기는 울림. 트릴릴리 트릴랄라 하면서. 당신이 갑자기 나타나서 놀랐고, 당신의 모습이 나에게 낯설지 않아서 다시 한 번 놀랐죠. 지난 수년 동안 당신은 항상 내 시야권 내부에 머물고 있었던 게 맞아요. 펠트 모자와 당나귀, 책상과 꾀꼬리로 형태를 바꿔가면서. 당신의 이름은 유혹자로 길이 남을 겁니다. 두 눈빛이 마주쳤을 때 아무도 그것을 먼저 거두지 않았지요. 나는 '이러이러한 생김새에 이러이러한 옷을 입고 성격이 이러이러하고 인상이 이러이러한 사람'으로 당신을 묘사하고 싶지 않습니다. 당신의 일화는 물론이고 심지어 당신의 이름조차 알고 싶지가 않아요. 우리는 언덕길 휴식용 오두막에서 야생 꾀꼬리 소리와 함께 만났지요. 나는 유혹자로서의 당신을 사랑해요. 나는 유혹당하는 자로서의 당신을 사랑해요.

여기는 사람이 너무 많아요. 여죄수가 소리 내어 말한다. 남자는 비어 있는 테이블이 대부분인 지하 카페 안을 둘러본다. 전혀 많지 않아요, 하고 남자가 여죄수를 진심으로 위로한다. 여죄수는 소녀 시절에 겪었던 어떤 일화를 남자에게 털어놓고 싶은 충동을 느낀다. 그러나 무슨 일화를? 그들은 서로의 일화에 대해서 아는 게 거의 없다. 그들은 서로 다른 땅에서 자랐다. 만약 여죄수가 이 땅과 저 땅의 국경 지대를 지나갈 일이 있었다면, 그건 분명 검은 벽을 마주 보고 서 있기 위해서였으리라.

그들은 아침 식사로 두 접시의 핫케이크를 먹기로 한다. 시럽이 뿌려진 부드럽고 따뜻한 핫케이크와 충분하게 제공되는 커피는 이곳에서는 최고로 사치스러운 아침 식사 메뉴이다. 여죄수가 내일 이곳을 떠나기 때문에 남자는 기꺼이 그런 식사를 대접하고 싶다. 그리고 함께 있고 싶다. 하지만 여죄수는 이미 방송국에 녹음 약속이 있으므로 아마도 오후 늦게까지는 나올 수 없으리라. 그런데 여죄수는 석방에 필요한 모든 서류 발급을 마쳤는지. 석방 시에는 여죄수가 이곳에 들어올 때 예치한 금액의 일부를 돌려받을 수가 있고, 그러기 위해서는 정식 은행 계좌가 필요하다. 여죄수는 이미 자신의 모든 은행 계좌를 영구 해지하고 들어왔으므로 다시 계좌를 열어야만 하고, 수용소 외부로 출입할 수 없는 입장이므로 대리인을 통해 그 일을 하자면 다시 새로운 증명 서류들이 필요하다. 관청의 전입신고와 새로운 신분증 발급을 위해 필요한 석방 예정 증명 서류도 미리 챙겨놓아야 한다. 여죄수는 이곳의 노란 담장 안으로 들어올 때 여기서 영원히 살게 될 것으로 생각했고 가진 것을 모두 예치금으로 수용소 측에 입금시켰다. 그러므로 지금 이 모든 역과정의 행정적 수고로움은 기대했던 바가 아니다. 게다가 마치 적국으로 여행이라도 떠나는 일처럼 복잡하기도 하군요, 하고 여죄수는 가벼운 불평을 털어놓았으나 사실은 서류상의 준비는 전부 마쳤고, 가방도 다 싸놓았다. 이번 일을 겪으면서 생각한 건데, 하고 여죄수는 잠시의 사이를 두고 계속해서 말한다. 나는 운이 좋은 사람인 것 같다는 거예요. 적어도 불운을 한탄할 운명은 아니라는 거죠. 그 이유로 여죄수는 석방되자마자 다음 날부터 다시 예전과 같은 일을 하도록 이미 결정되어 있다는 사실을 밝힌다. 어쩔 수 없이 이곳을 나가게 되는 사람들 중에는, 비록 수용소 측이 그 점에 특히 신경 써서 석방 여부를 결정하기는 하지만, 단지 노동할 수 있는 능력 말고는 아무것도 약속되지 않은 사람들도 드물지 않다. 심지어 여죄수는 돌아갈 집도 있는 것이다! 그 말을 하면서 여죄수가 입술을 벌리고 웃자 남자도 안도가 된다는 미소로 대답한다. 여죄수는 운이 좋다. 수용소에 있는 사람들 중에는 이곳과 저곳에 모두 삶을 가지고 있는 경우란 정말로 흔하지 않다. 손바닥의 안쪽이 삶이라면, 바깥쪽은 죽음이거나 그와 유사한 절망이나 좌절, 혹은 침울한 해안인 것이 보통인 것이고, 그 점은 공정하기 때문에 아무도 불평을 늘어놓을 수는 없다. 우리의 허벅지 위에 얹혀 있는, 죽음이거나 혹은 그보다 더 흔한 유사한 죽음들에 대해서.

간수와 야간 경비원, 자치대원, 감독관, 신비주의자, 온갖 종류의 수많은 환자들, 빈자와 부자, 연인과 정부, 열혈 독자와 열혈 청취자, 이유 없는 열광자, 심지어는 탈출을 꿈꾸는 자와 정치적인 행동가까지 이곳 담장 안에는 그 모든 것이 있다. 그중에서 여죄수가 가장 깊게 관계를 맺고 있는 대상들은 방구석에 틀어박힌 비행동파 열혈 청취자들이다. 그들은 여죄수의 얼굴을 모른다. 그들은 라디오를 듣고 편지를 쓴다. 대개의 내용은 자신들의 축약된 자서전이다. 혹은 같은 내용의 유언장이다. 그들은 편지를 쓰긴 하지만, 자신들의 손으로 씌어지는 그 편지의 정체를 모르고 어리둥절해한다. 자서전이나 유언장을 써본 사람들은 안다. 하나의 인생이 필연적으로 얼마나 빈약하며 초라한지. 내용의 소박함 때문이 아니라, 평화로운 한숨과 체념의 몸짓으로 종결된다는 공통점 때문에. 적절한 문장을 찾아 정처 없이 표류하는 도중에 그들은 자신의 삶의 대부분이 이미 글로 표현할 수 없는 것들의 세계로 넘어가버린 사실을 확인하기 때문이다. 어린 시절이, 사랑의 기억이, 불행하고 쓸쓸한 식탁들이, 그 자리에 있지 말아야 했을 수많은 밤과 낮들이, 여행 가방을 가득 채운 좌절한 도피의 냄새들이, 일기장과 마모된 얼굴들이, 체험이라는 이름의 모든 꿈들이. 그들은 처음엔 단지, 수용소 내에서 수신이 가장 간편한 수용소 방송을 들었을 뿐이다. 여죄수의 목소리가 주로 하는 일은 수용소 뉴스에 등장하여 짤막한 몇 개의 문장으로 이루어진 원고를 읽는 것이다. 그리고 일주일에 한 번씩은 뉴스가 끝난 다음에 수용자들이 보내온 편지 중 몇 개를 골라 읽어주었다. 그렇기 때문에 그들은 여죄수에게 하염없이 긴 편지를 쓴다. 글이 이어지면 이어질수록, 지도에도 없는 여울과 소용돌이를 향해서 점점 더 멀리 떠내려간 탐험대의 일지처럼 들리는 그것들을. 자신들이 영원히 사라질 것을 이미 알고 있는 탐험대의 일지. 하지만 2주일 전부터, 아주 놀랍게도 수용소 라디오에 낭송 프로그램이 새로 생겨나는 바람에, 원칙적으로는 낭송극 텍스트를 매주 조금씩 이어서 읽기로 되어 있는 프로그램이지만 그럼에도 불구하고 자신들이 원하는 무슨무슨 책을 잠깐씩이라도 읽어달라는 요청 편지들이 매일같이 방송국으로 날아들고 있는 중이다. 그들은 여죄수가 오래전에 낭송극 배우이자 이름이 알려진 유명한 오디오북 성우였다는 사실을 이제야 상기한 것처럼 보인다.

남자는 아주 오래전인 젊은 시절, 단지 몇 달에 불과하지만 수용소 생활의 경험과 함께 생을 시작했다. 그리고 이후 5년 동안은 생태주의자를 위한 숲 속 공동체에서 살기도 했다. 그가 최초로 수용소에 감금된 것은 알 수 없는 이유로 바다에 빠졌기 때문이었다. 그는 밤새도록 헤엄을 쳤고, 마침내 해안에 도착한 다음 완전히 탈진하고 말았다. 그는 별을 올려다보며 모래 위에 오랫동안 누워 있었다. 그는 기절했고, 사나운 무아지경에 빠졌으며, 잠이 들었다. 잠 속에서 그는 악기를 연주하고 물고기의 언어를 말하며 스스로 물이 되어 이 세상의 모든 해안으로 넘실대며 밀려가는 꿈을 꾸었다. 그는 자신의 탄생이 꿈속에서 재현되는 것을 보았다. 그리고 해안의 모래톱을 향해 영원한 구애의 말을 속삭이는 파도의 가장 끝자락이 되었다. 그는 파도의 속삭임을 이해했으며 파도의 언어로 속삭였다. 물이자 동시에 모래인 자기 자신을 유혹하는 남자의 규칙적이고 나지막한 속삭임이 잠든 남자의 귓가에서 끊임없이 들려왔다. 그 순간 남자는 오직 자기 자신에 의해서만 유혹될 수 있는 물―존재였다. 잠든 남자는 닫힌 눈꺼풀 너머로 해안을 산책하는 사람들의 구두와 옷자락을 보았다. 호기심으로 다가온 개들의 동그랗게 갈라진 발과 검고 축축한 콧잔등도. 남자는 모래 위에 찍힌 자신의 발자국도 보았다. 잠들었고 동시에 죽은 그의 정신이 공기처럼 가볍게 둥실 떠올라 이 모든 것을 한눈에 볼 수 있었다. 지치지도 않고 계속해서 남자의 몸을 건드리는 부드럽고 뜨끈한 물의 움직임과 의심 많은 사람들의 멀어져가는 뒷모습들. 멀어질수록 더욱더 흔들리며 희박해져가는 뒷모습들. 그들은 어디로 가는가. 무엇인가를 향해, 무엇인가로부터 흔들리며 멀어져가기. 모래톱 위에 나타나는 발자국과 사라지는 발자국들의 불가능한 조우. 봄 스웨터 빛깔의 대기 중에서 일어나는, 이 무한한 반복과 재현의 이름 없는 드라마들. 사람들의 신고 때문에 해안 경찰이 왔고, 남자는 해안에서 흔히 발견되는 밀입국 난민으로 분류되어 수용소로 들어갔다. 고향이 어디인지, 어디에서 왔는지, 무슨 이유로 갑자기 물속에서 나타났는지, 어떤 질문에도 시원한 대답을 할 수 없었을 뿐 아니라 신분을 증명할 수 있는 그 어떤 서류도 없었기 때문이다. 심지어 옷의 상표조차도 모두 가위질되어 있었다. 이 일화는 남자의 한 탄생을 말해준다. 우리는 그곳으로부터 왔다,고 고백할 수 있는 종류의 탄생. 난민 수용소를 떠난 이후 남자가 찾아간 곳은 전기도 수도도 없는 순수

생태주의 공동체였는데, 극심한 자금난과 주변 주민들과의 보이지 않는 마찰, 그리고 녹지 무단점거로 판정된 탓에 정부의 퇴거 압박에 시달리던 그곳은 5년 후에 결국 문을 닫고 말았다. 그때부터 남자는 세계 곳곳에 흩어진 여러 형태의 공동체들을 여기저기 떠돌며 살았다. 원시적인 공산주의와 명상 수련과 환경지상주의 마을, 그런가 하면 대도시 안에 자리한 영상산업 공동체와 불교도 사원, 수많은 가상 히말라야의 산봉우리들, 그림자 진 계곡에 자리 잡은 스산한 겨울 낙원들, 자신을 제한된 게토에 스스로 감금하고 여생을 오직 단순한 노동에만 전념하려는 소박한 사람들 사이에서. 그는 항상 세상이 불필요하게 넓다고 생각했다. 가장 멀리 간다는 것은 곧 출발점으로 귀환한다는 의미이므로.

그날 새벽에 문득 눈을 뜬 여죄수는 대형 스크린처럼 아주 커다란 창밖에서 성스러운 나무들이 하나씩 차례로 잘려나가는 광경을 본다. 몸통이 매끈하고 신비스러울 정도로 높은 육신을 가진 나무들은 언덕처럼 솟아오른 갈색의 땅 위에 나란히 서 있다. 저렇게 키 큰 나무들은 여기서 한 번도 본 일이 없으니, 마치 물 위에 곧게 떠 있는 선사 시대의 제단 같군, 하는 생각이 잠든 여죄수의 머리를 얼핏 스치고 지나갔다. 오직 새들만이 가 닿을 수 있는 가장 높은 자리에 가지와 이파리를 가진, 일정한 간격으로 허공을 향해 탑처럼 길쭉하고 고독하게 솟아 있는 푸른 나무들. 톱이 밑동을 지나가기가 무섭게 커다란 나무는 거짓말같이 그대로 푹 쓰러져버린다. 한 톨의 먼지도 소음도 일지 않았다. 잘 훈련된 남자 무용수가 무대에서 쓰러질 때와 같이 힘차면서도 일말의 망설임이 없다. 그러므로 베일처럼 드리워진 맑은 갈색의 대기와 풍경은 조금도 흔들리지 않는다. 우리의 탄생부터 영원히 계속되어온, 비현실적이고 은은한 황혼이다. 그들은 배를 만들려 한다.

자신은 편지 읽는 일에 익숙하다고 여죄수가 말한다. 그들은 두 잔째의 커피를 마시고 있다. 여죄수는 펼쳐놓은 잡지 사이에서 편지를 하나 꺼냈다. 바로 전날에 받은 것이다. 편지를 보낸 사람은, 비록 여죄수의 말을 통해서이긴 하지만 남자도 잘 알고 있는 인물이다. 여죄수에게 편지를 보내오는 것은 여죄수의 엑스인 그 사람 하나뿐이다. 아마도 그것이 여죄수가 수용소에서 받는 마지막 편지가 되리라고 남자가 말한다. 당신은 내일이면 더 이상 이곳에 있지 않을 테니까요. 자발적인 수용자인 그들은 편지를 별로 달가워하지 않고 실제로 외부와 편지 교환을 하는 사람은 거의 없다. 편지나 전화를 받고 싶지 않고, 축제나 전쟁에 참여하고 싶지 않으며, 투표나 보험, 저축 등의 시민적 의무에서도 해방되기를 원했던 것이다. 그곳은 지상에서 가장 다스리기—만약에 누군가 다스리고 있다고 한다면—쉬운 나라이다. 이건 남자의 표현이다. 섬의 뒤쪽에 자리 잡고 싶어 하는, 조용하고 눈먼 개인적 열정의 나라. 우리는 수용소의 대표나 운영위원이 누구인지, 그들이 어떻게 예산을 꾸려가는지에 대해서 관심이 없다. 수용소를 포함한 이 세계 모든 공동체의 운영위원들은 50년 전이나 지금이나 다름없이 항상 심각한 재정난과 정부와의 갈등에 대해서 말하고, 우리는 예나 지금이나 다름없이 불가피한 경우에 한해서만 조용히 그 말을 경청할 뿐이다. 우리는 그 운영위원들을 의심하거나 신뢰하지 않으며, 그렇다고 우리 스스로가 굳이 나서서 재정 문제를 함께 걱정하려 하지도 않는다. 재정이란, 특히 공동체의 재정이란 원래 어떤 경우라도 절대적으로 부족한 방향으로만 굴러가도록 되어 있기 때문이다. 아마도 운영위원들이 라디오 정기 발표를 통해 우리에게 재정이 아무 문제도 없으며 심지어 흑자를 기록하고 있다고 말하기라도 했다면, 그렇다면 우리 중 특별히 예민한 몇 명은 이상하다는 마음을 품을 수도 있었으리라. 뭔가 거짓되었다는 생각은 했겠지만 그래도 그 이상의 다른 일은 아무것도 일어나지 않을 것이다. 누가 재정 문제를 고민하기 위해서 자발적으로 수용소에 들어온단 말인가. 재정 문제뿐만 아니라, 도대체 운영위원이란 정확히 무슨 일을 하는 어떤 사람들이며, 예를들자면 외부에서 민감하게 떠들어대는 자치대원이나 감독관, 경비원이나 혹은 간수들의 존재, 우리는 그런 이들의 정체에 대해 크게 궁금해하지 않는다. 외부에서는 우리가 고문이라도 당하고 있지 않은가 의심하며, 그게 사실이었으면 하는 커다란 바람도 가지고 있는 게 분명하다. 이곳에서는 아무도 감금이란 단어를 사용하지는 않지만, 누군가 나서서 분명 그게 아니다,라고 밝혀버린다면 아마 우리는 속으로 슬프게 당황하리라. *사람들은 여기서 살기 위해서 이곳으로 온다고 하는데, 내가 생각할 때는, 사람들이 이곳에 와서 궁극적으로 하는 일은 죽음인 것 같다.* 그해 9월 11일, 말테의 첫 문장이 갖는 의미는 그렇게 된다. *이곳에는 분명 뭔가 끔찍한 것이 있다.* 죽음의 장소를 찾는 일은 삶이 시민이라는 개인에게 부여한 최종적인 과제이지만, 우리는 그 일에 서툴고 무력하며, 가능하다면 기꺼이 하고 싶지 않고, 그래서 우리를 다스리는 다른 이에게 쉽게 위임해버리곤 한다. 만약 우리가 스스로의 의지로 이곳에 죽기 위해서 왔다고 한다면, 무엇이 우리의 신경을 긁을 수 있을 것인가! 우리는 사무실에 들러 평화롭게 입소 확인서를 작성한 다음, 주변을 둘러보며 우리에게 다정한 눈길을 보내는 죽음의 파트너를 찾는다. 그/녀를 유혹한다. 혹은 유혹당하게 스스로를 놓아둔다. 우리는 달콤하다.

여죄수는 자신의 안에서 줄곧 금이 가고 분열되고 있던 어떤 요소가 일시에 와르르 무너지는 것을 느낀다. 그 충격으로 격렬하게 흔들리는 몸을 헛되이 지탱해보려는 것처럼 여죄수는 무의식 중에 의자의 등받이를 손으로 꽉 잡는다. 만약 우리가 오직 죽기 위해서 왔다고 한다면, 무엇이 우리의 신경을 긁을 수 있단 말인가! 그런데 만약 어느 날 우리가 준비된 죽음의 자리에서 예상치 못하게 다시 반대편 해안으로 떠밀려 나가야 한다면, 다시 말할 수 있게 된 벙어리처럼 모든 것을 더듬거릴 뿐인데, 우리는 무엇이 되어야 한단 말인가! 우리를 이곳으로 유혹한 파트너의 손을 어떻게 다시 놓아야 한단 말인가! 다른 자연에 던져진 우리는 또다시 무엇이란 말인가! 여죄수는 무의미한 질문을 피하기 위해 입술을 일그러뜨린다. 남자에게는 그 입술의 왜곡된 움직임이 유혹하는 것처럼 보이리라. 그 무엇인가를 향해서 치켜든 혓바닥처럼. 그렇다, 우리는 그것을 기꺼이 유혹이라고 부른다. 여죄수는 무의미한 질문을 피하기 위해서라면 무엇이라도 할 것 같다. 그들은 서로의 일화를 모른다. 그들이 함께 있을 때, 그들의 일화는 각자의 머릿속에서만 거세게 소용돌이치며 흐른다. 남자와 여죄수의 손길이 각자의 몸 위에서 마찬가지로 거세게 움직인다. 그들의 눈길이 닿는 모든 곳에서 뜨거운 갈망이 피어오른다. 환풍기가 스산하게 돌아가는 지하 카페의 천장과 노란색으로 칠한 사방의 벽, 느릿하게 움직이는 늙은 웨이터와 엘리베이터 입구의 커다란 갈색 거울——그들은 나중에 엘리베이터를 타면서 그 안에 비친 자신들의 모습을 보아야만 하리라, 피할 수 없이——, 컨베이어에 실려 일정한 속도로 주방 안으로 들어가는 사용한 찻잔과 그릇들, 덩치만 큰 구형 스피커, 조화가 꽂힌 화병, 병영처럼 나란히 놓인 테이블과 의자들, 그리고 그 사이로 사람들의 모습이 춤을 춘다. 차를 마시거나 아침을 먹고, 도서관에서 대여한 낡은 잡지와 책을 뒤적이는 사람들이. 다들 비슷한 몸짓으로 독서용 안경을 추켜올리면서. 남자의 손길이 스커트 안으로 들어오기 쉽도록 한쪽 허벅지를 살짝 들어 올리면서 여죄수는 생각한다. 무엇이 우리의 신경을 긁을 수 있단 말인가! 나는 춤춘다. 팔다리와 머리를 흔들면서 흥겨워한다. 음악에 몸을 맡기고 리듬이 움직임을 지배하도록 놓아둔다. 나는 최대한 무아지경으로 수동적이다. 잃어버린 몰아의 현기증을 비로소 되찾았다. 우산처럼 폭이 넓은 둥근 치맛자락을 사방으로 펼치면서, 그 딱딱한 원심력의 정중앙에서 나는 춤춘다. 나는 나 아닌 것의 중심이며, 내가 알지 못하는 세계의 내부이며, 나는 떨어지는 폭포이고, 거꾸로 놓인 머리이다. 눈을 감고, 느껴지는 낙하의 감각에만 집중하자 머리가 내 몸과 심장 아래로, 탁자를 지나 의자 밑으로 떨어진다. 사람들이 춤추고 있고, 그들의 발이 눈앞에서 거꾸로 어른거린다. 두꺼운 털내의 아래로 드러난 그들의 맨발들. 바닥을 스치는 맨발의 소리와 가볍게 쿵쿵거리는 지속적인 울림. 여죄수는 물속에 가라앉는 것처럼 두 팔을 저을 듯하다가 멈칫, 포기하고 만다. 탁자 위에는 여죄수의 커피잔과 잡지가 남아 있고 맞은편의 남자는 찻잔을 허공에 든 채 정지한 포즈 그대로이지만, 여죄수의 모습은 보이지 않는다. 이 풍경이 의미하는 것은 무엇일까. 간단하게 말해서, 그녀는 이미 떠난 것일까? 배 속에서 공허하게 꾸르륵거리는 소리가 들려온다. 여죄수는 자신 안의 깊고 큰 동굴을 상상한다. 여죄수는 동굴의 크기를 확인하기 위해 혀를 앞으로 내민다. 처음에는 조금만, 그러나 곧 최대한으로 길게. 아무도, 여죄수가 이마에 식은땀을 흘리고 있는 것을 모른다. 여죄수 자신조차도 모른다. 아침 식사 식탁에서 여죄수는 저항 없이 떠밀려 간다. 물은 보이지 않는 원을 그리면서 같은 자리를 크게 빙글빙글 돌고, 여죄수는 자신이 아주 멀리, 아마도 남아메리카쯤으로, 떠나왔다고 느낀다. 그 찬란한 햇빛. 우리의 모든 어린 나날들이 사라진 이후에도 변함없이 광채를 발휘하는 지나간 물 위의 햇빛. 그들은 배 위에 있고 배는 소용돌이를 타고 있다. 귀에서 피를 흘리고 있는 한 마리 개가 여죄수의 곁에서 슬프게 낑낑거린다. 개가 여죄수를 향해서 고개를 돌린다. 그런데 개는 사람의 머리를 하고 있다. 그것도 여죄수 자신의 얼굴을! 여죄수는 놀라지 않으려고 노력한다. 지금은 힘차고 거센 소용돌이에 들어 있는 것뿐이다, 그것뿐이야. 지금 물은 같은 자리를 맴돌면서 우리에게 영원한 자연의 풍경을 펼쳐 보인다. 나는 낭독하리라, 『이집트의 헬레네』를! 사람들은 춤추고, 개는 운다. 오직 사랑의 행위에 몰두하라! 여죄수는 머리칼을 길게 드리우고 마침내 물속으로 가라앉는 자기 자신을 상상한다. 마치 단 한 번도 여성성으로서 자신을 온전히 느껴본 적이 없는 것처럼 여죄수는 갑자기 슬프고 초조해진다. 여죄수는 개의 머리를 끌어안는다. 교수형을 당하기 직전 최후의 만찬. 무엇이 우리의 신경을 긁을 수 있단 말인가! 여죄수는 무일푼이나 마찬가지가 되리라.

그들은 반쯤 식어가는 두번째 커피잔을 마주하고 고요히 앉아 있고, 여죄수의 손에는 여전히 편지가 들려 있다. 남자는 생각에 잠긴 표정으로 듣고 있는데, 어느새 여죄수는 그가 들을 수 있게 편지를 소리 내어 읽고 있는 중이기 때문이다. 편지를 쓴 사람은 이제 곧 여죄수를 만날 수 있다는 사실에 기뻐하는 것 같다. 편지의 문장은 다정하고 온화하여 남매의 정마저 느끼게 만든다. 문득 남자는 여죄수에게 진짜 형제자매가 있었는지 궁금해진다. 형제자매를 포함한 가족들이. 여죄수와 유전적으로 비슷한 외양을 한, 늙거나 젊은 한 그룹의 혈연 집단들. 그러나 굳이 묻고 싶지는 않다. 그 또한 여죄수의 일화에 속하는 것일 테니까. 편지가 아직 끝나지 않았음에도 불구하고 여죄수는 갑자기 읽기를 멈추고는 남자의 얼굴을 빤히 들여다본다. 여죄수는 오랫동안 신비스럽게만 보아왔던 이 남자가 비로소 누구인지 알 것만 같다. 이 남자는 수용소의 간수이자 몇 명 안 되는 운영위원이며, 제복을 입은 밤의 경비원이자 라디오 방송의 감독관이면서 동시에 개를 데리고

146

다니는 유혹자가 아니었는지. (그러나 남자의 표정에는 아무런 동요가 없다. 여죄수의 생각을 아는지 모르는지 여죄수의 시선을 피하지 않고 물끄러미 마주할 뿐이다. 설사 여죄수의 짐작이 모두 맞다고 해도 여죄수는 남자를 의심하지 않으리라. 무엇이 우리의 신경을 긁을 수 있단 말인가!) 뿐만 아니라 남자는 어쩌면 그 이상의 무엇이다. 남자는 여죄수가 수용소로 들어오기 전부터 여죄수를 알고 있었을지도 모른다. 여죄수는 어두운 극장의 객석에서 빛났을지도 모르는 남자의 낯선 눈동자를 상상한다. 아니 어쩌면, 그것은 같은 무대 위에서였는지도 모른다. 낭송극 대본으로 반쯤 가려워진 채 극의 마지막까지 드러나지 않던 남성 파트너의 얼굴. 혹은 오래전 여죄수가 엑스와 거리를 걸어가면서 보았던 상점 진열대의 펠트 모자. 나란히 놓여 있던 그 모자 중의 하나는 모자인 척 가장하고 있던 남자의 말 없는 머리였을지도 모른다. 여죄수는 그런 생각을 하면서 자신도 모르게 부르르 떤다. 남자는 옛날이라는 이름을 가진 모든 것의 수놓인 겉옷이었을 것이다. 남자는 언젠가 여죄수가 비행기를 타고 통과한 구름의 벽이다. 그 벽을 통과하면서 여죄수뿐 아니라 비행기에 탄 사람들 전부는, 가슴에서 진동하며 울리는 쿵 하는 소리를 들었는데, 그들은 모두 의자에 머리를 파묻으며 더욱 깊은 잠에 빠진 척하고 있었던 것이다. 또한 남자는 새의 말을 할 줄 아는 위대한 유혹자여서, 이 수용소의 모든 사람들에게 모종의 영향을 끼치는 자기장과도 같은 존재일지도 모른다. 그날, 여죄수는 모자 상점 앞을 지나가다가 문득 걸음을 멈추었다. 그리고 남성용 펠트 모자를 파는 상점의 진열대를 향해 고개를 돌렸다. 어쩐지 모자의 수가 조금 전보다 하나 줄어든 것 같다. 그러나 정확하지는 않다.

수니가 상점 진열대 앞에서 망설이고 있자 희태도 이유를 묻지 않고 수니의 곁에 가만히 멈추어 있었다. 그때 수니의 머릿속에는 종이에 잉크가 스며들 듯이 자연스럽게 수용소라는 단어가 떠올랐다. 수니는 희태의 팔을 잡고 있었고, 문득 하늘을 쳐다보았는데, 우연히 수니의 시선이 가서 부딪힌 그 자리에 둥그렇고 하얗게 반짝이는 비행선이 떠 있었다. 희태가 일하던 신문사의 광고용 비행선이었다. 희태는 얼마 전 수용소로 취재를 나갔지만, 그 기사는 결국 신문에 실리지 않았던 것을 수니는 알고 있었다. 수용소는 매스컴을 끌어들일 만한 소재여서 초창기에는 신문들이 너도나도 다투어 기사를 내보냈으나, 수용소라는 자극적인 타이틀과 이미 알려진 몇 가지 특징들 말고는 흥미로운 내용이 전혀 없다시피 했으므로, 얼마 안 가서 곧 시들해지고 말았다. 그러다 세월이 흐르자, 사람들은 마치 당연히 기억해야 한다는 어떤 의무감처럼 다시 수용소를 떠올렸고, 그사이에 수용소의 운영 상태라든가 그 안에서 출생한 아동 문제 등 조금이라도 선정적이면 새로운 기사를 쓰고자 하는 직업적 열망을 안고 수용소로 달려갔다. 희태가 수용소에 취재를 가게 되었다는 말을 듣자마자 수니에게 떠오른 생각은, 어쩌면 희태는 다큐멘터리 기사를 쓰기 위해 수용소에 실제로 입소 신청을 할지도 모른다는 것이었다. 희태라면 그럴 만하다. 그는 부유하므로 수용소의 예탁금을 마련하는 데 아무 문제가 없으리라. 그리고 다시 수용소를 나올 때에도 그 예탁금을 포기하는 것이 그다지 심각한 문제가 아닐 수 있으리라. 만약 희태에게 남보다 눈에 띄는 기사를 써서 주의를 끌어보겠다는 욕망이 있었다면 실제로 그렇게 할 수도 있었을 것이다. 그들의 공통의 친구이자 스튜디오에서 함께 일하던 장하원은, 이 나라에서 희태야말로 수용소라는 시설에 자진해서 감금당할 가능성이 가장 농후한 사람이라고 평한 적도 있었다. 그는 직업에서 독립되어 있다, 그는 사람들과 주로 편지나 글로 소통한다, 그는 비밀 협회의 사랑을 받는다, 이것이 이유였다. 비밀 협회라니. 실제로 희태는 이런저런 비밀 결사의 구애를 받은 적이 종종 있었지만 단 한 번도 가입한 적은 없다고 수니는 알고 있었다. 겉으로는 광신자의 모임처럼 보이려고 노력하지만 사실상 기부금을 걷는 것이 목적인 세속적인 단체들이다. 장하원이 마지막으로 덧붙인 또 하나의 이유는, 희태는 모종의 죄의식을 갖고 있다는 것이다. 죄의식이 없는 사람은 자신을 스스로 죄수로 만들어 감금당하게 할 수 없으므로. 다름 아닌 자기 자신이라는 죄의식. 그렇다면 나라면 과연 그렇게 할 수 있을지. 수니는 스스로에게 물어보았다.

밤이 되면 그들은 자연스럽게 각자의 방으로 들어갔고, 희태는 늦게까지 책을 읽거나 편지를 쓰고 있었다. 편지뿐 아니라 일기도 꼼꼼하게 기록했다. 희태는 청소나 요리 등 집안일을 할 때나 편지나 일기를 쓸 때 대개 좋아하는 모차르트의 소나타를 들었지만, 일 때문에 기사를 쓸 때는 아무것도 듣지 않았다. 상당히 많은 시간을 책상 앞에 붙어 앉아 있는 희태에 대해서 장하원은 이런 말도 했다. 희태가 사실은, 산만하면서도 위대한 토머스 핀천처럼, 우리 모두가 들으면 깜짝 놀랄 만한 소설을 쓴 숨겨진 진짜 저자일지도 모르며, 마치 그의 돈을 숨기듯이 사생활의 비밀을 지키기 위해서 자신을 대중에게 드러내지 않는 거라고. 그 말을 들었을 때 수니는 웃음을 터뜨릴 수밖에 없었다. 희태는 단지 아무것도 하지 않을 수 있기 위하여 혼신을 다해 노력하는 유일한 사람일 뿐임을 잘 알기 때문이었다. 게다가 그렇다면 그 깜짝 놀랄 만한 소설 작품은 도대체 뭐란 말인지. 그가 익명으로 『카라마조프의 형제들』이라도 썼단 말인가. 그러나 장하원은 수니의 농담에 정색을 하고 대꾸했다. 그건 아니지만 어쩌면 『변신』을 쓴 진짜 장본인일지는 모른다고. 수니가 생각하는 희태는 음악이나 신문의 관점에서 본다면 평범했지만, 우체국을 위해서라면 광고에 등장할 만한 사람이었다. 실제로 우체국이 그렇게 하지 않는 게 이상할 정도였다! 수니는 희태에게서 편지를 받고 있다고 주장하는 여자를 한 명 알고 있었다. 너무나 젊어서 아직 피가 뚝뚝 흐를 것만 같은 아름다운 무대 배우이다. 그녀의 말에 의하면, 희태는 편지에다 자코모 카사노바 회고록의 한 장면을 구체적으로 인용한 적도 있다는 것이다. 그런 말을 듣는 사람들은 자동적으로 머릿속에서 외설적인 삽화를 하나 이상 연상하게 된다. 예를 들자면, 무대 위에서 의상이라고는 머리에 뒤집어쓴 가발뿐인 그 여배우와 평상복을 차려입은 희태가 카사노바의 인생을 연출해 보이는 것이다. 희태가 여배우의 벌거벗은 엉덩이를 빗자루로 때리자, 여자들은 모두 약속이나 한 듯이 동시에 머리칼을 뒤로 쓸어 넘기며 웃어댄다. 자신들의 웃음소리가 요염하게 들리도록 신경쓰는 웃음이었다. 수니는 객석에 앉아 있는데, 무대가 아닌 객석에 앉아 있는 자신의 위치가 낯설었기 때문에 연극이 진행되는 내내 묘하게 불편할 것이다. 하지만 그 불편함은, 열성적으로 대사를 쏟아내던 여배우가 갑자기 무대에서 펄쩍 뛰어내리더니 곧장 희태에게로 돌진해왔기 때문은 아니리라. 배우인지 관객인지 정체가 모호한 희태는 어느새 객석 수니의 옆자리에 앉아 있다. 이건 수니가 어느 날 꾼 꿈의 한 장면인지, 아니면 희태의 말을 들으면서 동시에 꾸고 있던 꿈속에서 그런 상상을 했던 것인지. 그리고 여배우는 희태를 힘껏 껴안는다. 바로 곁에 있는 수니는 자신이 어떤 대상을 그처럼 정열적으로 껴안아본 적이 있는지 의심스러워질 것이다. 여배우의 흰 손가락들이 고혹적인 거머리가 되어 희태의 옷을 뚫고 어깨로 파고들어갈 듯하다. 희태도 덩달아 그녀를 온몸으로 껴안는데, 그건 여배우가 희태의 품 안에서 스르르 기절해버렸기 때문이다. 여전히 모자 상점 앞에 선 그들은 말없이 공통의 상상을 이어갔다. 상상이 그들에게로 밀려왔다 물러나기를 반복하고 그 어루만짐 속에서 그들은 하나가 된다.

……그로부터 시간이 한참 흐른 것도 같았지만, 그들은 여전히 모자 상점의 진열대 앞에 서 있다. 반드시 유명 브랜드의 상품은 아닐지라도 좋은 펠트 모자나 이탈리아 구두는 분명 남다른 면이 있다. 가격에서도 마찬가지다. 그러나 반대로 생각하면, 무엇때문에 모자나 옷과 구두에 그토록 신경을 쓰면서 살아왔단 말인가. 스튜디오로 출근할 때는 블라우스와 정장을 입어야 하는데,

거기다가 오늘 입은 옷은 어제 입었던 옷과 달라야 한다니. 수니
는 굽이 높은 구두를 신고 가장 값비싼 옷을 차려입은 다음, 위태
롭고도 오만한 걸음걸이로 단골 부티크로 들어가는 자신을 상상
한다. 손에는 가죽 제품이 들어 있는 커다란 가방을 들고서. 수니
는 그 부티크에서 샀던 가죽 옷들을 반값에 다시 되팔고자 한다.
위태로울 정도로 몸에 밀착되는 상의는, 아랫단으로 내려오면서
폭발이라도 하듯이 여러 갈래로 찢어지며 까마귀 날개 모양으로
활짝 벌어지는 형태의 검은 재킷이다. 그리고 마찬가지로 끝자락
이 날렵하고 과장되게 바깥으로 휘어진 라인의 검고 긴 가죽 스커
트. 사람들이 '카프카 정장'이라고 불렀던 것. 하지만 우리는 중
고 제품은 취급하지 않습니다, 하고 지배인이 조심스럽지만 단호
하게 말한다. 수니가 들고 온 가죽 옷들은 그곳에서 구입한 후 단
한 번도 몸에 걸치고 외출하지 않은 물건이다. 그러나 옷장에서
오랫동안 잠자고 있었던 덕분에 유행이 한참 지나간 디자인이라
는 점이 치명적이라고 지배인은 이유를 댄다. 그런 맞춤옷들은 처
음부터 유행과는 완전히 무관한 세계관을 가지고 탄생한 것이 분
명한데도. 하지만 유행에서 벗어나는 방식에도 유행이 있답니다,
하고 유감스럽다는 투로, 그러나 전문가연하는 거드름을 숨기지
못하면서 지배인이 덧붙인다. 소파에 꼿꼿하게 앉아 있던 수니는
머리를 한 번 수그리는 법도 없이 상점을 다시 나온다. 수니는 우
아하고 도도한 태도를 잃지 않으려 하지만, 그럼에도 불구하고 자
신의 뒷모습이 키 큰 까마귀처럼 보이리라는 것을 잘 알고 있다.
부티크의 여점원 둘과 남자 지배인은 최대한 아무런 표정도 짓지

않으려고 너무나 애쓰는 바람에 얼굴이 딱딱한 마스크처럼 변해 있다. 그들은 이 상황과 흡사한 정체불명의 소문을 들은 것 같은 착각에 빠진다. 다른 수많은 사람들처럼 수니가 갑자기 파산했거나 빚더미에 올라앉았으리라고 짐작되는 소문을. 그렇다면 수니는 이제 그들의 고객 명단에서 제외되리라. 아무것도 살 수 없고, 당연히 아무것도 팔 수도 없는. 지배인과 점원들은 수니가 마침내 자기들과 비슷한 계층에 속하게 된 것에 대해서 기뻐하는 감정을 너무 노골적으로 드러내지 않기 위해 주의한다. 게다가 그 원인이 남자 때문이라면, 아니 정확히 말해서 남자들 때문이라면, 더욱 당연하며, 환호할 일이다. 저 여자는 그동안 내내 자신이 늘 운이 좋으며, 타협 없이도 비교적 행복한 인생을 살 수 있다고 생각했겠지, 하하. 수니는 동정과 비웃음과 경멸을 모두 태연한 얼굴로 이겨내는 자신을 상상한다. 그동안 숨겨오기는 했지만, 사실은 마음속으로는 처음부터 계속 그래왔던 것처럼, 타인의 시선이나 평가가 수니에게는 진실로 아무런 영향을 미치지 않는다는 것. 사실은 처음부터 이렇게 하고 싶었어, 하는 표정으로 태연하게, 연대의식도 죄의식도 없이 그들과 마주 보기. 하지만 사람들이 과장된 카프카 정장을 입은 수니를 끌어내어 장터 한가운데에 있는 말뚝에 매어놓기를 원한다면, 몰래 아이를 낳아 죽였다거나 목소리로 마법을 부렸다는 등의 이유로, 그래서 그들이 실제 그렇게 한다면, 그런데도 수니가 자신의 그런 수치스럽고 비참한 입장을 진실로 아무렇지도 않게 받아들인다면, 그래서 낯빛조차 변하지 않는다면, 눈동자의 조그만 흔들림조차 보여주지 않는다면,

자존심을 지키기 위해 태연을 가장하려고 분투하는 게 아니라 정말로 아무렇지도 않기 때문에 아무렇지도 않아 한다면, 그렇다면 그다음에는 도저히 제어할 수 없는 진정한 미움과 폭력, 불화와 전쟁이 도래할 것이라는 생각이 든다. 시장 한가운데의 말뚝에 묶인 수니가 울지도 후회하지도 않고 게다가 고통스러워하지도 않는다면, 사람들은 오랜 역사를 가진 자신들의 감정과 고통이 모욕당했다고 느낄 것이다. 그들은 폭력으로 인류의 인간성을 회복하는 편이 수치와 모멸을 모르는 수니의 뻔뻔하고 태연한 마른 얼굴보다는 더 도덕적이라고 여기리라. 그리하여 시작된 소요는 전 세계로 번져나가 무서운 분쟁을 야기하고 말 것이다. 그들은 무엇이라도 하리라. 우리는 너를 증오해, 라고 비로소 소리 내어 외칠 수 있고 그 외침에 정당성을 부여할 수만 있다면. 사람들이 두려워하는 것은 개의치 않는 태연함으로 인한 공동체의 몰락이기 때문이다. 누구인가, 그것을 향해 첫번째 돌을 집어 드는 자가.

많은 시간이 지나간 뒤 희태는 수니에게 무엇을 생각하고 있느냐고 물었다. 혹시 너는 새 모자를 생각하고 있었던 건 아닌지. 아니다, 그건 수용소라고 수니가 대답했다. 얼마 전 오디오북 출판사에서는 페터 바이스의 『수용소의 노래』를 검토한 적이 있었다고. 만일 현실화된다면 그중 「검은 벽의 노래」가 들어 있는 부분을 수니가 녹음할 예정이었지만 페터 바이스 건은 결국 부결되고 말았다. 그들이 페터 바이스를 검토 대상으로 삼은 이유는 순전히 번역 제목에 '수용소'가 들어갔기 때문일 테니 부결된 것이 차라리 다행이다. 그렇지 않았다면 속임수나 마찬가지가 아닌가.

희태가 말했다. 『수용소의 노래』는 사실을 토대로 한 역사 다큐멘터리나 마찬가지고, 아마 훌륭한 번역본도 없을 것이다. 희태가 말하고 있는 중에 수니는 다시 수용소를 떠올렸다. 뚜렷한 이유도 없이, 수용소에 자발적으로 들어갈 가능성이 가장 농후해 보인다는 모종의 사람을 애인으로 가졌다니. 희태가 말한, 그건 속임수나 마찬가지가 아닌가, 하는 말이 수니의 귀에는 마치, 그건 자살이나 마찬가지가 아닌가,로 들렸다. 수니는 여전히 진열대에 놓인 모자의 개수를 눈으로 세는 중이었다. 수니는 점점 자유로워지지 못하는 자신을 발견했다. 현실과 자신 사이에 놓인 줄기차고도 집요한 오차로부터.

그러나 설사, 그날 모종의 질서를 거역하며 제자리에 놓여 있지 않았기 때문에 형체 없는 형체로서 수니의 주의를 사로잡았던 것이 정말로 이 남자의 모자이며, 그래서 어느 날 항구에 도착한 파리스처럼 수니를 유혹할 수 있었다고 해도, 그럼에도 불구하고 수니 앞에 있는 이 남자는 동시에 아무것도 아닐 수도 있다. 이곳에 있는 모든 인간들이 그렇듯이 사실상 같은 수용자의 입장이면서 임기제로 돌아가며 맡는 수용소의 형식상의 간수, 혹은 몇 명 안 되는 비상임 운영위원 중 하나, 이런저런 목적을 가진 수많은 임시 위원회의 일원, 하나의 위원회가 끝나면 다른 방으로 가서 웃옷을 갈아입은 다음 다른 위원회의 일원으로 다른 회의에 참석하고 탄원서에 사인을 하며, 그리고 다시 그 옆방으로 가서 웃옷을 갈아입고 또 다른 제3의 위원회에 참석하는 일을 끝없이 반복하는 사람. 석방위원회에서 수용기간연장심사위원회로, 그리고 재수용여부결정위원회에서 다시 석방위원회로. 또는 개성 없는 녹색 제복을 입고 있으면서 항상 피곤해하는 밤의 경비원이거나 수니가 아직 얼굴을 모르는 라디오 방송의 늙은 최고 감독관, 그도 아니면 최후의 경우엔 개를 데리고 다니는 이웃집의 평범한 전직 유혹자에 불과한. 우리가 기억하는 수많은 유혹의 전설 중 하나에 불과한. 수니는 수용소의 일부인 작고 빈약한 숲 속에서 남자의 새 울음소리를 들었다. 사람들은 자그마한 언덕 위에 자리한 그곳을 비행장 숲이라고 불렀다. 비행장 숲 가장 높은 곳에서는 사방이 노란 담장으로 둘러싸인 수용소 거의 전부를 한눈에 둘러볼 수 있었다. 수용소 내의 유일한 정식 도로라고 할 수 있는 낡은 활주로 길은 폭우에 파이고 오래되어 포장이 망가진 부분을 손보지 않아서, 마치 무서운 폭격이 휩쓸고 지나간 도심의 사진처럼 스산한 데다가 터무니없이 넓고 현실에서 필요한 것 이상으로 공허했기 때문에 사람들은 본능적으로 그 길을 걷기를 두려워했다. 수용소에는 자동차가 없었지만 자전거는 대여가 가능했는데, 그렇지만 사람들은 건물 1층의 주랑을 통해서 걸어 다니는 편을 택했으므로, 수용소의 가운데에 비현실적으로 드넓게 자리 잡은 황폐한 활주로는 마치 카메라가 우연히 잘못 찍어놓은 한낮의 환영같이 텅 비어 있을 뿐이었다. 사람들은 재빠르고 무뚝뚝하게, 버림받은 잿빛 수인이 되어 주랑의 그늘 사이를 남몰래 돌아다녔다. 저녁이면 숲 아래쪽, 빗물이 고여 이루어진 진흙 호수에서 개구리들이 울었다. 수니는 암녹색의 펄떡거리는 그 생물이 싫었다. 무거운 발걸음을 멈추고 수니는 귀를 기울였다. 한동안 공기는 쇠붙이처럼 고요했고, 움직이는 사물은 아무것도 없었다. 기묘한 새 울음소리 사이사이로 정적만이 바스락거리며 울부짖었다. 우리의 머리통이 통째로 들어가 있는 정적의 그 커다란 입. 남자의 얼굴은 깊숙이 눌러쓴 펠트 모자의 그늘 아래서 말끔하게 면도된 둥그스름한 하얀 턱의 형태로 먼저 나타났다. 남자는 그들이 이미 얼굴을 알고 있는 사이이며, 한번은 직접 인사까지 나누었다고 주장했으나 수니는 전혀 기억할 수 없는 일이었다.

그러나 수니의 이 모든 상상과는 달리, 어쩌면 남자는 수니와 가장 근접한 곳에 머무는 사람, 즉 수용소 방송국의 실무 관계자일지도 모른다. 수니가 한 번도 본 적이 없는, 혹은 본 적이 없다고 믿고 있는 프로그램 기획자나 기술 관리자 같은 사람. 방송국에서 스치듯 지나쳐간 모든 얼굴을 수니가 기억하고 있는 건 아니니까. 그런데 수니는 방송국에서 사실상 혼자 일하는 것과 마찬가지다. 엔지니어가 한 명 있지만 그는 대개 다른 방에서 따로 작업하기 때문이다. 수니는 간단한 녹음기기를 작동시킬 줄 알고, 2주일에 한 번씩 받는 계획표에 따라 아무도 없는 좁은 스튜디오 안에서 매일 뉴스 원고를 읽는다. 원고는 수니와 신문사의 기자가 공동으로 작성했는데, 수용소 신문사 일이 본업인 기자가 간단하게 만들어놓은 초안을 라디오 방송국 책상에 놓아둔 후 다른 건물에 있는 신문사로 돌아가면, 수니가 거기에 살을 붙이고 보충하는 방식으로 진행되었다. 청취자들이 보내오는 편지는 수니가 직접 우체국에서 가져와서 다 읽고 선별까지 혼자 해치웠다. 이곳에서는 원래 개념 그 자체로의 뉴스는 큰 의미가 없다. 외국에서 일어난 전쟁, 불황, 범죄, 물가 인상과 파업, 전 세계적인 실업과 돌고래의 죽음과 생태계 오염에 은총 있으라. 오늘도 수니의 청취자들은 무력하게 두 손을 모으고 침대 속으로 파고들면서, 뉴스를 읽는 수니의 목소리가 말하는 자신들의 음울한 자서전에 귀를 기울인다. 그들이 일생 동안 여행자가 되어 외국의 다른 모든 도시들을 떠돌면서 수집한 소문과 기념품들처럼, 수니의 뉴스는 그들에게 은밀하고 사적인 회상을 불러일으킨다. 여러분 안녕하십니까, 수용소 라디오 방송국입니다. 오늘의 뉴스를 말씀드리겠습니다. 수많은 전설 중의 하나인 전설에 따르면, 사실 아름다운 헬레네는 단 한 번도 트로이 땅에 발을 디딘 적이 없었습니다. 유혹에 빠진 여인이 되어 파리스의 손을 잡고 다르다넬스 해협이 내려다보이는 히사를릭 언덕 위 트로이 성으로 들어간 것은 헬레네의 모습을 한 유령이었을 뿐이라고 그 전설은 말합니다. 새벽이 되자 성벽 위 안개의 겹 속에서 젊은 여인의 흰 팔꿈치와 옷자락이 보였다가 사라졌고, 사람들은 그것이 파리스와 함께 이른 산책에 나선 헬레네의 모습이라고 생각했습니다. 그들 연인은 바다로부터 왔습니다.

수니는 남자로부터 『이집트의 헬레네』를 받아든다.

남자는 수니가 녹음 일을 마치는 시간에 방송국으로 데리러 가겠다고 한다. 하지만 그것이 몇 시가 될지 정확히 예측할 수가 없기 때문에 수니는 대답하기를 머뭇거린다. 남자는 매일 그러는 것처럼 우선 우체국에 들렀다가 진료소로 갈 것이다. 그러면 일이

끝난 다음 내가 당신을 만나러 진료소로 가겠어요, 하고 수니가
안도하며 대답한다.

그날, 아마도 주말이었을 것이고 그래서 스튜디오로 가지 않아
도 되었던 수니는 늘 그랬듯이 집에 홀로 있었고, 늘 그랬듯이 아
침에 일어나자마자 에스프레소 커피를 한 잔 끓인 다음, 늘 그랬
듯이 우편함에서 가져온 편지를 무의식중에 소리 내어 읽었다. 그
날따라 유난히 진한 스모그 덩어리가 더러운 안개로 변해 대기 중
에 뭉쳐 있었던 것을 수니는 기억한다. 우리는 모두 죽으리라! 수
니의 집 근처를 근거지로 삼던 광신자는 그날도 변함없이 길가로
나와서 이렇게 소리치며 돌아다니고 있었다. 수니는 창가에 앉아
커피를 마시면서, 한없이 익숙해져버린 나머지 이제는 아무런 분
노나 짜증조차 일으키지 못하는 거리의 훼방꾼을 내려다보았다.
우리는 모두 죽으리라! 1년에 서너 달씩 한국에 머무르는 수니의
남편은 그 광신자를 아주 혐오했으며, 자신의 나라 한 지역 신문
에 아이러니와 조롱을 섞어 소개하기도 했다. 그러나 광신자에게
그 정도의 조롱은 곧 칭송이나 마찬가지로 여겨졌으리라. 그는
신이 나서 더욱 목청을 높일 뿐이다. 우리는 모두 죽으리라! 수니
는 새장의 카나리아 한 쌍에게 모이와 물을 충분히 주고는 얼마
전 한 오디오북 출판사가 의뢰한 일에 대해서 거절의 편지를 써야
한다는 사실을 상기했다. 수니는 시를 읽기에는 자신의 목소리가
적당하지 않다고 믿었다. 물론 그 믿음은 수니가 서정주의 시를
사랑하지 않는다는 의미와는 한참 거리가 있다. 수니는 오디오북
출판사와 일정 분량의 작업을 조건으로 계약을 맺었으므로 시집

녹음을 거절하기 위해서는 충분한 설명으로 그들을 납득시켜야 할 것이다. 배우란 환영을 빌려주는 역할을 한다. 수니의 일은 목소리의 환영을 빌려주는 것이다. 그러나 수니의 목소리가 부재하는 자리에서 어떻게 그 일이 가능할 수 있을까. 어깨 위의 한 마리 앵무새가 되어, 마이크 앞에 선다면…… 우리는 모두 죽으리라! 전자 메일을 쓰던 수니는 자신도 모르는 사이 길거리의 광신자가 줄기차게 떠들어대는 문장을 출판사에 보내는 글 안에 삽입해버렸고, 당혹감으로 얼굴이 달아오름을 느꼈다. 스모그에 가려 형체가 희미한 태양은 이미 늦은 오후를 가리키며 가라앉는 중이다. 수니는 책상 옆에 붙여놓은 열차 시간표를 보면서, 서울로 가기 위해서 지하철을 탈지 열차를 탈지 잠시 고민에 빠졌다. 수니와 남편은 처음 거주지를 선택할 때 최대한의 한적함을 위해 주어진 조건하에서 다른 많은 것을 희생했지만, 종말을 설파하는 광신자들은 스모그와 함께 어디에나 출몰한다는 사실을 잊었던 것이다. 수니가 집을 나서자 연기 냄새가 나는 초저녁 안개가 창백한 손을 뻗어왔다. 이리 와서 안겨, 하고 축축하게 말을 거는 아흔여덟 살 먹은 노인의 나체인 듯했다. 택시를 타고 지하철역으로 가면서 수니는 십자로에 선 광신자의 고함 소리를 마지막으로 들었는데, 그날 저녁 늦게 손가방을 들고 희태의 집 벨을 누른 다음 희태가 문을 열자 그야말로 불쑥, 예상하지 못한 즉흥의 힘으로, 갑자기 우리는 모두 죽으리라! 하고 엉뚱한 광신자의 문장이 터져나올 뻔한 걸 간신히 삼킬 수가 있었다. 나는 오늘 집으로 돌아가지 않겠어, 단지 이 말을 하려고 했던 것인데 말이다! 당황한 수니는 혀를 깨물고 더듬거리며, 집으로 돌아가지 않겠다고 어색하게 말했다. 그리고 미리 생각해놓지 않았던 말까지 충동적으로 덧붙였다. 다시는 돌아가지 않겠다. 이곳에서 함께 살고 싶어서 찾아왔노라고. 소리가 되어 입 밖으로 나오자 그것은 수니가 오랫동안 바라던 소망이 드디어 정체를 밝힌 느낌이었다. 집을 나오는 것이 아니라, 카오스의 선언에 대한 소망 말이다. 그러나 희태는 이미 수니의 마음을 다 알고 있었으며, 그래서 이때가 오기를 기다리고 있었다는 듯이 담담한 표정이었다.

수용소에는 우체국이라고 불리는 사무실이 하나 있지만, 그것은 사실 수용자들이 직접 우편물을 찾아가는 장소일 뿐으로, 수용소 공동의 우편함이나 마찬가지이다. 외부에서 수용소로 오는 우편물은 우체국 사서함을 통해서 배달되었고, 수용자들 간의 우편물은 이름과 방 호수를 쓴 다음 직접 우체국의 개인함에 넣어두면 본인들이 찾아갔다. 단 한 번도 개인 우편함을 열어볼 필요조차 없는 수용자들이 대부분이긴 했지만 그래도 어떤 이들은 하루에도 여러 번씩 우체국을 드나들었다. 수니는 보통 일주일에 한두 번씩 희태로부터 편지를 받았다. 수니가 우체국에 가지 못한 날에는 남자가 수니의 우편함을 살펴보았다가 편지가 있으면 그것을 수니에게 직접 가져다주곤 했다. 그 편지는 남자가 수니의 방으로 숨어들어가게 하는 암호와도 같았다. 그것이 그들의 은밀한 관계를 최초로 허용했다.

희태가 보내온 편지는 '나의 사랑하는 여인에게'로 시작하고 있다. 그 구절이 눈에 와 박힐 때, 수니는 오래전 잃어버렸던 종류인 전설적인 두근거림을 되찾는 자신의 심장을 발견한다. 그는 나를 잊은 게 아니었어, 비록 우리가 아주 잠시 동안만 함께 산 것에 불과하지만. 편지의 내용은 수니가 다시 돌아오는 것에 대한 현실적인 문제의 확인을 비롯하여 보통 때와 특별히 다를 게 없었으나, 수니는 남자와 헤어져 라디오 스튜디오로 가는 도중에 계속해서 그 첫 구절을 떠올린다.

수니가 오늘 할 일은 뉴스가 아니라 낭송극을 녹음하는 것이다. 스튜디오의 문을 열고 들어서자 이름을 알 수 없는 수용소의 작가가 쓴 낭송극 대본이 책상 위에 놓여 있다. 낭송극은 새로운 남자 성우와 수니가 번갈아서 미리 한 회분씩 녹음을 했고, 시간이 되어 방송을 내보내는 것은 엔지니어의 몫이다. 「일요일의 셰에라사드」는 이제 겨우 두 회가 나갔을 뿐이고, 수니가 오늘 읽을 부분은 다음 주에 방송될 세번째 회이다. 낭송극은 상표가 잘려나간 옷을 입은 한 남자가 해변으로 파도를 타고 떠밀려오는 장면에서 시작하고 있었다. 바다로부터 온 남자는 말을 잊은 듯 입을 다물고 있고, 자신이 누구인지 어디서 왔는지도 알지 못한다. 신분증이나 그 어떤 소지품도 갖고 있지 않다. 그런데 남자는 신기하게도 피아노를 칠 수 있었기에, 사람들은 그를 피아노맨이라 부르게 되었다. 뛰어난 솜씨라고는 할 수 없었지만 어쨌든 남자는 자신이 발견된 직후, 물에 흠뻑 젖은 채로 직접 해변의 교회로 걸어가 모차르트 소나타의 한 구절을 잠시 연주했던 것이다. 그리고 남자는 잠에 빠지는 것과 흡사한 형태로 기절했다. 이것이 수니가 읽은 첫 회의 줄거리였다.

수니가 받은 이번 주 원고에는 교회 목사의 젊은 딸이 등장한다. 목사의 딸은 고등학교를 중퇴했고 아버지를 알 수 없는 아이를 임신 중인데(이 부분은 어쩐지 피아노맨과 관련이 있지 않을까 하는 느낌이 있다. 하지만 수니는 새로운 남자 성우가 녹음한 지난번 원고 내용을 아직 모르기 때문에 단지 짐작만 할 수 있을 뿐이다) 해변의 난민 수용소에 갇혀 있는 사람들이 사실은 검은 천사일지도 모른다는 환상을 갖고 있다. 목사의 딸은 정신적으로 많이 아파 보인다. 그러므로 그녀가 수용소에 갇혀 있는 피아노맨에게 사랑을 느꼈다 해도 이상할 것이 없다. 여기서 극의 분위기는 사랑의 감정에 대한 독백조의 설명을 곁들이며 멜랑콜리하게 진행된다. 그러던 중 전직 장군인 한 망명자가 나타나서, 지금 아무도 정체를 몰라 한없는 신비감에 싸여 있는 피아노맨이 사실은 자신이 고국에서 데리고 있던 심부름꾼 소년이었을 수도 있다는 가능성을 밝힌다. 그의 심부름꾼 소년은 모차르트 애호가인 독재자의 집에서 자랐고, 어린 시절부터 구두를 닦는 정식 업무 이외에도 독재자의 악보를 넘겨주는 일을 하면서 곁눈으로 피아노 연주도 배웠다는 것이다. 매스컴과 사람들의 크나큰 실망을 뒤로한 채 피아노맨은 만삭인 목사의 딸과 함께 갑자기 어디론가 사라져버린다.

수니는 낭송극의 줄거리가 흥미롭긴 하지만 어쩐지 약간 익숙한 스토리라고 생각한다. 지난 8년 동안 수니가 스튜디오에서 읽었던 뉴스 원고 중에 그와 비슷한 내용이 들어 있었던 것도 같다. 출처와 해명을 모르는 사랑에 관한 이야기들. 수니는 우선 원고를 소리 내어 한 번 읽은 다음에, 호흡 조절에 신경 쓰면서 다시 한

번 더 반복해서 읽었는데, 낭송에 걸린 시간은 정확히 25분 15초
였다. 수니는 30분이 넘어가는 일은 좋아하지 않았고, 그럴 경우
가능하면 도중에 한 번 짧은 휴식을 갖고자 했다. 그러나 예전에,
성우 초창기 시절 한 작가의 소설 낭독회에 성우로 참석했을 때,
수니는 50분 이상 동안 쉬지 않고 무대 위에서 책을 읽어야 했고,
나중에는 목소리가 녹은 솜처럼 무겁게 가라앉는 것을 느꼈다. 심
지어 한 시간 동안 연속적으로 떠들어도 성대에 아무 변화가 없다
는 경쾌한 동료들도 있지만, 수니의 목소리는 태생적으로 탄력이
있기는 했으나 평균 이상으로 무거운 알토로, 그것이 매력인 반면
에 조심스럽게 다루지 않으면 콘트랄토의 저음이 갖는 특유한 아
름다움이 도리어 힘겹게 들리기도 했다. 달콤한 미성과 거리가 먼
탓도 있으리라. 만일 수니가 가수였다면 높은 옥타브를 부를 때
조차도 그 노래는 허공의 나비가 아니라 물속을 무겁게 걷는 브람
스처럼 들릴 것이다. 점차 상승하고 있는 음이 어느 순간에 절정
을 눈앞에 둔 것이 분명한 시점, 갑자기 스스로 추락하기를 원하
는 모습으로. 그러나 수니는 노래에 한해서는 음치이다. 그러므
로 수니에게서 (아마도) 마리안 앤더슨을 기대했던 사람들은 결코
소망을 채울 수 없었고, 희태도 그중의 하나였다. 그럼에도 불구
하고 수니는 대개 한 시간 이상 지속적인 집중과 육체적인 긴장을
요하는 무대 낭송극을 사랑했다. 음악과 효과, 그리고 다른 배우
와의 적절한 시간 분배가 이루어지도록 할 수만 있다면. 매번 목
소리의 첫번째 음을 내는 데 성공할 수만 있다면.

배 위에서 잠든 헬레네는 남편으로부터 살해당할 위기의 순간

에 몽환적인 환상의 세계로 들어간다. 포세이돈의 연인인 아이트라가 폭풍을 일으켜 그들이 탄 배를 이집트 해안으로 좌초하게 만든 것이다. 아이트라의 요정들에게 홀린 헬레네의 남편은, 자신이 헬레네와 파리스를 이미 트로이에서 죽였다고 믿어버리게 된다. 그리고 또다시 이중의 환각. 망각의 술을 마신 헬레네의 남편은, 파리스 왕자의 유혹에 빠져서 트로이로 달아난 헬레네는 사실은 헬레네의 형상을 한 환영에 불과하며, 그들이 전쟁을 벌이는 동안 진짜 헬레네는 이집트에 머물고 있었다고 확신해버린다. 트로이의 헬레네는 살해당했으며, 동시에 유령인 것이다. 이러한 환각은 헬레네 남편의 의식 속에서 벌어지는 것이지만 수니는 그것이 모두 남편의 단검 앞에 놓인, 잠든 헬레네를 지배하는 환상 속에서 일어나는 일이라고 여긴다. 책을 펼쳐든 수니는 오랫동안 신화의 시대를 방랑하고 다닌다. 밤의 들판에서 지붕 없이 잠들 때에야 비로소 만날 수 있는 전설적인 장면들을. 신과 정령의 세계가 지금 검은 벽 앞에 서 있는 수니의 얼굴에 몽상가다운 미소를 떠오르게 만든다. 어떤 사람들에게 그것은 부당하고도 불의한 일로 보이리라. 헬레네는 죽음 직전이며, 배는 난파했고, 검은 벽은 사형대의 노래였으므로. 하지만 부당하고 불행하며 불의한 것들로 축적된 삶이 주는 황홀한 공포감을 다른 사람도 아닌 수니 자신이 어떻게 낯설게 느끼며 단죄할 수 있겠는가.

그러나 마지막 순간에 헬레네는 환상에서 깨어나기를 원한다. 그녀는 남편과의 미래가 망각과 거짓의 약물에 취한 환상 속에서 진행되기를 원하지 않았던 것이다. 수니는 머리가 얼음처럼 얼얼

해지는 느낌이다. 오, 사실을 깨달은 남편은 오늘 밤 다시 헬레네를 죽이려고 한다. 날카로운 비명이 주성분인 소프라노의 목소리가 현악기의 파열음과 함께 절정을 향해 치고 올라간다. 드라마의 진정한 주인공은 비극을 불러일으키는 격정 자체임을 인정해야 한다. 수니는 책을 덮는다. 그러자 목소리는 사라졌고, 흐릿하고 침침한 불빛 속에 잠긴 라디오 스튜디오는 여전히 그 자리에 현실의 병든 거인으로 웅크리고 있다. 이곳은 폐쇄적인 장소. 사실은 비행장의 창고였지만 훨씬 더 이전에는 전국에서 모인 군인들의 우편물을 처리하는 집중국이거나 절망적인 편집증 환자들을 위한 마지막 요양 시설이었다고 해도 그럴듯하게 들릴 만한 곳. 창도 없고, 햇빛도 전혀 비쳐들지 않는 탓에 언제나 희미한 습기와 곰팡내가 공기 중에 스며 있다. 수용소 건물 내 라디오 방송국이라고 불리는 영역의 가장 구석진 방. 수니가 그곳에서 일하던 8년 동안—적어도 수니의 기억에 의하면—단 한 번도 전등의 전구를 갈지 않았으리라는 생각이 든다. 부연 벌레의 군단처럼 군데군데 뭉쳐진 불빛은 시름시름 죽어가고 있다. 겨울에 북풍이 불어올 때면 판자로 막힌 외벽 어디선가 뻣뻣한 광목천이 부르르 경련하는 소리가 들려오곤 했다. 그늘진 벽과 벽 사이, 낡은 기계와 의자, 더 이상 쓸모없어진 원고 뭉치가 방치된 책장과 누구의 것인지 알 수 없는, 서랍이 여럿 달린 오래된 책상이 희미한 전등불 아래서 수니를 물끄러미 지켜보고 있다. 수니는 서둘러 손가방에서 편지를 다시 꺼내든다. 나의 사랑하는 여인에게. 문득 수니는 회태의 '나의 사랑하는 여인'이 분명히 수니 자신을 칭하는 것이

확실한지 혼돈스러워진다. 편지가 수니에게 온 것임은 자명하다. 누가 수용소의 주소를 혼동할 것인가. 희태는 수니 이전이나 이후의 애인들에게도 마찬가지의 호칭을 썼을 것이다. 예를 들자면, 린은 어떤가. 수니는 희태가 최근 들어 린이라는 젊은 대학원생과 관계를 맺고 있음을 안다. 그가 편지로 그렇게 알려왔기 때문이다. 희태는 수니에게 자신의 관계들을 포함한 여러 일상을 숨기고 싶어 하지 않았다. 그들은 시내와 가까운 오래된 도심의 낡은 주택가에 살았고 낭송극과 오디오북 성우이자 목소리 배우이며, 나중에는 오디오북 스튜디오 경영자로서의 역할까지 해야 했던 수니는 집에 머무는 시간이 거의 없었다. 일하는 양과 시간에 비해서 수입이 터무니없이 빈약했음을—수니는 스스로만 부양하면 되는 입장이었으므로 수입이 적다고 해도 그것이 빈곤을 실감할 기회로 연결될 정도는 아니었다—깨달은 것은 수용소에 들어오기 위해 모든 직업 활동을 전부 정리하고 난 뒤였다. 어느 날 밤 희태는 잠들어 있는 수니의 몸을 가만히 흔들어 깨웠다. 수니의 어깨와 등뼈를 스치는 희태의 손길이 꿈이라고 생각되었다. 수니는 감각할 수는 있었지만, 잠에서 깨어나 눈을 뜰 수가 없었다. 간혹 수니는 반쯤 눈을 뜬 채 두 손을 가슴에 포개고 진지한 자세로 꿈을 헤매곤 했다. 희태는 수니에게 말했다. 그 말 속에는 수니도 알고 있는 한 젊은 여배우가 등장했다. 그녀는 무대에서 불타는 예술가 이외의 그 무엇도 될 수 없는 상태로 이 세상에 태어났다. 그리고 희태를 만난 순간 다른 모든 사물의 죽음을 직감적으로 깨달았다고 했다—이건 그 여배우의 말이다. 희태는 저항

할 수 없었다. 수니는 저항할 수 없는 상태를 너무나 잘 이해한다. 그것은 누구나 갖고 있는 부드러운 배와 그 피부이므로. 저항할 수 없는 카오스를 설명하려는 행위는 어리석다. 그러나 수니는 잠들어 있는 것이 아니던가. 그렇다면 이해하는 게 아니라 꿈을 꾸어야지: *그러나 나는, 여전히 잠의 영향 아래 놓인 채, 그리하여 끊이지 않고 이어지는 신비로운 상상 속에 잠겨 있었다, 너에 관한, 그리고 베를린으로의 여행에 관한. 1912년, 펠리체 바우어에게.* 여전히 잠든 상태인 내 머릿속에는 그날 오후에 녹음을 마친 오디오북 속의 한 구절, 카프카의 편지가 가장 먼저 떠올랐다. 잠의 영향 아래서, 끊임없이 이어지는 상상의 장면들. 그리고 지금 라디오 방송국에 홀로 있는 이 순간, 나는 그때의 구절을 자동적으로 입 밖으로 내어 반복해본다. *그러나 나는, 여전히 잠의 영향 아래 놓인 채, 그리하여 끊이지 않고 이어지는 신비로운 상상 속에 잠겨 있었다, 너에 관한, 그리고 베를린으로의 여행에 관한. 1912년, 펠리체 바우어에게.* 우리의 영원한 현재는 시간의 자서전으로 이루어져 있다. 우리를 꿈으로 이끄는 시간의 성질들. 그런 자서전 안에서는 지나갈 시간들이 우리를 이미 오래전에 미리 어루만지게 되며, 우리는 현재의 꿈속에서 그것의 손길을 느끼고 그것이 부르는 소리를 들으며, 앞으로 지나갈 시간들, 그것을 살아왔다. 잠 속에서인 듯 상상 속에서인 듯, 우리는 정의할 수 없는 어루만짐에 이끌려 홀린 듯 이집트로 난파당한다. 그 안의 상상들 중 하나. 노인학을 전공하던 대학 시절, 키 크고 엄숙한 그림자를 가진 여인이 가정을 다스렸다. 그것은 어머니였던가 아니면 나 자신이었던가. 정치적으로 올바르고자 하는 소망 속에서 짧았던 젊은 시절이 그렇게 지나갔고, 그리고 대륙을 넘어선 독신주의자들 간의 지루한 롱 디스턴스 릴레이션십과 고독하고 불안한 결혼, 갑작스럽게 찾아온 그것의 종지부——느리고 침착하며 냉엄하게 보이는 여자와 그녀의 이해할 수 없는 카오틱한 성향. 잡지에 외주 기사를 쓰는 간헐적인 일거리를 갖고 있던 희태는 어느날 우편배달부가 되기 위해 채용 시험을 쳤고 합격을 했다. 그가 고집스럽게 '말 없는 일'을 찾아 헤매고 다니던 때였다. 그런데 마침 한 신문사로부터 프리랜서 기자직을 의뢰받고는 두 개의 직업 중에서 결국 후자를 선택했다. 하지만 그것은 잘못된 선택처럼 보였고, 내가 생각하기에 그는 우편배달부로서 더욱 무리가 없었을 사람이었다. 비록 그 무리 없음이 그나 세계, 어느 쪽의 관심사도 아니었겠지만.

나의 사랑하는 여인에게. 네가 돌아온다는 사실을 상기할 때마다, 처음 그 소식을 들은 지 여러 날이나 지났지만 아직도 내 마음은 벅참에 가까운 기쁨이란 단어를 자연스럽게 떠올리게 된다. 스튜디오의 네 친구들도 마찬가지로 반가워하고 있고. 하지만 우선, 중요하게 알려줄 일은, 너는 언제까지나, 원하는 만큼 이 집에서 나와 함께 지내도 된다는 말이야. 네 방은 여전히 그대로 남아 있고 네가 남기고 간 물건들도 마찬가지지. 우리 모두는 네가 예전과 마찬가지로 매혹적이고 뛰어난 낭송극 배우로 되돌아오리라는 점에 대해 한 치의 의심도 하지 않는다. 항상 너는 의심하기만 했지만, 네가 아주 드물게 행복한 사람이라는 것, 어쩌면 이 세상에서 가장 행복하고 운이 좋은 사람에 속할 수도 있다는 것을 알아야 해! 너를 알고 있는 민감한 사람들이 마음속으로 감탄하는 대로, 너는 동시에 수많은 삶을 갖고 있으니까! 어째서 그럴 수 있는지 설명을 요구당하면 우리 모두는 입을 다물 수밖에 없지만 말이다. 그 점과 관련하여 사실을 밝히자면, 나는 네가 돌아온다는 사실이 쉽게 실감나거나 믿어지지 않는다. 그건 반드시 오랜 부재가 주는 익숙해진 체념의 영향 때문만은 아니지. 내 앞에 등장하는 네가 어두운 무대에서처럼 말도 형체도 없으리라는 예감, 라디오의 네 목소리가 사실은 아득히 멀고 먼 차원에서 들려오는 것이며, 전파라고 불리는 회로와 전선의 영혼이 너를 사로잡고 있는데 오직 나만이 그것을 보지 못하리라는 예감 때문일 거야. 그럼으로써 나는 너에게 나일 수 있는 것이고. 그러므로 너에게 더 가까이 다가가려는 내 시도는 라디오를 분해하는 행위와 다를 바 없는 허망한 결론을 낳겠지. 더 이상 기능하지 않는 단위까지 조각조각 잘려진, 작디작은 너의 무수한 난장이 영혼 속으로. 그럼에도 불구하고 나는 너무나 기꺼이 너를 마중하러 역으로 나가겠어. 그리고 너의 실재를 확인하고 싶다. 너도 그걸 바라겠지, 안 그런가 my dear?

수니는 자신도 모르게 편지를 소리 내어 읽고 있음을 깨닫는다. 그리고 어이없게도 녹음 기계가 여전히 녹색 불을 깜박이며 작동하고 있다는 사실도. 희태로부터 온 편지뿐만 아니라 낭독 중간중간 끼어든 수니의 일관성 없고 장황한 독백과 남자로부터 얻은 책 『이집트의 헬레네』일부까지도, 모두 라디오 낭송극과 함께 녹음기계 속으로 빨려들어가 저장된 것이다. 자신이 원고의 어느 부분에서 늙은 동굴처럼 웅얼거렸고 어떤 부분을 눈으로만 읽었으며, 또 어떤 구절과 문장을 임의로 뒤섞고 마음대로 건너뛰고 이리저리 뒤죽박죽으로 순서를 혼동했는지, 수니는 기억하지 못했다. 하지만 나중에 녹음을 검토할 작가와 엔지니어는 구분할 수 있으리라, 무엇이 방송이 되어야 할 낭송극이고 무엇이 실수로 들어간 자서전이고 독백이며 즉흥적인 유희인지. 수니의 목소리에는 드라마적인 요소가 부족하다고 사람들은 평하곤 했고, 수니 자신의 판단에도 그게 맞았다. 하지만 아마도, 도리어 그런 이유로 수니가 오디오북 성우이자 낭송극 배우로서 더욱 두각을 나타낼 수 있었을지도 모르는 일이다. 희태는 그것을 부적절함에 대한 고뇌라고 칭했지만 수니가 생각할 때는 선명한 모노톤의 수긍일 뿐이었다. 간혹 어떤 사람들은 극단적으로 간소한 러시아 쉬프레마티즘 회화에서도 지독하게 다채로운 감흥을 느낄 수가 있는 법이니까. 수니는 손목시계를 들여다본 후 다시 녹음을 마칠 시간은 도저히 부족하다고 판단한다. 저녁이 되기 전에는 진료소로 남자를 찾아가겠다고 약속한 것이다.

진료소가 있는 건물로 가기 위해 수니가 가장 긴 주랑으로 들어서자 그해 이른 봄의 짧은 해는 이미 서쪽으로 기울어가는 중이다. 노란 담장 너머 멀리 나지막한 구릉들 위로는 반쯤 표정을 드러낸 변함없이 차가운 무색의 하늘. 언제나 그렇듯 3월의 메마르고 날카로운 바람이 모래 먼지를 일으켜 사람들의 눈과 시야를 공격한다. 수니는 숄로 얼굴을 가린 채 빠른 걸음으로 사람들 사이를 지나간다. 주랑 가운데쯤 빈약한 햇살이 머무는 곳에 볼품없이 조그마한 원형 광장이 있고, 그곳에서 흰색 와이셔츠를 입은 노인이 글귀가 씌어진 두꺼운 누런 종이를 목에 걸고 구걸을 하고 있다. 수니는 그에게 친근한 눈빛을 보낸다. 아주 드물긴 하지만 수용소에서 예상치 못하게 아는 사람을 만나게 되는 경우가 있는데, 수니에게는 노인이 바로 그랬다. 수니는 잠시 걸음을 멈추고 허리를 구부려 주머니의 잔돈을 노인의 접시에 놓는다. 노인은 정중하고 예의 바른 태도로 감사의 인사말을 한다. 수니는 희태와 함께 살고 있을 당시, 희태의 오랜 지인인 그 노인이 여행지에서 암으로 사망했다는 소식을 들었던 것을 기억한다. 원인조차 꽤 구체적으로, 비장의 혈관에 발생한 노인성 악성 육종 때문이라고 했다. 희태는 노인을 몹시 좋아했으므로 눈물을 보이기조차 했는데. 하지만 세상의 소문이란 것은 너무나 허약하여 우리에게 조금의 위안도 되지 못함을 살아오면서 얼마나 자주 경험했던가. 80회 생일을 맞은 노인은 인상 깊은 생일 파티를 열었고, 희태와 수니를 파티가 열리는 그곳으로 초대하기도 했다. 그때 노인은 그들에게 포도 주스와 올리브유, 그리고 황산마그네슘을 이용한 체내 중금속 배출법에 대해서 진지한 조언을 주기도 했다. 희태는 주의 깊게 경청했으나 자연 디톡스 요법에 큰 관심이 없는 수니는 건성으로 들었다. 그때 이미 노인은 혈관 종양으로 인해 한차례 치료를 받은 다음이었다. 그런데 노인은 죽은 게 아니었다! 수용소에 들어온 이후 노인이 이곳 주랑에서 걸인으로 살아가고 있음을 발견하고 수니는 얼마나 반가웠는지! 그런데 이 사실을 수니는 회태에게 알렸던가? 초기에 자주 면회를 왔을 때나 아니면 편지로라도? 만일 그랬다면 회태는 뭐라고 대답했던가? 수년 동안 그 앞을 지나쳤으면서도 수니는 노인이 목에 걸고 있는 종이에 적힌 말을 읽지 않았다. 구걸에 대한 해명일 것이 분명한 그것은 너무 글씨가 작아서 한눈에 들어오지 않았으므로 누구든지 그 앞에 걸음을 멈추고 한참 동안 자세히 들여다보고 있어야 할 터였다. 하지만 수니는 그렇게 하고 싶지 않았다. 도리어 대학 시절에 미 대사관 앞에서 그랬던 것처럼 우렁찬 목소리로 외쳐주고 싶은 심정이었다. '사과와 해명, 그리고 보상!'이 아니라─정치적으로 올바르면서도 동시에 또박또박 운율이 맞는 정형화된 구호를 피하고자 수니가 얼마나 치열한, 그러나 결국 우스꽝스럽게 패배하고 말았던, 내면적인 분투를 거쳐야 했던가! ─ '당신은 아무런 해명도 할 필요가 없습니다!' 하고. 진료소의 위치가 어딘지는 알지만 수니는 아직 그곳에 가본 적은 없다. 간혹 몸이 아플 때는 약사의 집으로 가서 처방전 없이 살 수 있는 간단한 약품을 얻어 왔을 뿐이다. 진료소는 수니가 사는 건물과 반대편, 주랑의 가장 끝 쪽에 별도의 좁다란 출입구를 가진 외부 동 안쪽에 자리 잡고 있다. 수니가 출입구를 통과한 다음 진료소라고 적힌 표시판을 따라 걷다가 갑작스레 나타난 모퉁이를 돌자, 그곳은 유리벽 밖으로 안마당이 내다보이는 노란 인공 실내 공원이다. 의료진처럼 보이는 제복을 입은 사람들이 간간이 눈에 띄는 걸 보니 아마도 진료소는 특별한 경계나 구분 없이 이곳 통로―방에서 자연스럽게 시작하고 있는 듯하다. 수니는 대나무 그늘을 지나 계속해서 걷는다. 접수하는 사람들 뒤에 서서 수니는 이유 없이 머뭇거린다. 탁자에 기대 선 사람들은 소리 나지 않는 부드러운 펜으로 수줍게 진료 신청서를 작성한다. 무의식중에 수니의 손길도 신청서를 집어 든다. 숄로 입을 가리면서 수니는 기침을 한다. 그냥 약사의 집으로 갈 걸 그랬어, 하고 문득 중얼거리다가 이곳에 온 목적이 진료를 받기 위함이 아니었음에 생각이 미친다. 여기 전화기가 어디에 있나요? 수니의 곁에서 이런 말소리가 불명확하게 들렸다가 멀어져간다. 수니는 뒤를 돌아본 다음, 그 질문이 자신을 향한 게 아니라는 사실을 깨닫고 다시 신청서를 들여다본다. 여기는 항상 사람이 너무 많아. 너무 많은 사람들이 단지 번호만 안다는 이유 하나로 아무 상관없는 여기저기로 전화를 걸어대고 있는 자유로운 바깥과 다를 바 없어 보인다. 모든 통신의 영혼이 이곳에서는 악취의 육신으로 살아 돌아다니는 것이다. 전화기가 접수계원의 책상 위에 있다는 것은 누구나 다 아는 사실인데. 벌 떼의 것처럼 낮고 일정한 톤으로 영원히 웅성거리는 시간과 공간. 누구의 것인가, 내가 들어와 웅크리고 있는 이 먼지투성이 귀는? 그런데 보아라, 그 비속한 전화기를 향해 다가가는 이는 바로 수니 자신이 아닌가.

보조원이 빵과 차를 실은 트레이를 밀며 복도를 지나간다. 공기의 일렁임이 없는 실내에 희미한 소독약 냄새가 떠돈다고 느끼기도 했으나 정확하지는 않다. 수니는 가벼운 현기증이 시작됨을 알았다. 점심도 먹지 못하고, 어두컴컴한 스튜디오에서 너무 오래 원고를 읽고 있었던 것이다. 손잡이 없이 등으로 밀칠 수 있는 문 안쪽에서 약간의 소요가 이는 듯하더니 바퀴 달린 응급환자용 침대 하나가 접수계가 놓인 통로—방으로 나온다. 보조원들은 침대를 썰매처럼 밀면서 환자용 엘리베이터를 향해 달려가다시피 한다. 그들이 수니의 곁을 지나갈 때 침대의 흰 덮개 아래로 사람의 팔 하나가 스스로 흘러내리는 것이 보인다. 팔은 팔꿈치 아래로 절단된 채였다. 팔이 절단된 여자는 이마에 땀을 흘리며 얼굴을 찡그리는 중이다. 고통스러워서인지 아니면 찡그린 상태 그대로 의식을 잃은 것인지는 분명하지 않다. 그들 뒤를 따라가는 한 외과 여의사의 모습이 여자의 눈길을 사로잡는다. 키가 자그마하고 머리가 백발인 여의사였다. 수용소에는 나이가 많은 전문직 종사자들이 심심치 않게 보인다. 원래 법적으로는 은퇴했어야 할 사람들이지만 이곳에서는 은퇴 개념이 없기 때문에 계속해서 일할 수 있는 것이다. 아마도 진료소에 근무하는 상당수의 의료진들은 그런 이유로 자진 입소를 결정한 사람들일 것이다. 수니는 지나가던 한 간호사로부터 남자가 근무하는 섹터는 2층이라는 말을 듣는다.

2층으로 올라가는 계단을 찾아 헤매던 수니가 우연히 한 복도로 접어들었을 때, 그곳에는 조금 전 수니의 곁을 지나갔던 빵과 차가 실린 트레이가 벽에 기대어 멈춰 서 있다. 반쯤 젖혀진 하얀 덮개 아래로 김이 모락모락 나는 차와 반으로 잘라 버터를 바른 브레첼이 보인다. 설마 독이 들기야 했겠어, 하고 찻잔과 브레첼을 집어 들고 흰색 커버가 덮인 대기용 의자로 가서 앉으면서 수니가 속으로 생각한다. 상냥하고 친절한 간호사는 주사제를 투여한 환자에게 버터 바른 브레첼을 먹이고 차를 따라줄 것이다. 그리고 구역질이 나지 않는지 물어서 괜찮다고 하면 퇴원을 시키겠지.

my dear, 너에게 들려주고 싶은 말이 있다. 나는 이제 네 꿈의 세계로 들어간다. 거기서 우리는 서로 손을 잡고 걸을 거야. 장엄하고도 우아한 음악, 한 번도 본 적이 없는 장면으로 가득 찬 벽 아래 우리가 있다. 벽은 하늘을 향해 치솟았는데, 그 끝이 어디인지 보이지 않아. 오, 까마득한 절벽이여. 벽에 그려진 장면들은, 아마도 자세히 알지 못하면, 얼핏 그 유명한 「쾌락의 정원」을 포함한 제단화라고 생각할 수도 있지만 사실은 오직 혼돈을 위한 혼돈의 뒤범벅일 뿐으로, 적어도 우리가 아는 한, 유녕하선 유녕하지 않건, 그 어떤 화가의 그림도 아닌 거지. 그러나 이 얼마나 숨막히는 아름다움 그 자체인지. 종말론과 죄악의 발견이라는 미술사 교과서적 해석을 무시할 수 있다면 그것은 혼돈과 미학, 상상으로 인한 세계의 무한한 확장, 잠을 능가하는 꿈의 영역, 악몽이 불러일으키는 무의식적 폭발, '내 언어는 충분하지 않습니다'라는 시각적 고백, 우리가 설명할 수 없었던 초현실의 우리 자신에 관련된 자서전, 그리고 기꺼이 길을 잃고 헤매며 공식 없는 무한 이탈 궤도를 만들어가는 우리의 미래와 현재, 과거라고 이름 붙여도 무방한 장면들. 그 장면들 아래 우리가 있다. 엄숙하고 에로틱한 상징과 암시의 무덤 벽화 아래. 너와 함께 하는 꿈은 물속의 세상이다. 나는 헤엄치고 또 헤엄친다. 오, 까마득한 심연이여.

내 눈이 태어나서 처음으로 본 물속의 풍경에 사로잡히며 시작되는 이야기다. 물은 풍경뿐 아니라 거기 비친 우리 자신과 우리의 경험, 그리고 공동의 기억마저도 느리고 몽환적으로 해석한다. 헤엄치고 또 헤엄치면서 어느 순간 나는 문득 깨닫게 된다. 물의 나체를 가진 크고 아름다운 여인과 내가 사랑의 행위를 하고 있는 것임을. 저항하면서 동시에 수용하는 부드럽고 끈끈한 점막이 내 모든 움직임을 지치지 않고 빨아들이는 방식으로. 클라이맥스 없는 영원한 파도들. 그 누구에게서도 배운 바 없지만 본능적으로 내 몸은 너울의 젖가슴을 탈 줄 안다. 그런데 천지는 깜깜한 깊은 밤으로, 구름에 가려 달빛조차 구경할 수가 없다. 나는 그렇게 어두운 여인의 품에 안겨, 내가 물고기로 태어났다고 믿고 있다. 생명체를 지칭하는 다른 어휘는 알지 못한다. 오직 물고기의 몸을 빌린 영혼이라는 것뿐.

내 아래에는 끝없이 아득한 심연이 펼쳐져 있다. 정신을 압도하게 짙고, 그 무엇보다 어두우며, 어두움의 우물 밑바닥보다도 더욱 어둡고 어두워, 어두움 자체가 최대치의 질량으로 다가오는 심연. 빛 없는 원초의 자연이 나를 빨아들여, 꺼져들어가는 음울이나 아득함 따위의 표현으로는 도저히 묘사하지 못할 전율적인 무아지경으로 옮겨놓은 다음, 그대로 물 위로 뱉어내 계속해서 살아간다고 믿게 만들어버리는 것 같은 어두움의 환각. 압도적인 기억과 영원한 상실감. 그 느낌을 안고 나는 헤엄친다. 물은 내 몸을 무겁게 옥죄고 놓아주지 않다가, 의식을 잃기 바로 직전에 다시 완전한 무중력의 상태로 방사한다. 그때에 이르면 내 팔다리는 더 이상 헤엄치기 위해서 의도적인 수고를 할 필요가 없다. 나는 수동적으로 날게 된다. 물, 허공, 어둠, 무의식이 바로 내가 온몸의 아가미로 호흡하는 존재의 매질(媒質)이 된다. 오직 우주의 눈동자만이 그런 나를 지켜볼 수 있다. 지금 내가 헤엄치는 이 심연의 바다는 우리 모두의 안에 있지만, 그곳으로 가는 출구도 입구도 없으며, 우연하고도 불특정한 연결 통로는—대개는 잘못된 이미테이션의 벼랑으로 이끌 뿐이지만—아마도 합성 약물과 환각 버섯뿐일지도 모른다. 몸체에 흰색 종양이 화려하게 돋아난 붉은 아마니타 무스카리아Amanita muscaria를 삼킨 네가 스르르 이끼 위에 얼굴을 묻는 모습이 내려다보인다. 그리하여 네 환각의 일루전 속으로 나는 들어간다. 이제 시계는 형체 없는 움직임과 색의 세계이다. 소리와 냄새와 감정과 모든 느낌과 상태가 단지 색으로 이루어졌음을 안다. 모든 것이 이루 말할 수 없이 느리며 새롭다. 아우성치는 불안과 공포와 우울, 외계에 대한 무관심, 미칠 듯한 자유로움과 반비례하여 급속도로 둔화되는 근육의 움직임과 육체의 무감각, 그리고 싫어. 무엇보다도 인간의 정신으로는 견뎌내기 어려운 어마어마한 혼돈이 지속된다. 내 심연이 낳은 것들이 너에게 덤벼들고 있음을 알지만 나는 더 빨리 헤엄칠 수가 없다. 나는 너의 상상 속으로 쏘아 올려진 존재이다. 나는 몸을 웅크린 채 물고기에서 눈먼 심해 물고기로, 다시 투명한 백색의 외겹 피부만으로 이루어진 편모충의 쓸쓸한 화석으로 서서히 변해간다.

어느 날 너는 읽던 원고를 덮으면서 두 손을 가슴 앞으로 모으더니 낭독하는 어조로 말했다.

당신에게 할 말이 있어, 오늘 난 그 남자와 함께 잤어.

여기서 그 남자란 사실상 이름이 뭐라도 좋은, 그런 얼굴 없는 정체일 뿐이다. 나는 네가 읽던 원고가 말로의 『인간의 조건』임을 알았고, 그래서 네가 그 말을 하자마자 즉시, 어느 부분의 누구의 대사를 소리 내어 연습하고 있는지 알아차릴 수 있었다. 그 책에서 가장, 어쩌면 유일하게, 은밀하고 개인적인 대사가 될지도 모를 독일 여자의 그 한마디.

당신에게 할 말이 있어, 오늘 난 그 여자와 함께 잤어.

나도 반사적으로 앵무새처럼 그렇게 따라 말했는데, 나는 오디오북 원고를 읽고 있지는 않았으므로 그건 연습이 아니었고, 나는 네 눈빛에서 너도 그 사실을 알고 있음을 알았다. 너 또한 내가 너의 그런 마음을 읽고 있음을 알아차렸으리라. 우리들 사이에 아주 잠시 동안 침묵의 균형이 이루어졌다. 네가 말한 것이 오디오북 원고를 그대로 읽은 것에 불과하다면, 내 반응은 어쩌면 그다지 적절치 못한 것이었는지 모른다. 한때 사람들이 오픈 메리지를 실험해보고 싶어 안달하던 시절이 있었는데, 그 시절에 아이러니하게도 대부분의 제3세계는 독재의 도도한 물결 아래 있었고, 불행히도 우리는 모두 그곳의 어린아이들로서, 정치적 강령으로 뒤덮인 기다란 회랑을 절뚝거리며 지나왔다. 특히 남녀 관계에 있어서 도덕적으로 유난히 엄격한 동아시아의 독재라는 특징 때문에, 어떤 특정한 사람들에게 보수적인 가족 질서란 다른 어떤 요소보다도 더욱 정치적 우파의 이미지에 해당하는 것이었다. (우리가 알게 된 초기에 너는 나에게 심각하게 털어놓은 적이 있다. 대학생이던 네가 바로 그러한 특정한 사상을 가진 젊은이에 속했었다고. 정치적으로 올바르고자 하는 네 목적에 부합하도록 너의 사적 삶을 송두리째 새로이 형성하고 추진하려는 열망.) 하지만 이제 그런 식의 자유는 이미 한참 전에 유행의 시한이 만료되었고, 지금 젊은 세대는 뒤늦은 늙은 히피들보다는 도리어 복고적인 태도를 취하는데, 그것은 세계가 더 이상 두 가지 영역으로 선명하게 나뉘지 않음을, 그리고 그 두 가지 영역이 사이좋게 서로 하나씩 저마다 다른 성격을 차지하지도 않음을, 매스컴의 발달과 포스트모더니즘 덕분에 알아차린 탓이다. 쉽게 말해서 오픈 메리지가 곧바로 혁명을 말해주지 않을 뿐만 아니라, 그 역도 마찬가지로 성립하지 않는 시대인 것이다. 본질적으로는 물론이거니와 상징적으로도 마찬가지다. 게다가 중산층의 경우는 무엇보다도 중요한 현실적인 이익도 고려해야 한다. 어떤 노선에 속하더라도 어차피 루저는 자유로울 수 없다는 게 현대의 이념이기 때문이다. 프랑스의 어느 작가이자 철학자인 사람이 죽음 직전에 쓴 자전적 글 중에 다음과 같은 내용이 있는데, 나는 매우 인상적으로 읽었다. 그는 평생을 아름답고 헌신적인—적어도 그가 묘사한 대로라면—한 여인과 함께했는데, 문학가이며 예술적 영혼을 자유롭게 피워내고 싶었던 그 철학자는 아내와의 사랑을 자신의 문학에서 긍정적으로 묘사할 수가 없었다. 그의 글 속에서 아내나 그녀의 사랑은 아름답기는커녕 냉담하고 불친절하게 다루어졌다. 왜냐하면 작가로서 그는 오직 불행하고 좌절한 사랑만이 문학적인 의미에서의 사랑이라는 신념에 사로잡혀 있었기 때문이다. 그와 아내는 말하자면 세속적인 의미에서 행복한 커플인 셈인데, 그것을 작가로서 받아들이고 선호할 수가 없었다는 것이다. 그는 낭만주의자였고 좌파였으며 심정적 무국적자인 유대계 프랑스인이자 삶−문학이 아닌 문학−삶 애호가였다. 어떤 소수의 음들은 절정을 눈앞에 둔 것이 분명한 어느 시점, 갑자기 스스로 추락하기를 원한다. '완성'이란 단어가 완성시켜버리는 모종의 보수성 때문이다. '혁명'과 '혁명의 완성'이 그러한 것처럼. 다시 테마로 돌아와서 반복하지만, 네가 말한 것이 오디오북 원고를 그대로 읽은 것에 불과하다면 내 반응은 어쩌면 그다지 적절치 못한 것이었는지 모른다. 지금 우리 주변에서 어떤 커플이 성적으로 오픈 형태를 유지한다면 그것은 잊혀진 전설인 사생활, 즉 비밀에 대한 욕망 때문일 것이므로. 나의 비밀이자 곧 너의 비밀인 그것에 대해서 입술을 다물기 위한 비밀. 그러나 만일, 너의 그 한마디가 단순히 『인간의 조건』에 나오는 하나의 대사를 연습 삼아 인용한 게 아니라 그 이상의 무슨 의미를 싣고 있었다면, 그러면 내 대답은 아마도 옳았으리라. 여기서 옳다는 것은 네가 듣고자 원했을 내용에 가까웠다는 뜻이다. 적어도 그 책의 주인공이 그랬던 것처럼 어깨를 으쓱이며, '내가 뭐라고 할 말이 있겠어, 당신은 자유인데' 하고 대꾸하는 것보다는 말이다. 너는 정치적으로 올바른 사랑에서 비정치적인, 더 나가서 반정치적인 사랑으로 개종했는데, 우리는 결혼하지 않았고 아이도 없기 때문에 우리의 사랑이 반정치적이라고 안심했던가? 하지만 어쩌면 그건 틀린 생각이다. 과거 어느 시절 특정한 사람들에게 정치적으로 올바른 행동으로 보였던 것이, 지금은 같은 사람들에게 반정치적인 것으로 인식되며 마찬가지의 위안을 주고 있을 뿐. 네가 지난번 편지에서 비유한 대로, 그들은 운영위원의 제복을 입고 나타났다가 다시 문화위원의 제복으로 갈아입고, 그다음 우체국윤리강령심사위원이 되었다가 소극적자살심판위원에서 수용기간연장심사위원으로 모습을 바꾼다. 그토록 많은 위원회가 존재한다는 사실에 가벼운 놀라움을 가지면서, 우리는 아무렇지도 않은 듯 다시 일상적인 몸짓으로 돌아간다.

이 편지를 쓰는 지금 나는 너를 대신해 네 꿈을 보고 있다. 그 처음은 하늘을 나는 큰 새의 무리 속에 우리가 함께 있는 장면이다. 언제부터인지 모른다. 공중에서 바람 소리와 날갯짓 소리가 쉴 새 없이 귀를 찢고 저 아래 지상에는 나란히 줄지어 선 거대한 푸른 깃발들이 날카롭고 장엄하게 펄럭이는 이 특별한 순간의 시작이. 우리는 영원한 두께를 가진 세찬 바람의 벽을 뚫고 지나간다. 가슴이 막혀버린 듯 벅차면서도 두렵고 불안한 마음에 사로잡힌 나는 고개를 돌려 본능적으로 너의 얼굴을 찾는다. 너는 회색빛 털로 덮인 길고 건강한 목을 발레리나의 다리처럼 절도 있고 아름답게 앞으로 내민 상태이다. 너는 전체적으로는 짙은 회색이지만 끝부분에 검은색과 금색이 섞인 날개를 좌우로 힘껏 펼친 한 마리 새가 되어 있으므로 나는 꿈속에서도 좀 충격을 받는데, 곧 나 자신도 마찬가지의 모습을 하고 있는 걸 깨닫는다. 하지만 우리의 얼굴만은 그대로였다. 고래처럼 크고 아름다운 몸으로 이렇게 하늘을 날다니! 마치 신밧드 전설의 로크새가 된 기분이다. 날개를 한 번만 활짝 펼치면 하늘을 송두리째 덮어버리며 일식을 불러일으키고, 지상에 먼지와 구름의 회오리를 피어나게 한다. 그러나 우리가 전설에 묘사된 것처럼 실제로 어마어마하게 거대했다기보다는, 공기를 가득 머금어 한껏 부풀어진 가슴 아래로 보이는 세계의 풍경이 너무나 작고 초라하므로 상대적으로 그렇게 느끼고 있는 것도 같다. 처음에 내 시선을 사로잡았던 장엄한 푸른 깃발들은 어느새 사라지고 없다. 지상은 들쑤셔놓은 오물 덩이처럼 보이는 풍경, 온갖 더러운 쓰레기와 버려진 폐허로 가득할 뿐이다. 칙칙하고 황폐한 땅 곳곳에서 역겨운 보랏빛 거품이 부글거린다. 그런데 우스꽝스럽게도 나는 너에게 편지를 읽어달라고 부탁하고 있질 않은가. 무슨 편지인지는 모른다. 그러자 네가 대답한다. 아니 그럴 수 없어, 나는 곧 추락할 테니까. 그런데 나는, 네가 추락하리라는 소식보다 편지 읽는 너의 목소리를 듣지 못한다는 사실이 더욱 슬프게 다가왔다. 그래서 너의 추락을 막아야겠다는 다급한 열망이 내 안에서 끓어오르게 된다. 보아라, 저 아래를! 나는 이렇게 철새의 대열을 지어 어디인지는 알 수 없지만 하여간 어떤 모종의 곳을 향해서 날아가는 편이, 그 어떠한 경우라도 추락보다는 더 좋다는 점을 너에게 납득시키기 위해 지상의 풍경을 비하하고 모욕해야겠다는 매서운 마음이 생긴다. 그래서 무조건 소리부터 지른다. 보아라, 저 아래를! 너는 눈물을 흘리며 운다. 그리고 편지를 읽는다. 그런데 네 목소리가 나에게는 들리지 않는다. 나는 단지 볼 수 있을 뿐이다. 꿈속에서 흘리는 너의 눈물은 하나의 엄청나게 커다란 보랏빛 방울로, 네 얼굴과 몸을 관통하여 하늘 전체로 퍼져 나간다. 거대한 보랏빛 백조가 네 눈동자로 들어가, 제국의 깃발처럼 펄럭이는 보랏빛 날개로 너를 집어삼킨다. 밤인지 낮인지 알 수 없는 천지는 지평선 가득 오직 보랏빛 황혼이며, 너는 그 한 방울의 눈물을 흘리면서 허공 높은 곳에서 너울거리고, 그러는 한편 그 어떤 무대에서도 볼 수 없었을 만큼 깊은 감정이 깃들인 태도로 편지를 낭독하는데, 물론 나는 여전히 들을 수 없고, 그사이 황혼과 눈물의 몸인 숭고한 보랏빛 백조는 서서히 너를 잡아먹고 있다. 그러나 나는 자동 기계처럼 되풀이할 뿐이다. 보아라, 저 아래를! 환각 버섯의 독성이 내 혀를 굳게 한 것처럼 나는 다른 말은 한마디도 할 수가 없다. 그리하여 너는 내 눈앞에서 커다란 보랏빛 거품 방울로 변해간다. 너는 점점 탁하게 부풀어 오르면서, 동시에 멀어져간다. 오직 꿈속에서만이 가능한, 정체를 알 수 없는 이 둔하고 모호한 비통함. 보아라, 저 아래를! 하고 외치면서 나는 아래로 아래로 추락한다. 절망감으로 바위처럼 무거워진 나는 이제 모든 것은 끝이구나, 하는 생각밖에 없다. 구체적으로 '모든 것'이 무엇인지는 알 수 없지만, 적어도 단 한 가지는 분명하다. 나는 너의 꿈에서 빠져나오고 있는 것이다. 네 꿈은 추락의 충격과 이별의 슬픔을 통해 나의 꿈과 연결된다. 하지만 늘 그렇듯이 꿈속에서 느끼는 둔한 절망감은, 그 본래의 음울한 좌절 이외에 어느 정도 친근하고 자연스러운 비현실성도 포함하고 있다. 너무나 끔찍하고 두려워서 차마 의식의 표면으로 떠올리기조차 힘들었던 사건을 겪지만, 일순간의 기묘한 공황 상태가 지나고 나면 곧 얼음 바다처럼 차갑고 고요한 정적의 궁전 한가운데로 들어온 것을 깨닫는다. 잠은 꿈의 감각을 근육과 마찬가지로 반쯤은 마비시키지만, 그 말을 다르게 하면, 반쯤은 우리가 전혀 경험해보지 못한 또 다른 세계를 향해 열려 있는 것이기 때문이다. 타인과 사물의 꿈들로 연결되는 그 외계, 우리는 그것을 꿈의 유령, 혹은 꿈의 환각이라고 부르기로 한다. 팔다리를 허우적대던 나는 아주 다른 모습이 되어 하얀 모래가 깔린 해안으로 표류해간다. 따뜻하고 어두운 왁스처럼 내 피부를 흐르며 감싸 안는 물의 포옹에 몸을 맡긴 채. 나는 너무나 오랫동안 이 해안에 오기를 갈망했으며, 마침내 소망을 이루었다는 충만감에 빠져든다.

내가 실종되었다고 생각한 너는 서류를 들고 관청 앞에서 망설인다. 나는 없지만, 부재하는 내 눈은 너를 보고 있다. 골목길을 정처 없이 떠도는 희미한 냄새와 서성이는 발걸음. 그리고 실종 신고를 할 자격에 미달한다는 시큰둥한 대답을 듣는다. 형제가 많았던 너는 자랄 때 방을 따로 갖지 못하고 거실의 긴 소파에서 잠을 잤다. 가족들이 모두 잠자러 들어간 한밤중, 너는 꿈을 꾸는 상태 그대로 잠에서 깨어나곤 했다. 어둠 속을 떠도는 어슴푸레한 모습들. 이미 죽어버린, 흐느적거리는 미래의 모습들. 기괴할 정도로 크게 들리는 밤의 숨죽인 소음들. 창밖에는 흰 창을 든 전사들이 너의 집을 공격해오듯 공포스러운 눈보라가 친다(그 눈보라는 너의 터무니없는 환각이었음이 다음 날 아침 밝혀진다). 너는 아침마다 집을 나갔지만, 밤이 되면 다시 소파로 돌아왔다. 하지만 다른 형제들은 죽거나 집을 영영 나가는 방식으로 서로에게서 멀어져갔다. 나는 내가 집을 떠나 있던 몇 주일 동안 a여인의 아파트먼트에 있었다고 말했지만 너는 믿지 않는 것 같았다. 내 옷이 온통 검은 바닷물에 젖에 있었기 때문이다. 네가 모르는 먼 해안으로 떠밀려 갔으리라. 너는 알록달록한 원주민들을 상상한다. 네가 읽은 책에 의하면 제국주의는 그들의 옷을 벗기고 짐승 우리에 넣어 동물원에 전시했다고 전해진다. 지금은 그 일을 문화와 예술 시장이 하고 있지만 그 어느 쪽도 불만이 없다는 점에서 차이가 있다. 결제가 이루어지기 때문이다. 이루 말할 수 없이 야만적이고 끔찍한 어제와 오늘의 전설들! a여인과 나는 이전에 서로 만난 적은 한 번도 없지만 최근 몇 년 동안 공동의 친구를 갖고 있었는데, 장기간 여행을 떠나 있던 그가 여행지의 외국인 병원에서 암으로 죽자 그녀는 나에게 달려왔다. 그녀는 죽은 이와 자신이 사랑하는 사이었노라고 주장했다. 그리고 그가 죽던 날, 격렬하게 요동치는 비행기를 타고 있는 꿈을 꾸었노라고도 말했다. 비행기 안에서 그녀는 죽은 그와 함께였는데, 그는 자리에 앉아 있었던 반면 그녀는 반대편 통로에 서 있었다. 비행기가 흔들리기 시작하자 러시아 승무원들이 깔깔 웃으면서 자리로 가서 앉았고 벨트를 했다. 그러나 그녀는 자리로 돌아갈 수가 없었다. 자신의 자리로 돌아갈 방법을 찾지 못했기 때문이다. 그는 사방으로 기우뚱거리는 기내에서 태연하게 신문을 읽고 있었다. 거리가 멀었지만 이상하게도 그녀는 그가 읽고 있는 신문의 한 글자 한 글자가 똑똑히 보였다고 한다. '그런데 정말 이상한 것은, 활자 하나하나가 분명히 눈에 들어옴에도 불구하고 그것이 무슨 말인지 전혀 인식할 수 없었다는 거예요' 하고 그녀는 울면서 덧붙였다. 그녀는 죽음의 공포에 휩싸였다. 이렇게 떨어진 장소에서, 홀로 죽으리라는 공포. 함께 있기 위해 그토록 오랜 시간을 기다렸는데, 엉뚱하게 비행기에서 자리를 잡지 못해 깔깔거리는 승무원들의 비웃음을 사면서 혼자 죽어가야 하다니. 그런데 바람이 너무나 거세게 비행기를 뒤집어놓는 바람에 그가 앉아 있는 바로 곁의 비상구가 떨어져 나가버렸다. 촛불이 환하게 켜진 생일 케이크를 들고, 마치 서커스를 하는 것처럼 비행기 천장을 거꾸로 걷는 승무원들이 줄을 지어 그에게로 다가갔다. '당신도 기억하잖아요, 그가 우리 모두를 초대해서 생일 파티를 열었던 것 말이에요. 첫번째로 병에 걸린 후에 그가 자연요법 광신도가 되어버려서 사람들을 만나면 항상 해독 요법에 관한 얘기를 했던 것도요.' 그녀가 말했다. 그렇지만 나는 그의 생일 파티에서 그녀를 본 기억이 없다고 대꾸하니 그녀, a여인은 정말로 슬픈 표정을 지었으므로 나는 마침내 그만 입을 다물 수밖에 없다는 생각이 들었다. '미안한 일이지만, 아무리 애써봐도 당신의 얼굴을 내 기억 속에서 찾아낼 수가 없군요. 그곳에 모인 사람들은 많아야 스무 명 정도에 불과했고, 그때 우리는 모두 서로서로 친구가 되었는데 말입니다.' '꿈속에서 이상하게도 나는 〈횃불〉이란 단어를 발음하려고 안간힘을 쓰죠.' a여인은 내 의문을 무시한 채 고집스럽게 자신의 말을 계속했다. '그런데 그 단어가 떠오르지 않아서, 〈기다란 막대기 끝에서 활활 타오르는 불꽃〉이라고 그에게 알려주는 거예요. 하지만 그는 알아듣지 못하고 자꾸만 되물어요. 눈을 뜬 다음 가장 먼저 떠오른 것이 바로 그 일이었어요. 그건 분명히 횃불 모양이었어. 위를 향했으며, 심지어 뜨겁기까지 했답니다……' a여인은 나를 쓰다듬는데, 그녀의 손이 엷고 차가운 비늘로 덮여 있는 것을 그제야 눈치채는 나. 비늘 아래서 팽팽하게 당겨진 슬픔의 살이 팔딱였다. 자신의 손톱은 일반적인 분홍빛이 아니라 푸르스름한 은빛인데 손바닥 가득히 수천 개나 돋아 있다면서, 그가 죽은 여행지로 함께 가자고 a여인은 속삭였다. 라이베리아로 가요, 그곳은 자유와 재앙의 땅이래요. 그래서 내가 대답했다. 우리는 이미 오래전부터 그곳에 있는 게 아니었던가?

너는 내가 헤엄쳐 지나온 심연의 가장 깊은 밑바닥에 두 손을 가슴에 모으고 누워 있다. 해변에 당도한 내 머릿속에는 그동안 내가 보았던, 보았다고 생각되는 장면들이 꿈처럼 천천히 스치고 지나간다. 내 눈이 보았으나 나에게 아무런 말도 전해주지 않았던 침묵의 장면들. 세속의 언어로는 아마도 불행이라고 부를 수 있는 것들. '이미 지나갔으며, 돌이킬 수 없다'고 표정 짓는 시간의 기색들. 저 아득한 심연의 소파에서 여학생인 네가 잠들어 있다. 백색의 거대한 작살이 깊고 깊은 심연을 가르고 네 가슴을 파고들지만, 잠든 너는 그것이 음산하게 날뛰는 눈보라라고만 생각해버린다. 가엾은 것들. 너는 창밖으로 지나가는 집 없는 흰 고양이의 무리를 보면서 이렇게 떠올렸을 뿐이다. 형제들의 모습이 하나하나 시야에서 사라지고 아버지의 공장이 두번째로 파산한 후에도 너는 그 모습 그대로 소파를 떠나지 않고 있었다. 노인학을 전공하면 장학금을 받을 기회가 주어졌으므로, 그래서 너는 그렇게 했다. 젊은 시절 내내 너는 단지 그림자들의 연인이었다.

해안의 풍경은 안개에 젖어 무겁다. 흐릿한 젖빛 광선 사이에서 잠시 모습을 드러냈다가 다시 사라지는 집들과 조잡한 사원, 도깨비를 그려 넣은 불교의 간판, 상점과 관청의 그림자들은 매번 다른 표정과 형체를 갖고 있게 된다. 그것은 내가 거쳐온 물속의 제국이 지상의 불투명한 안개에 비치며 형성된 이미지의 세계이리라. 내 몸은 차츰 모래밭으로 밀려가고 있다. 나는 내 어깨 너머로 게들의 유령이 사각거리며 모래를 돌아다니는 발소리를 듣는다. 여인의 손길이 내 옷자락을 잡았다. 당신은 퀘스트를 수행하는 중세의 기사처럼 도무지 한군데에 오래 머무르려 하지 않는군요. a여인의 음성이다. 게들에게 속을 온통 파먹힌 그녀는 공허함 그 자체이다. 낭떠러지 위에 자리 잡은 가난한 집의 벽들은 그을음으로 어둡다. 너의 이름을 잘못 알고 있는 a여인은, 계속해서 너를 '수알란'이라고 부른다. 저기 수알란의 집이 있군요. 그녀는 벼랑 위쪽을 가리킨다. 여덟 명의 식구들이 방 두 개짜리 집에서 사는 마을이에요. 그녀의 목소리가 떨리고, 나는 그녀가 질투하고 있다는 느낌을 받는다. 그러나 질투에 빠진 어느 한 여인의 가슴이 뻥 뚫리고 그 검은 두 개의 구멍에서 게들이 기어 나온다면, 그것이 심해의 바닥에서 솟아난 창백한 장면들이 말없이 재현되는 남루한 도시의 해안이라면, 마침내 소망을 이루었다는 지극한 충만이 너를 벅차게 하고 그 순간 네 무릎에 고생대의 잠자리가 한 마리 날아와 앉는다면, 수면 아래에서 그 여인의 눈꺼풀이 해초가 되어 너울거린다면, 점점 가까이 다가오는 해안에서 안개 속을 빠져나온 긴 옷자락의 여인들이 유령처럼 미끄러지며 더 짙은 안개 속으로 사라지고 있다면, 그 여인들이 손에 꽃을 들고 있다면, 그리고 네가 벼랑을 올려다보니 잘못된 이름 '수알란'의 집이라고 생각한 그것이 사실은 무덤이었음을 알게 된다면, 수면 아래의 여인이 희고 긴 팔로 네 몸을 껴안는다면, 물결의 움직임과 선명하게 구별되지 않는 그 접촉이 네 마음에 든다면, 그런 순간이라면 질투하는 여인에 대한 너의 편견은 거품이 되어 사라지리라. 나는 a여인의 옷자락 속으로 손을 넣고 그녀의 입술에 입맞춘다. 얼마나 오랫동안 이 해안에 도달하기를 꿈꾸었던가. 나는 마침내 소망을 이루었고, 그 무엇도 드물게 찾아온 이 미성년적 열락의 상태, 이 한없이 열린 들뜸을 파괴하지는 못할 것이라는 예감을 갖는다. a여인은 내 어깨를 부여잡고 끊임없이 자신의 꿈에 대해서 속삭인다. 아에로플로트 항공의 비행기와 공항에서 산 미지의 활자를 가진 신문, 그녀가 한 번도 보지 못했던 생일 케이크와 라이베리아에 관한. 그녀는 이제 자신에게 꿈 이외에는 다른 아무것도 남아 있지 않음을 본능적으로 아는 것이다. 그래서 심지어 나와 함께 성행위를 하면서도 꿈을 꾸고, 동시에 입으로는 그 꿈의 장면들을 혀를 이용해 내 귓속에 밀어 넣는다. 그녀의 꿈 속에서는 성행위를 하는 우리들의 모습도 등장한다. 이 얼마나 기괴한 비틀림인지! 그녀의 신체 구조가 아니라, 꿈의 데자뷔로서의 이 현실이. 우리들이 조금 전에 취했던 동작이나 몸짓이 바로 다음 순간 그녀의 꿈에서 나타나고, 혹은 그녀가 방금 속삭인 꿈의 판타지가 그대로 우리의 행위로—전혀 의식하지 못하는 사이에—실현된다. 꿈에서 받은 자극으로 인해 현실의 우리는 비명을 지른다. 스스로의 꿈 때문에 그녀의 그 부위는 뾰쪽한 삼각형으로 부풀어 오른다. 마치 안개 속에서 어느 순간 바다를 향해 혓바닥을 내미는 붉은 벼랑 끝처럼. 전기적 쾌락의 순간에도 꿈의 유령은 틈입을 멈추지 않는다. 우리의 육체는 꿈이 가르쳐주는 대로 부르르 떨며 짧게 경련하고, 꿈을 향해 길게 한숨 쉰다. 현실의 극본이 꿈이었다니. 둥그렇고 평화로운 너의 해안. 너의 육신. 그 안으로, 소망을 이루었다. 안개로 이루어진 천지의 흰 장막이 소리 없이 펄럭이며 꿈으로 가는 길을 인도하는 해안. 흰 고양이 떼의 그림자가 객석에 남긴 보이지 않는 발자국들을 따라.

  손을 뻗으니 거기 안개에 젖은 네 몸이 있다. 나는 묵시록의 벽화 아래로 다시 돌아왔고, 안경은 여전히 책상 위에 있으며, 내 시선은 울적하고, 밤의 공기는 짙고 혼탁하다. 너는 입을 살짝 벌리고 있는데, 뭔가 아주 나쁜 꿈을 꾸고 있는 듯이 가볍게 찡그린 윗입술이 위로 말려 올라가서 그 사이로 이빨이 드러났다. 머리칼은 베개에 흐트러진 채 눈꺼풀을 반쯤만 감고 잠들어 있다. 그런 네 모습은 문득 예전에—아마도—우리가 여행 중 함께 보았던 어떤 그림을 연상시킨다. 잠들어 있는 집시 여인. 그렇다. 푸른빛에 잠긴 신비롭고 황폐한 모래땅. 방랑하는 늙은 집시 여인이 기타와 물병을 옆에 둔 채 손에는 지팡이를 쥐고 잠들어 있다. 커다란 수사자가 한 마리 그녀 곁에 서 있다. 멀고 단조로운 하늘에는 둥근 만월과 함께 몇 개의 작은 별이 보인다. 우리가 함께한 시간은 사자와 지팡이, 그리고 초현실적인 잠이었구나. 지금 너무나 간절히 너에게 들려주고 싶은 말이 있다. 지금 이 순간이 아니라면 죽어버릴 유령. 창밖으로 달아나거나 돌로 변해버리고, 색채도 성격도 없이 오직 내용만 남아 소문으로 영구히 떠돌게 될 것이 분명한 그 말을. 그러므로 나는 잠든 너를 깨우지 않을 수가 없다. 그런데 너는 눈꺼풀을 살짝 움직이더니—나는 그것이 네가 잠에서 깨어났다는 표시인지, 아니면 네가 꿈을 꾸면서 어떤 장면에서 무의식중에 격렬하게 반응한 것인지 알지 못했다—나에게 이렇게 말한다. '밤새도록 미친 듯이 네 꿈을 꾸었어, 오직 네 꿈을. 그런데 하나도 기억나는 장면이 없어.' 그리고 잠시 사이를 두고 덧붙인다. '정확하지는 않지만, 꿈속에서 난 아마도 내가 펠리체 바우어라고 생각한 것 같아. 요즘 내내 카프카의 편지를 읽고 있어서일까.' 나는 네가 펠리체 바우어가 아님을 잘 안다. 너는 수알린이야. 그래서 내 등을 안으면서 그 이름을 부르리라. 수알란 my dear, 너에게 들려주고 싶은 말이 있다.

부드럽고 납작한 밑창이 달린 실내용 신발에 흰 바지 제복을 입은 간호사가 다가오고, 수니가 트레이에 실린 환자용 차와 브레첼을 먹어버린 걸 알았지만 너그러운 미소로 대응한다. 수니는 갑자기 기운이 빠지며 심한 현기증이 났다고, 배가 고팠지만 근처에 음식을 살 만한 카페테리아가 보이지 않았고 게다가 진료소 구역이 처음이라 지리도 잘 몰랐다고 서툴게 변명한다. 그러나 간호사는 브레첼과 차 한 잔 정도는 충분히 재공급될 수 있는 것이니 신경 쓸 필요가 없다고 친절하게 말한다. 그리고 수니를 위로하기 위해 고개를 끄덕이며 덧붙인다. 편지를 읽고 있었군요, 그런 줄 알았어요. 수니가 손에 편지를 들고 있는 걸 보고 하는 말이다. 간호사의 상냥함에 어떤 식으로든 답례를 하고 싶었던 수니는 서둘러서 대답한다. 그래요, 난 편지 읽는 걸 아주 좋아한답니다. 그건 내가 예전에 자주 하던 일이기도 했어요. 그러자 50대에 접어든 듯이 보이는 간호사의 대꾸. 그렇군요, 나도 예전에는 비슷한 일을 많이 했었답니다. 직업상이긴 하지만. 시골의 요양원에서 노인들을 돌봤는데, 시간이 날 때마다 노인들에게 편지를 읽어주곤 했거든요. 그래서 소리 내어 글을 읽는 행위가 어떤 의미를 갖는지 잘 기억하고 있지요. 그러자 수니는 놀란다. 내가 이번에도 소리 내어 이 편지를 읽었단 말인가요? 간호사가 다시 고개를 끄덕인다. 그럼요. 물론 소리가 크지는 않았지만 적어도 트레이를 가지러 당신 곁으로 왔던 나는 뒷부분을 다 알아들을 수 있을 정도였지요. 그래서 이렇게 본의 아닌 청취자가 되었답니다. 그런데, 당신은 목소리가 좋아서 오디오북 성우를 해도 좋겠어요. 난 요양원에서 편지 말고도 시력을 잃은 노인들에게 책을 읽어주는 일을 했는데, 물론 오디오북이 나오기 이전, 아주 오래전 이야기예요. 한국에 오디오북이 일반화된 다음부터는 직접 목구멍을 혹사할 그런 일은 우리 업무에서 다행스럽게 자취를 감추었죠. 시력을 잃은 노인들은 시력뿐만 아니라 대개는 한때 소유했던 다른 것들도 함께 잃는 게 보통이었는데, 청력도 그중의 하나니까요. 정말이지 당신의 목소리나 발음은 내가 오디오북으로 들었던 배우들의 것에 조금도 뒤지지 않아요. 간혹 아주 인상적이고 훌륭한 목소리의 오디오북이 있었어요. 간혹 아주 인상적이고 훌륭한 책이 있는 것처럼. 내가 담당하던 노인들은 묘하게도 다들 꿈이 등장하는 책을 좋아했어요. 말하다 보니 그때의 기억이 점점 선명해지네요, 아주 오래된 일인데…… 어떤 문학평론가는 단호하게도 이런 말을 했다죠. 꿈이 자주 등장하는 작품치고 좋은 문학 작품은 없다구요. 그런데 말이죠, 난 꿈이 주인공이 되어 줄거리를 이끌어가는 책이 아니라, 이 모든 내용은 결국 꿈인 것으로 밝혀졌다, 하고 끝나는 책이 정말 싫었어요. 예를 들자면 카프카의 『변신』 같은 것 말인데요. 청취자의 머리를 혼미하게 만들어놓은 다음에 이건 그레고르 잠자의 악몽의 연속이었던 거야, 하는 결론으로 도피할 여지를 남겨두느냐, 아니면 작가가 그것을 사실의 사건으로, 아니면 적어도 현실적인 것으로 끝까지 밀고 가느냐 그 차이를 말하는 거예요. 비전문가일지라도 이제는 꿈 하면 자동적으로 가장 먼저 정신분석을 떠올려요. 하지만 그 이론이 만들어졌다는 사실을 배제하고 본다면, 꿈은 어쩌면 문학일 거예요. 자신이 낭독자이자 청자가 되는 오디오북 말이죠. 우리는 꿈을 해독할 필요가 없어요. 당신이 그 편지를 읽고 내가 곁에 있었던 것처럼, 그렇게 읽고 그렇게 듣는 것으로 너무나 충분하겠죠. 그리고 간호사는 트레이를 밀면서 복도 끝을 향해서 사라져간다. 수니는 홀로 남는다. 수니가 앉아 있는 진료소 구역의 이 복도는 전체가 온통 흰색으로 칠해졌는데, 복도 가장 끝 쪽은 희미한 안개가 퍼진 듯 아득하다. 아주 먼 거리의 소실점을 향해 농축되며 몰려드는 흰색은, 흰색의 짙은 그늘을 이루며 소용돌이친다. 고요하고 광폭한 백조가 되어 침묵의 공격을 가한다. 간호사의 뒷모습은 그 안에서 마치 흰 초가 녹는 것처럼 흰 벽과 천장으로 스며들어, 이윽고 보이지 않게 된다.

제4장

북쪽 거실에서 온 여인

장소에 관한 꿈. 빛이 있기 전에 한 여죄수의 목소리가 들려온다: 사람들이 말했다, 이제 나는 자유라고. 나는 어디라도 갈 수 있다고. 그래서 나는 대답하기를, 그것은 여기에 항상 없지만, 나는 어디에나 있다. 나는 눈을 뜬다. 어느 역의 이름이 적힌 표지판이 플랫폼에 미끄러지듯 나타나는 것이 보이고, 그 철자들은 나에게 어떤 가까우면서도 아득한 기억을 불러일으키는 것도 같다. 나는 계속해서 그 생각 속에 머문다. 놋쇠처럼 번쩍이는 뜨거운 한여름 햇빛이 선로 주변 짙은 녹색의 벌판을 말없이 달구었으며, 그래서 풍경은 대기 중에 우연히 고정된 누군가의 잊혀진 한 장면인 듯한데, 역사의 아치형 지붕도, 커피와 핫도그를 파는 비닐 천막의 가판대도 보이지 않는 작은 역이 차창 밖으로 드러나자, 비로소 나는 급행열차나 국경 간 고속열차는 서지 않는 그 역에 도착해버린 것이, 기차를 잘못 탄 탓이라는 것을 깨닫는다. 지방 철도 기관의 이름이 붙은 지선 간 왕복 열차는 그곳에서 다시 방향을 돌려 내가 출발한 역으로 되돌아갈 것이다. 그러나 나는 무엇에 이끌리듯이, 잘못 도착한 그 역의 플랫폼에 내린다. 플랫폼에 내린 승객은 놀랍게도 나 하나이며, 역과 주차장, 기찻길 옆 도로 그 어디에서도 사람의 모습은 보이지 않는다. 푸른색 제복에 긴 장화를 신은 세 명의 철로 인부들이 나에게 등을 돌린 채, 선로를 가로질러 흔들리는 햇빛 속으로 멀어지고 있을 뿐이다. 그들은 뒤돌아보지 않으며, 나는 그들의 얼굴을 보지 못한다. 기차가 떠나고 난 플랫폼의 벤치에는 아무도 없고, 길고 높다란 미루나무 몇 그루가 플랫폼에서 좀 떨어진 선로 가에 남았는데, 짙은 색 나무들의 꼭대기에서 빛나던 희미하고 투명한 태양빛의 코로나는, 꿈으로부터 갑자기 걸어 나온 마르고 키 큰 사람들이 빛을 등지고 선 채 동시에 모자를 벗고, 검고 어두운 얼굴 위로 빛나는 백발의 섬광을 드러내는 모습처럼 보인다. 이 장소, 잘못 도착했으며, 기억하거나 기록할 만한 것이라곤 하나도 없는 이 역에서 다음 왕복 열차를 기다리면서, 나는 어디론가 가는 중이었는데, 그곳에 도달하지 못할 것을 알고 있으며, 삶의 세계 어디에도 내가 아는 사람은 없으니, 나는 지금 90년 뒤에 있는 것이고, 사람들이 말했듯이 나는 자유이니, 앞으로도 이날과 마찬가지로, 원래의 예정된 목적지가 아니라, 우연하고도 익명인 어떤 장소들만이 태양을 등진 채 내 앞에 나타날 것이며, 정중하게 모자를 벗는 그들은, 이름도 이유도 없이, 내 기억 속에서 나보다 더 오래 살아남으리라고 상상에 잠긴다.

논리적으로 설명할 수는 없는 일이지만 2층은 아래층보다 훨씬 더 무겁고, 벽을 따라 사람들이 긴 줄을 이루고 있음에도 불구하고, 더 말이 없다. 거기다가 복도는 더 길고, 병에 걸린 흰 벽들은 더욱 창백하다. 입을 벌린 창들의 단단한 침묵을 통과한 햇빛이 백색 공기층을 더욱 비스듬하게 관통한다. 수니는 벽에 한 줄로 늘어선 조용한 사람들의 얼굴을 마주 보며 반대 방향으로 걸어간다. 그들은 대부분 노인들이지만, 간혹 아이들의 모습도 보인다. 노인이든 아이든 병적으로 창백하고 쇠약해 보인다는 점에서 그들은 모두 닮았다. 그리고 저 앞쪽 어딘가에는, 손가락이 굽고 가슴에는 흰 앞치마를 두른, 여든 살 먹은 예방주사실 접수계원이 기다리고 있으리라. 남자가 있다는 섹터는 예방주사 센터 마지막 끝에서 모퉁이를 돌고, 다시 왼쪽으로 난 문을 통과하면 된다고 들었지만, 보기 드물게 조용한 사람들의 기다림은 좀처럼 끝날 줄을 모른다. 여기는 사람이 항상 너무 많아. 수니는 습관처럼 중얼거린다. 수니가 갓 학교에 입학한 해, 마룻바닥의 나무판자들이 비틀려 못이 드러난 교실에서 여든 명의 아이들과 함께 수업을 받았던 것이 떠오른다. 실수로 장난감 구슬이 갈라진 판자 틈새로 사라져버릴 때마다 아이들은 소리 지르며 울었다. 그들은 늘 기다리기만 하지, 뭐 하나 제대로 얻는 건 없어. 그러나 여든 살이 된다면, 기다리거나 얻지 못하는 것, 사라져버린 것에 대하여 지금과는 다른 감정을 갖게 될지도 모른다. 그런데 수니는 자신이 지금 현재 여든 살이 아니라는 사실이 갑자기 믿기 어려워진다. 나는 지금, 하필이면, 다른 나이가 아닌, 여든 살이 아님이 분명한 가. 이것은 교육받은 현대적 의심의 일종인가? 결국 누구나 다 총체적으로 속고 있다는 강박관념. 의사가 예방주사 바늘을 수니의 팔에 찌르는 순간 라디오에서는 낭송극의 한 구절이 흘러나올 것이다. '삶과 죽음의 경계가 우리가 생각하는 것만큼 치명적으로 선명하지 않다면, 지금 이 말을 머리에 떠올리는 우리들 자신이 분명히 삶의 영토에 있다는 사실을 증명해줄 사람은 누구인가.' 그러나 주삿바늘을 쥔 의사의 팔목도 해골처럼 말라비틀어지고 앙상하기는 마찬가지이리라. 탄력 없이 늘어진 혈관은 너덜너덜한 주머니처럼 살갗 아래서 이리저리 흐물거리고, 납작하게 처진 채 덜렁거리는 남자 의사의 젖가슴은 노파의 것과 구별되지 않는다. 의사의 오른쪽 의안으로는 아예 눈을 돌리지 않는 편이 나으리라. 벽 안쪽과 벽 바깥쪽의 경계가 우리가 생각하는 것만큼 치명적으로 선명하지 않다면, 우리가 지금 어디에 있는지 확인해줄 사람은…… 제발 용서해주기 바란다, 이 모든 진술이, 논리적으로 설명할 수 없는 것이라 해도.

수니는 사람들의 시선 앞에서 꾸물대며 발걸음을 천천히 한다. 쇠약하고 조용한 사람들은 자신에게 남은 최후의 기력을 모아, 필요 이상의 집중력을 갖고 수니를 물끄러미 쳐다본다. 수니는 무대에 등장한 여신처럼 걷는다. 실제로 이 순간 어쩌면 수니는 여신이다. 수니가 다가가면 사람들의 얼굴에는 긴장과 공포의 기색이 스치고 지나간다. 그들은 이를 악물고 두 주먹을 꼭 쥐거나, 광채라고는 하나도 없는 탁한 눈동자로 모든 것을 포기한 듯 수니를 멍하니 지켜보고, 혹은 가까이 붙어 선 초라하고 왜소한 아이의 어깨를 바짝 끌어당긴다. 지금 이 순간 이곳에서 수니는 유일하게 소리를 내며 살아 움직이는 존재이다. 유일하게 너무 늙거나 너무 어리지 않은 존재이며, 예방주사를 원하지도, 원하지 않을 수도 있는 존재이다. 보호할 필요도, 보호받을 필요도 없다. 수니에게 속한 모든 존재의 양식은 저마다 독특한 소음을 갖는다. 가죽 구두 밑창은 바닥을 무겁게 쓸며 끼익거리는 소리를 내고, 수니의 두꺼운 모직 원피스 자락은 종아리에서 파닥거리며 정전기를 일으킨다. 수니의 속치마와 머리카락, 손톱 하나하나도 지속적으로 소름 끼치는 바스락거림을 야기한다. 수니의 몸이 만들어내는 그런 소음은 수니를, 수니의 목소리를 방해한다. 수니는 소음의 육신으로서가 아니라, 오직 목소리만으로 존재할 수는 없단 말인가. 그러기 위해서는 육신을 떠나 망명자가 되어야 하리라. 종종 수니는 기꺼이 벙어리가 되고 싶기도 하지만, 망명자는 아니다. 단 한 번, 수니는 남편의 나라로 가서 함께 낭송극을 관람했다. 놀라운 일이다. 무대 위의 낭송극 여배우가 벙어리의 역할을 맡다니. 아니면 그녀는 혹시 실제로 벙어리가 아니었는지. 충격으로 수니는 좌석에서 튕겨져 나갈 뻔했다. 바스락거리며 노려보는 눈동자들. 눈길은 말보다 더 많은 것을 말하게 되는 경우가 많은데, 대개의 사람들은 말솜씨가 없기 마련이지만 그런 사람이라도 타고난 눈길 자체의 표현력은 개인의 능력을 넘어서기 때문이다. 그러나 그 낭송극 여배우의 표정은 감정을 드러내는 종류가 아니다. 꾹 다문 입술과 경직된 마른 뺨, 그리고 이마를 반쯤 가리며 늘어뜨린 머리칼은 무대의 조명 때문에 사실보다 더욱 진하고 예리한 그늘을 만들고 있다. 그녀는 소리를 내지 않으려고 조심하는 기계의 병사였다. 아주 약간의 육체의 비틀림도 우렁찬 삐걱거림을 유발할 것이기에. 모든 종류의 소리는 무서운 누설이다. 그러니 쥐처럼 살금살금 기어 다녀야 한다. 책을 들고 낭송에 집중하는 다른 배우들 사이에서 벙어리 여배우에 대한 사랑, 증오, 원망과 거부감이 탄생했다가 이윽고 잔잔한 무시의 감정, 결국 가장 소중한 것은 자기 자신이라는 식의 각성으로 가라앉는다. 다른 배우들은 자신들의 이야기로 돌아간다. 벙어리 여배우를 위한 낭송극으로 생각하고 귀를 기울이던 청중들은 곧 그녀는 단지 도입을 위한 조연이자 장치에 불과함을 깨닫는다. 그 시점에서부터 벙어리 여배우는 나른 배우들의 낭송 대사 속에서 진짜 주인공이 된다. 그녀가 벙어리가 된 이유는 혀를 잃어버렸기 때문인데, 그 혀는 고향에 남아 있다. 불분명한 이유로 인해 고향을 떠나 망명의 길에 오를 때, 그녀는 혀를 가지고 오기를 거부했던 것이다. 혹은 혀가 그녀와 동행하기를 거부했던가. 어찌 되었건 혀가 없는 그녀는 말을 할 수 없는 것은 물론이고, 감각적인 키스를 할 수도 없게 되었다. 그 이상의 다른 고상한 쾌락을 제공하는 행위도 물론이고(관객들의 동정심은 최고조에 이른다). 혀가 없는 그녀의 얼굴 피부는 육체를 잃고 차츰 침식되며 가라앉는다. 다른 배우들은 그녀가 위험을 무릅쓰고 다시 고향으로 돌아가야 할 것인가, 아니면 계속 이곳에 남아서 벙어리 여배우로 공연을 계속해야 하는가 토론을 벌인다. 누군가 벌떡 일어서며 외치다시피 말한다. 벙어리인

저 여자는——수니를 가리키며——낭송극에 전혀 필요한 존재가 아니다. 그녀가 없이도 극의 내용은 충분히 전달되고 있을뿐더러, 대본의 낭송 말고 다른 행위나 연기가 없는 낭송극에서는 그녀라는 배우의 실제 역할이 사실상 조금도 없지 않은가. 단지 그녀가 과거에 고향에서 알려진 여배우였다는 그 이유만으로, 말 한마디 없이 저기 저 무대 위에 오를 당연한 권리가 어디 있단 말인가. 대사의 난투극! 아니, 대사의 일방적 구타! 그러나 보이지 않는 곳에 신이 있고, 곧 밝혀지지만, 말하지 않는 그 여주인공이 이 낭송극을 태어나게 만든 장본인이다. 낭송극의 작가는 벙어리 여배우의 남편으로, 망명지의 언어를 구사하지 못하는 그녀가 배우로서 다시 한 번 더 무대에 설 수 있도록 일부러 그런 역할을 만들어 넣었던 것이다. 그러나 무대는 배우의 것이지 작가의 것은 아니다(이 세계가 단 한 번이라도 신의 것이었던 적이 있었던가. 설사 그가 최초에 우리를 위해 뭔가를 끄적거렸다고 할지라도). 벙어리 여배우는 마침내 고향으로 돌아가고 그곳에서 망명자가 아닌 영웅으로 다시 태어나게 되리라. 왜냐하면 그녀는 망명자였고, 더구나 외국에서 타의로 인한 벙어리의 운명까지 겪었으므로. 그런 자들은 시간이 흘러 세월이 새로운 지층으로 접어들면, 반드시라고 해도 좋을 정도로 영웅이 되어버리기 때문이다. 단지 큰 영웅인가 작은 영웅인가가 문제일 뿐이지. 혹은 무명의 영웅일지라도. 혹은 영웅적인 무명이거나 무명의 영웅적 희생자일지라도. 이 대목에 이르러서 수니의 분노와 모욕감은 폭발하고 만다. 수니는 아무런 효과도 없는 소금물 예방주사에 최후의 희망을 걸고 모여든 조용하고 순종적인 이 사람들에게 자신의 선언을 하고 싶다. 나는 그 어디에서도 망명자가 아니다. 그리고 만일 내가 망명자라면, 그건 내가 어디에 있건 상관없이 이미 처음부터 망명자이기 때문일 뿐이지, 그 누구에 의해서 어떠한 계기로 망명자가 되는 것은 아니리라. 그리고 어느 날인가 기다렸던 것처럼 '고향으로 돌아가' 더 이상 '망명자가 아니게' 된다니, 그것은 더욱 있을 수 없는 일이다. 내가 무엇이든 나는 타의에 의한 존재는 아닐 것이며, 당신들에 의한 것은 더더욱 아니다. 그러니 내가 목소리를 잃고, 벙어리 낭송극 배우가 되어 외국의 무대에 오를 수밖에 없을지라도, 내가 열과 전염병으로 죽음의 고통을 겪고 있다고 해도, 절대 당신들의 상투적인 약물을──혀는 물론이고──내 피부에 밀어넣지 말아달라. 하지만, 당신에게 외부가 그토록 아무런 영향을 미치지 못하는 무의미한 장치일 뿐이라면, 그렇다면 당신은 왜 여기 우리와 함께 줄을 서 있는 건가요? 조심스러운 질문이 들려온다.

망명자로서의 입장이 그녀에게 부당하게 가해진 사회적 폭력이며, 그녀를 고발하고 고문하고 감옥에 가두는 일련의 공포 절차들은 우리의 일상을 감시하는 폭압적 체제를 상징하며, 결정적으로 하필이면 그녀가 여성인 점이, 그것도 언어적 제3세계 출신, 거기다가 문학과 예술에서의 남성의 지배 또한 배경으로서 한몫을 하여, 뛰어난 목소리 배우인 그녀가 무대 위에서 하필이면 벙어리의 역할을 할 수밖에 없다는 아이러니와 함께, 사회적 약자이자 희생자로서의 망명 여성의 위치를 대변하는 것이라고 누구나 해석해버린다면—그리고 실제로 그렇게 해석되었다—도대체 무엇 때문에 누구나 다 아는, 혹은 안다고 믿게 되는 그런 작품이 굳이 씌어지고 해석까지 당할 필요가 있단 말인지. 사람들은 자신의 견해가 문학의 형태로 무대에 올려지기 때문에 감탄하고 동조한다. 그것은 다른 견해를 가진 사람들을 설득할 수 있는 훌륭한 도구가 되리라. 혹은 다른 견해를 가진 사람들로부터 격렬한 반응을 얻어낼 수도 있으리라. 견해의 확인이자 재현이며 도구로서의 예술. 수니가 한때 동거했던 그 위대한 이름, 정치적 견해! 어느 날 남편은 수니를 향해 몸을 숙이고 말을 시작했다. '우리가 결혼하지 않고 자유롭게 동거하던 당시에……' 사실상 그 자유로운 시기는 아주 짧았으나—그러나 구체적으로 무엇으로부터 자유롭다는 것인지, 결혼 자체로부터?—지금의 선택이 잘못되었음을 알아차릴 수 있을 만큼은 길었다. 그들은 결혼함으로써 자신들의 사랑스러운 옛 애인인 정치적 견해와 결별한 셈이었다. 그러므로 그들이 결혼한 대상은 서로가 아니라 제도 자체였다. 그들은 결혼 관청의 공무원을 향해서 과시적으로 얼굴을 일그러뜨려 보였다. 할 수만 있다면 가운뎃손가락이라도 치켜들어주었겠지. 그런데 지금, 수니의 앞에서 엄청난 인내심을 가지고 기다리고 있는 이 노쇠한 사람들, 더러운 먼지와 바람이 많은 이곳에서, 좁은 공간에 촘촘히 박혀 있는 골방에 틀어박혀 평생을 살아야 하며, 그렇게 살아왔으며, 그 밖의 다른 삶이란 사실상 사라져버렸고, 혹은 원래부터 갖고 있지도 않았던, 망가진 텅 빈 활주로의 틈새에서 분출하는 독성 바이러스 때문에 죽을지도 모른다고 겁먹은 사람들이 그녀 앞에서 마찬가지로 얼굴을 일그러뜨리고 있다.

수니는 이 사람들의 기다림의 군무가 끝나는 곳에 남자의 섹터 입구가 자리할 것임을 안다.

사실, 대개는 드러내서 말하기를 꺼리지만 사람에게는 누구나 '외모'라는 것이 있다. 거울이나 쇼윈도 앞을 지나갈 때마다 자신을 응시하게 되는 말 없는 존재, 육신 말이다. 그것은 나 자신과 얼마만큼의 연관이 있으며 그 연관은 또한 얼마만큼이나 필연적일까, 우리는 간혹 궁금하다. 단순히 순수한 호기심에서 남자는 거울 속에 비친 수니의 외모를 관찰한다. 외모들은 대개 그 소유자보다는 심술궂으며, 엄격한 인상을 주고, 도무지 속을 알 수가 없는 것이 보통이다. 수니의 것도 마찬가지이다. 사람들은 언어 습관상 자신들이 스스로의 외모의 소유자라고 생각하기 쉬운데, 사실은 우리의 외모가 우리를 소유하고 있는 것이다. 만일 이 순간 수니가 단지 남자의 애인일 뿐만 아니라 어떤 낭송극 속에 등장하는 여주인공이기도 하다면, 사람들은 가장 우선적으로, 수니 자신보다도 수니의 외모에 대해서 궁금해하리라. 늘 그렇듯이 시무룩하고 음흉한 외모 혹은 편견은 죄가 없는데, 그들은 자신이 되는 것 이외의 다른 대안을 갖고 있지 못하기 때문이다. 거울 속 수니의 외모가 남자를 향해 미묘하고도 애매한 미소를 보낸다. 마치 그 순간 불현듯 거울 자체가 흐려지기라도 한 것처럼 수니의 입매가 선명한 긴장감을 잃는 것이다. 수니의 모호하고 불확실한 미소에는 아마도 수니 자신의 심상치 않은 역사가 깃들어 있을 법도 하다. 남자는 수니의 젊은 시절의 모습을 문득 상상해본다. 예를 들자면, 대학 시절이나 낭송극 배우로 데뷔하던 당시를. 만일 수니가 매스컴의 주목을 받는 입장이었다면, 비록 극단적으로 폐쇄된 세계에서 평생을 살아오긴 했지만, 그래도 남자는 수니의 모습을 우연히라도 본 적이 있을지도 모른다. 의학잡지의 문화란에 실린 간단한 인터뷰 기사 등에서. 물론 어디까지나 우리의 가정일 뿐이다. 그런 기사에 첨부된 수니의 젊은 모습은 무척이나 강한 인상에—대개의 사람들이 상상할 수 있는 강함의 차원을 넘어—눈두덩은 음침하게 보일 만큼 거무스름한 빛으로 화장했으며, 손에 쥔 담배에서는 연기가 리본처럼 피어오르고 있었으리라. 자로 잰 듯 정확한 수평으로 다문 입술은 유난히 옆으로 길쭉하며, 밋밋하고 넓은 형태의 광대뼈와 남성적인 느낌의 턱 위로 펼쳐진 살갗은 편평하고 표정이 없다. 웨이브 없이 늘어뜨린 숱 많은 검은 머리와 짧게 다듬은 뭉툭한 손톱에도 불구하고, 수니의 외모에는 어떤 종류의 독특한 자세가 들어 있다. 얼핏 건조한 행동가 같은 차림새지만 실제로는 셔츠의 깃 모양이나 단순한 형태의 목걸이 등을 상당히 까다로운 기준으로 선택했을 것만 같다. 담배를 들고 있는 손가락의 모양이나 얼굴 표정의 남다름은 물론이고. 어색하고 고집 센 자기 자신으로 보이는 것을 알고 있고, 그 사실에 만족하고 있는 그런 외모는 사진 찍힌다는 사실을 의식한다. 그리고 그 사진이 경우에 따라서는 아주 긴 세월이 흐른 다음에도 외모의 장본인을 판단하는 우연한 척도가 될 수도 있음도 알고 있다. 외모는 그런 식으로 살아남아 자아의 일부가 된다. 그런 표정이다. 수니에게 외모는 이미 오래전부터, 존재의 피부이며 정신의 의상이다. 사랑과 같은 고귀한 정신의 영역에서 외모를 무시할 수 있다는 말은, 그러므로 모순일 수밖에 없다. 나는 당신의 육신을 사랑해요, 하고 수니가 남자를 향해 열렬하게 말한다. 그리고 남자의 가슴을 향해 몸을 던진다. 남자는 심각하게 불편한 표정이 된다. 남자는 자신의 육신을 사랑하지 않게 된 지가 이미 너무나 오래이기 때문이다. 그러나 가슴에 안긴 수니의 머리칼을 말없이 쓰다듬는다. 그리고 수니의 두개골 뒷면의 볼록 튀어나온 부분을 만지작거린다. 수니의 육신, 오래전에 남자가 우연히 페이지를 펼쳤던 잡지의 어느 인터뷰 기사를 장식했을, 그러나 지금 남자의 기억에는 존재하지 않는, 젊고 자신감 넘치며 과격해 보이던 수니의 육신. 당신은 날, 내 육신을 똑똑히 기억해야 해요! 하고 총알처럼 말하고 있던 수니의 육신은 그 자체가 수니의 삶이자 이데올로기였다. 이윽고 수니가 고개를 들고, 남자로부터 몸을 떼자, 그들의 육신은 서로 물끄러미 마주 본다. 한없이 오래 쓰다듬는 눈길, 오직 육신이 있으므로 가능한, 이 특별한 행위와 순간.

수니는 손님들이 모두 떠나버린 술집 안으로 들어간다. 키가 큰 한 남자와 한 여자가 테이블에 자리를 잡고 수니를 기다리고 있었다. 바에는 바텐더와 주인인 듯한 남자가 뒷정리를 하는 중이니, 시간은 이미 한밤을 지나고 있다. 키가 작고 피부가 가무잡잡한 외국인 바텐더는 명랑한 얼굴에 웃음을 띠고 사람들에게 작별의 인사를 하고 사라진다. 술집 주인은 잔을 들고 그들의 테이블로 와서 합석한다. 아마도 수니를 기다리던 키 큰 남자와 그는 원래 안면이 있는 듯했다. 키 큰 남자는 말솜씨가 좋으며 화제도 풍부하다. 비록 그 화제라는 것이 수니에게는 아주 생소한 세계의 이야기이기는 하지만 말이다. 사업이나 부동산, 요트와 스포츠, 경제와 관련된 미래, 그런 것들. 키 큰 남자와 함께 있던 그 여자는 치과 의사라고 자신을 소개했는데, 낙천적이고 개방적인 입매와 자신 있게 드러낸 얼굴의 주근깨가 인상적이다. 그녀는 수니에게, 자신도 이 키 큰 남자를 오늘 처음 만났을 뿐이라고 설명한다. 가게 안은 텅 비고, 오직 그들의 테이블에만 촛불이 켜진 채, 덩어리진 주황색 빛으로 그들의 얼굴을 비춘다. 수니는 키 큰 남자가 따라주는 포도주를 마신다. 그리고 머리가 아프다. 키 큰 남자는 오늘 두 명의 숙녀분들에게, 숙녀분들이 허락한다면, 기꺼이 포도주를 대접하고자 한다. 그들은 웃는다. 키 큰 남자가 활달하고 자신감이 넘치는 반면 술집 주인은 약간 소심한 태도를 유지하고 있다. 그는 아직 키 큰 남자의 의중을 모르고, 그러므로 추후 상황에 따라 둘 중 어떤 여자가 오늘 밤 자신에게 속하게 될 것인지, 불분명하기 때문이다. 키 큰 남자가 수니에게 하는 일이 무엇이냐고 묻는다. 배우. 수니는 하나의 단어로 대답한다. 그러자 술집 주인이 감동받은 표정으로 촛불을 살짝 들더니 수니의 얼굴을 비춘다. 그리고 꿈꾸는 목소리로 말한다. 난 말이죠, 예전에 극작가가 되는 게 꿈이었답니다…… 하지만 난 목소리 배우예요, 하고 수니가 덧붙이자, 조금 혼란스러운 얼굴로, 그건 성우를 말하는 거냐고 되묻는다. 그런 질문에 대답하는 것이 그다지 중요하지 않다는 생각으로 수니는 입을 다물었고, 화제는 다시 자연스럽게 다른 방향으로 흘러간다. 수니는 자신이 취했음을 알아차린다. 부르군트 포도주의 독함 때문이다. 키 큰 남자는 병을 기울이기 전에 분명히 말했다. 이 부르군트 포도주는 나도 두 잔만 마시면 머리가 멍해지는 기분을 느낀답니다. 그러니 신중하게 드시기 바랍니다. 아무것에도 취해 있지 않을 때 우리는 끝없는 혼란과 산만하게 꼬리에 꼬리를 물며 일생에 걸쳐 점점 드넓은 영역으로 퍼져 나가는 상념, 동시에 어떤 부분의 둔중한 마비, 그리고 지속적인 자포자기와 체념을 늘 느끼며 산다. 그러나 무언가에 취하고, 그 사실에 도취된 우리는 다르다. 우리는 한 가지 일에 집중할 능력이 생긴다. 우리는 시간을 자유로이 넘나드는 여행자가 되며 우리가 가야 할, 한 번도 가보지 못한 도시의 이름까지도 정확히 기억할 수 있다. 우리는 먼 옛날의 도시의 풍경을 눈앞에서 보기도 한다. 우리가 한때 그것의 시민이었던 도시, 버스와 기차를 번갈아 타면서 찾아갔던, 그러나 지금은 그 이름이 기억에서 사라져버리고 텅 빈 집들이 늘어선 길과 이글거리는 태양과 좁다란 강물의 풍경만이 먼지 속에 반사되며 남아 있는 신기루의 도시. 당신의 어린 시절에 건배, 하고 키 큰 남자가 수니에게 부드럽게 웃음을 보내며 말한다. 수니는 자신만만한 키 큰 남자의 태도와 거리낌 없는 시선에 거부감을 느끼고 술집 주인의 얼굴을 향해 고개를 돌리고 미소를 짓는다. 우리는 이 도시에 있으면서 동시에 강 건너편 저 신기루의 도시에 발을 디딘 적이 있다. 우리는 이미 수없이 많은 나날을 그렇게 살아왔다. 우리는 이곳에 등을 구부리고 앉아 딱딱한 들소 가죽을 바느질하면서 동시에 강 저편에서는 천 송이의 장미가 피는 정원을 가꾸어왔다. 그렇지 않다면 이 초라하고 힘없는 삶의 어디에서 우리를 사로잡는 그토록 크나큰 매혹이 나온단 말인가. 수니는 술집 주인의 목에 팔을 감고, 나에게 입 맞춰요, 하고 조그맣게 속삭인다. 키 큰 남자와 여자 치과 의사가 듣지 못하도록. 술집 주인의 입술이 수니의 입술 위로 와 닿았고, 그의 혀가 머뭇거리면서 수니의 입술 안쪽으로 들어온다.

내 애인, 내 그리움, 내 사랑스러운 여인, 귀여운 몸뚱이, 내 입술이 머무는 곳, 내 버드나무, 입맞춤나무, 시를 읽기 싫어하는 내 입맞춤나무. 희태는 수니를 종종 그렇게 불렀다. 내 목소리는 시를 읽기에는 적합하지 않거든요. 수니는 줄곧 그렇게 주장해왔다. 난 편지나 독백 같은 종류의 산문이 좋아요. 드라마가 아닌 산문 말이에요. 내 목소리는 음악적이 아니랍니다. 사람들은 잘 눈치채지 못하지만, 내 목소리는 운율에 서툴죠. 난 심지어 리듬에 거부감을 느끼고, 그래서 여백이 들어간 시는 더욱 싫어요. 내 목소리는 감정을 실은 노래보다는, 길게 이어지며 그 감정을 교란하는 거짓의 속삭임에 불과해요. *하나의 사랑 안에는 두 개의 운명이 깃들어 있다. 한 운명은 사랑을 받고, 다른 운명은 사랑을 한다. 한 사람은 향료를 수확하지만, 다른 사람은 매질을 당한다. 한쪽이 얻는 반면에, 다른 쪽은 주어야만 한다. 그러니 얼굴이 달아오를 때면 감추도록 하고, 젖가슴이 겪는 고통을 토로하지 말라. 대신 네가 사랑하는 그 사람에게 칼을 건네도록 하라. 그러면 그가 죽일 것이다. 자신을 사랑하는 네 마음을 알고 있으니, 그는 베어내리라.* 희태가 질문한다. 그렇다면 목소리의 음악이나 운율에 신경 쓰지 않고 지금 내가 읽은 이것은, 브레히트의 시인가 산문인가? 내가 이것을 너에게 보내는 편지에 인용한다면, 그것은 시인가 편지인가. 그러나 언젠가부터 수니는 형식의 문제에는 더이상 관심이 없다. 하나의 사랑 안에 깃든 두 개의 운명 때문이다. 수니는 지나가는 무대 여배우의 뒷모습을 보았다. 기둥과 기둥 사이, 짧고 찰나적인 공간에서의 일이다. 로비는 어두웠다. 희태는 사람들과 인사를 나누었다. 희미한 조명은 사람들의 얼굴 근처에서만 머물렀고 그 아래 그늘진 곳에서 희태의 손은 여배우의 손을 잡고 있었다. 이후로도 그들의 손은 어둠 속에서 서로를 향해 더듬어나가다가 뜨겁게 마주치곤 했다. 그들의 손이 남몰래 서로를 건드릴 때면, 수니는 그 안타까운 열기에 자신의 마음마저도 덩달아 아련하게 떠오르는 것을 느낄 정도였다. 희태는 그 여배우와 함께 무대에 섰다. 그들은 무대 위에서 입맞춤을 나누었다. 그것은 수니가 그때까지 본, 가장 애절하고 안타까운 입맞춤이었다. 그것이 연기였기 때문이고, 동시에 그것이 연기가 아니었기 때문이다. 희태는 입술을 여배우의 입술에 갖다 대고, 한동안 움직이지 않았다. 그리고 얼굴을 잠시 떼었다가, 다시 급하게 그녀의 얼굴 위로 내려앉았다. 두 마리의 나비처럼 그들의 입술이 부딪혔다. 이번에는 두 나비의 입술이 서로를 감싸며 간절하게 움직였다. 그들은 하나가 되기를 원했다. 그들이 나비라면, 그것은 작고도 작은 존재들이 일제히 나누는 5월의 사랑인데, 그때 천지는 사방이 찬란하므로 아무도 그것을 눈치채지 못하리라. 그들이 서로 느끼는 입술의 감촉, 수니도 너무나 잘 알고 있는, 단지 그

순간만이 가능한 어떤 유일한 것을 갈구하듯이. 내 입맞춤나무,
하고 희태의 입술이 말하는 것 같았다. 여배우는 아마도 가지 말
아요,라고 한 것 같다. 가지 말아요, 함께 있어요, 나는 당신의
열광자입니다. 물론 아무도 그들의 목소리를 듣지는 못했다. 그
들은 입을 맞추면서 동시에 대화를 나누려는 사람들처럼 보였다.
목소리 없는 혀와 입술의 긴 대화. 침묵의 달팽이가 공작새의 깃
털을 사랑하듯이. 수니는 객석의 가장 앞에 앉아서 그들의 머리
위, 격자창과 감옥의 벽, 나팔과 히아신스 꽃, 그리고 하늘의 천
사가 그려진 무대그림을 바라보고 있었다. 사람은 변명한다. 그
러나 자신의 변명을 믿지는 못한다. 수니는 자신이 더 이상 희태
에게 정절을——참으로 기묘하게 들리는 단어가 아닌가!——지키지
않고 있음을 알았다. 아이러니하지만 그러기 위해서 수니는 희태
에게 온 것이 아니던가. 그러나 사람이 '나는 고독을 원하지 않는
다!' 하고 외치는 순간, 수니는 변함없이 희태의 얼굴을 떠올릴
것이다. 다른 누구도 아닌 그 얼굴을 가슴에 안을 것이다. 그러기
위해서 수니는 희태에게 온 것이 아니던가.

수니는 한 남자의 방에 들어와 있다. 남자의 모습은 보이지 않
지만 그것이 남자의 방이라는 점은 분명하다. 매트리스를 두 개
겹쳐놓아 유난히 높다란 침대와 침대 발치에 흩어진 옷가지, 누
구나 갖추고 있을 법한 물건인 소형 오디오와 교회당만큼 커다란
괘종시계, 창가에 놓인 책상과 벽에 걸린 액자들, 책장에 꽂혀 있
는 대신에 아무렇게나 지층처럼 마구 쌓아올린 많은 책들, 짙은
초록빛 일인용 소파, 소형 선풍기와 꽃이 없는 빈 화분, 그리고

방 한구석에 놓인 실물 사이즈의 여체 토르소. 수니의 눈길은 자연스럽게 그 토르소의 과장된 신체 표현을 향한다. 토르소와는 대조적으로 옷을 벗은 수니의 몸은 그다지 과장되지 않다. 아니 사실을 밝히자면, 눈처럼 희면서 풍만하기 짝이 없는 토르소의 곁에 가서 선다면, 발육이 덜 된 채로 나이 들어버린 어떤 병적인 육신처럼 보일 것이 분명하다. 좁은 복도를 사이에 두고 부엌이 있다. 한 남자가 부엌에서 냉장고를 뒤지면서 간단한 먹을거리와 차를 준비하는 중이다. 방에서는 그 남자의 모습이 보이지는 않지만 수니는 한 남자가 부엌에 있음을 안다. 부시럭거리는 소리와 함께 가벼운 콧노래가 들리고, 그리고 열린 부엌문 틈으로 어두운 복도를 향해 빛이 스며 나오며, 남자의 커다란 그림자가 바닥에 어른거리기 때문이다. 희미한 거인의 그림자. 수니는 남자가 그곳에서 무엇을 하고 있는지도, 그리고 그들이 이제 앞으로 무엇을 하게 될 것인지도 안다. 수니의 입이 소리 없이 벌어지며 미소를 짓는다. 그러나 부엌에서 차를 준비하는 그 남자가 누구인지, 수니는 알지 못한다. 지금 당장은 말이다. 처음에 수니에게 접근했던 그 키 큰 스포츠맨인지, 아니면 조용하고 소심했던 술집 주인인지, 그도 아니라면 기억나지 않는 제3의 인물인지. 그러나 아직은 시간이 좀 있다. 어느 정도 술이 깰 시간이, 눈을 마주치며 약간의 대화를 나눌 시간이, 그리고 어쩌면 눈물을 흘릴 시간도. 그들은 남녀 간의 정절에 대해서 대화를 나누게 될지도 모른다. 그것은 지난 수십 년 동안, 잃어버렸던 제 가치를 되찾고 있는 중이라고 남자는 주장할 것이다. 정절이란 결국 진심을 의미하는 것이고, 진심이란, 제도와 이념이란 형식으로 경직되어버린 마음을 열면 얼마든지 주고받을 수 있는 것이므로. 수니는 기꺼이 그에게 칼을 넘기리라. 그리고 그는 베어내리라.

우리는 브레히트의 그런 시에는 관심이 없어요, 하는 대답이 수니의 귀에 들려왔다. 당신이 그런 시만 읽고 있다면, 그건 당신이 브레히트라는 시인 자체를 잘못 이해하고 있다는 증거지요. 수니는 순간적으로 자신이 다시 대학의 강의실에 들어와 있는 것이란 착각에 빠진다. 20세기 현대 문학 강의. 하지만, 수니의 기억이 맞다면, 그 당시 브레히트의 시는, 이유를 짐작할 수 없는 다른 여러 시인들의 시와 함께, 공식적인 금서에 속했다. 학생들 간의 조그만 소요에 신경 쓰지 않은 채 교수는 계속한다. 그의 마지막 구절에 주목해보기 바랍니다. 이 시의 제목은 「사랑의 비밀」이군요. 그런데 도대체 '그는 베어내리라'라니, 그게 도대체 무슨 의미이겠습니까. 그는 상대편이 자신을 사랑하는 것을 알기 때문에, 그 상대편을 칼로 찌른다는 말처럼 들립니다. 우리의 추정에 의하면, 어쩌면 상대편을 파괴하고 죽입니다. 이것은 시인이 생각하는 피비린내 나는 사랑의 정의이자 판타지, 혹은 사랑의 상호 불가능성을 노래한 것이겠습니까, 아니면 인간의 이해의 영역 너머에 있는 사랑의 성격과 매혹을 상징하는 것일까요…… 그것은 이 세계가 두 가지로 양분된 가슴 아픈 현실을 사랑이라는 관계를 통해 상징하는 것입니다, 하고 슬픈 눈을 한 여학생이 손을 들고 말했다. 인간들이 오늘날처럼 서로 분리되어 있는 이상, 사회적 갈등은 어떤 형태로든 출현할 것이고, 사랑도 크게 보면 하나의 사회적 현상일 테니까요. 다른 여학생이 손을 들었다. 그건 비유나 상징이 아니라, 그 자체로 사랑의 엑스터시입니다. 사랑하는 자는 목을 내밀고, 사랑받는 자는 손에 칼을 든 채 그 흰 목을 바라보는 거지요. 아니, 어쩌면 이 시는 표면의 직접적인 이런 인상 이외에도, 더욱 많은 숨겨진 꽃잎을 갖고 있을지도 모릅니다. 이 시가 끝나는 시점에서 전개될 다음의 일에 대해서는 아무도 모르기 때문입니다. 그러나 무슨 일이 일어나든지, 일어난 사건 자체는 사랑의 정의와는 무관할 것입니다. 설사 사랑이 정의될 수 있는 것이라고 가장한다 해도 말입니다. 혹은 그 여학생은 수니 자신이었던가? 그건 엑스터시라고 미화해서 보기보다는 사회적으로 학습된 마조히즘에 가깝습니다. 젠더의 문제 말입니다…… 하고 한 남학생이 항의했다. 너무 자명하기 때문에 정말이지 섬뜩하기조차 합니다. 내 말은, 개인적인 사랑의 문제라 할지라도 결국 관계는 젠더의 문제라는 것입니다…… 또다시 교실은 소란에 빠져들었다. 수니는 회상의 교실을 빠져나온다. 수니는 강하고 젊다. 언제든지 손을 들고 의견을 발표할 수 있으며, 언제든지 원하면 누구의 허락 없이도 교실을 빠져나올 수 있다. 기억을 되살려보면, 수니는 어느 순간 항상 그렇게 하고 있었다.

그해 열두 살이던 어린 시절, 학교에서 수니는 담임 교사로부터 극진한 사랑을 받았다. 수니는 싫어하는 수업에는 참여할 필요가 없었다. 미술이나 공작, 도구를 다루는 수업, 혹은 체육이나 서예, 음악 등. 그런 수업 시간에 수니는, 다른 평범한 아이들과는 달리 집중할 필요가 없었다. 좋아하는 책을 꺼내 읽거나 노트에 낙서를 했으며, 일기를 쓰거나 창밖을 내다보며 혼자만의 몽상에 잠길 권리가 있었다. 간혹 아이들에게 스케치북에 단조로운 데생을 하도록 시킨 교사가 수니에게 다가와, 수니가 읽고 있는 책에 대해서 함께 이야기를 나눌 때도 있었다. 아이들이 몸을 움츠리고 고개를 숙인 채 연필에 침을 묻혀가며 스케치북에 화병이나 과일들을 그리고 있을 때, 그들은 교실 한 귀퉁이에서──수니는 자신의 소망에 의해서 교실의 가장 구석진 뒷자리에 앉을 수 있었다──소곤거리며 책과 문학에 관한 대화를 나누었다. 교사는 수니가 『채털리 부인의 사랑』과 같은 성인 문학을 읽는 것을 용인했고, 그 내용에 대해서 수니의 눈을 들여다보면서 말을 걸었으며, 수니가 일기장에 쓴 모든 문장을 기억했고, 간혹 수니가 알 수 없는 충동에 사로잡혀 수업 중에 마음대로 교실을 나가거나 버릇없이 굴더라도 제재하지 않았다. 수니는 마음만 먹는다면 시험을 치르면서 교과서를 꺼내 볼 수도 있었고, 지각을 해도 야단맞을 일이 없었으리라. 대학의 교실을 빠져나가면서 수니는 그때의 교사를 떠올린다. 지워지지 않는 기억이 하나 있다. 그해 어느 날, 수니의 클래스는 멀리 소풍을 떠났다. 봄날이었지만 매우 더웠고, 시내를 벗어난 다음 변두리의 드넓은 채석장을 지나쳐서 길을 걸어갔으므로 아이들의 조그만 얼굴은 온통 하얀 먼지투성이로 변했다. 배낭을 멘 그들은 아주 먼 길을 갔다. 아마도 태어난 이후로 가장 먼 거리를 걸은 경험이었으리라. 어린이용 물통에 담아온 미지근한 수돗물은 이미 모두 마셔버렸고, 음료수를 살 수 있는 상점이나 간이매점도 보이지 않는 황량한 지역을 고개를 숙인 채 교사의 지시에 따라 묵묵히 걸어서 갔다. 물론 성점이 있었다 해도 어차피 아이들에게는 돈이 한 푼도 없었으니 음료수를 사 마실 수는 없었으리라. 한없이 길었던 채석장 지역을 지나자 이번에는 나무나 풀 한 포기 없는 너른 돌밭이 펼쳐졌다. 대지는 황량했고 어디서 온 것인지 알 수 없는 쓰레기 더미들이 여기저기 쌓여 있었다. 아이들이 다가오는 것을 본 주인 없는 개들이 쓰레기 더미에서 물러났다. 뾰쪽한 자갈이 빈약한 신발을 신은 아이들의 발을 찔러댔다. 태양은 하늘 높이 솟아올랐고 아이들은 허기진 얼굴로 교사를 쳐다보았으나 그늘 한 점 없는 자갈밭인 그곳은 앉아서 쉴 만한 상소가 아니었다. 그러므로 계속해서 앞으로 걸어가는 수밖에 다른 도리가 없었다. 교사는 묵묵히 손으로 앞을 가리켰다. 맑고 푸른 히늘 높은 곳에 누군가 일부러 그려놓은 것처럼 산뜻한 흰 구름이 하나 두둥실 떠 있었다. 교사의 손짓은 마치 저 구름이 우리의 목적지다,라고 말하는 듯했다. 도중에 그들은 다리 아래 마른 강바닥을 지나갔다. 물 한 방울 흐르지 않는 강바닥은 이끼와 오물이 뒤엉켜 악취를 풍기고 있었다. 콘크리트 다리 위로 트럭 한 대가 천둥 소리를 내며 지나갔고, 그런 다음 아이들은 자신들의 숨소리와 자갈 위를 바스락거리며 걷는 발소리가 커다랗게 울리는 걸 들을 수 있었다. 그날 아이들이 어떻게 해서 그 돌밭과 황무지를 건넜고, 어떻게 해서 그 한참 너머에 있는 언덕 위 녹색 잔디밭으로 올라섰으며, 희고 아름다운 계단을 지나 마침내는 그들의 목적지였던 기념관으로 갈 수 있었는지, 수니는 지금도 알 수가 없다. 기념관 경내로 들어서자 완전히 새로운 세계가 펼쳐졌다. 키 큰 초록빛 소나무들이 장엄한 그늘을 여기저기에 드리운 뜰에는 물이 줄줄 솟아나는 하얀 샘과 연못, 그리고 대리석 다리가 있었다. 그곳의 바람은 시원했고, 먼지투성이 돌가루도 날리지 않았다. 아이들은 배가 고파 당장 도시락을 꺼내서 먹고 싶었으나 교사는 아이들에게 먼저 기념관의 사당에서 경배를 올릴 것을 명령했다. 반드시 질서를 지키고, 줄을 지어서 두 명씩. 누구의 사당이었는지 기억나지 않는 그 장소에서 수니는 다른 아이들과 함께 경배를 마쳤다. 사당 문 앞에 선 채 허리를 굽혀 절을 했다. 그는 유명한 장군이거나, 나라를 구한 영웅이거나, 혹은 위대한 왕이었을 것인데, 분명한 점은 어쨌든 길고 검은 수염을 기른 남자였다는 사실이다. 그가 없다면 지금의 우리도 없는 것이다, 하고 교사가 아이들에게 말을 해주었다. 수니는 없는 자신을 문득 상상해보았다. 내가 지금 없는 것이라면, 그러면 나는 무엇일까. 그것은 정지해 있는 저 구름이나 손이 닿지 않는 먼 하늘과는 다른 어떤 것일까. 여기저기 그늘 속으로 흩어져 자리 잡은 아이들은 헝겊 배낭에서 도시락과 한 알의 사과, 그리고 과자를 꺼내 이로 조금씩 갉아 먹었다. 아이들은 아주 많이 지쳐 있었으므로 평소처럼 장난을 치거나 소란을 떨지 못했다. 기념관의 엄숙하고 정돈된 분위기에 주눅이 든 탓도 있었다. 얼굴을 모르는 그 아이들은 모두 지금 어디에 있는 것일까. 혹은 그들은, 원래는 없는, 그 순간 수니의 기억 속에서만 존재하던, 영웅의 무덤에서 다시 살아 나온 이름 없는 작은 진흙 병정들이었을까. 순장된 모래무덤 속에서 긴 세월 동안 지속되는 질식에 시달린 뒤, 한 모금의

물을 얻을 때까지 졸졸 흐르는 영웅의 샘물 줄기를 향해 단풍잎처
럼 작고 더러운 손들을 한없이 오랫동안 내밀고 있던. 도시락을
먹은 후 교사는 지친 아이들에게 노래를 부르라고 시켰다. 학급의
모든 아이들이 차례로 앞으로 나가 노래를 한 곡씩 불렀다. 열두
어 명의 순서가 지나자 이제 더 이상 아이들이 아는 노래가 없게
되었다. 그래서 이미 한 번 불려진 노래를 다시 부르는 것이 허용
되었다. 수니는 자신의 순서가 되자 작년에 배운 개천절의 노래를
불렀다. 수니의 노래 실력이 신통치 않은 데다가 그 노래는 이미
앞선 아이들이 두 번이나 불렀던 것이므로, 아무도 수니의 노래에
귀 기울이지 않았다. 아이들은 땅에 주저앉아 손가락으로 바닥을
파헤치며 흙장난을 했다. 먼지 속에서 아이들의 얼굴이 나른하게
떠올랐다가 가라앉는다. 80명의 아이들이 모두 노래를 마치자,
긴 소풍의 일정은 끝났고 이제 집으로 돌아갈 시간이 되었다. 이
번에 그들은 그 지독한 돌길을 걸어가지 않아도 되었다. 교사가
자신의 주머니를 털어 아이들을 모두 교외선 열차에 태운 것이
다. 아이들은 걸어가지 않아도 된다는 기쁨으로 잠시 술렁였다.
오후의 교외선 열차는 장사를 마치고 집으로 돌아가는 보따리 행
상들과 교복 차림의 장거리 통학 고등학생들로 이미 만원이었다.
80명의 아이들은 사람들의 열기로 이미 숨 막히는 기차에 비집고
올라탔다. 창문은 모조리 열려 있었고 심지어 출입구의 문도 뚫려
있는 상태였지만 몸집이 작은 아이들은 사람들 틈에 파묻혀 숨을
쉴 수가 없었다. 짐을 올려두는 선반이 이미 가득 차버렸기 때문
에 행상들은 왕골 바구니와 함석 대야를 머리에 인 채 좌석과 좌

석 사이 통로를 가득 메우고 있었고, 기차는 요란하게 덜커덩거리며 움직였다. 수녀는 객차와 객차가 연결되는 이음 부분에 서서 몸을 벽에 붙이고 있었다. 사방에서 풍겨오는 온갖 냄새와 바닥에서부터 거세게 피어오르는 열기에 수녀는 어지럽고 구토가 느껴졌다. 게다가 기차가 움직이기 시작하자 즉시 역겨운 기름의 악취까지 밀려드는 것이다. 이음 부분의 철판 바닥은 줄곧 거세게 흔들렸고 그때마다 수녀는 넘어질 듯이 비틀거렸는데, 한번은 정말로 넘어지기도 했다. 교사가 수녀의 손을 잡아 일으켰다. 그때 수녀는 기묘한 풍경을 목격했다. 아이들이 올라탄 객차 바로 곁에는, 사람들이 거의 없고 깨끗한 흰 천으로 덮인 좌석들도 거의 비어 있는, 또 다른 객차가 연결되어 있었다. 그 객차로 향하는 문의 유리창을 통해서 이 모든 것이 똑똑히 보였으나, 그리고 당시의 교외선에는 일등실이나 특별실이란 개념이 없었으나, 사람들은 아무도 그쪽으로 건너갈 생각을 하지 않는 것이다. 그곳에는 반듯하게 다림질된 군복을 입은 젊은 남자들이 타고 있었다. 그들은 여유 있게 개차 안을 왔다 갔다 했으며, 음료수를 마시고 담배를 피우면서 웃고 있었고, 사람들이 마치 한여름 돼지들처럼 포개져서 땀을 흘리며 숨을 헐떡거리는 옆 객차의 풍경을 재미있는 듯이 구경하기도 했다. 수녀의 고개는 아래로 숙여졌는데, 객차 간 통로의 바닥, 여기저기 구멍이 뚫린 낡아빠진 철판 틈새로 거칠게 요동치는 열차 바퀴와 정신없이 돌아가는 시커먼 축이 보였다. 그것은 위협적인 속도로 오직 앞으로만 진행하는 시간인 것 같았다. 우리의 주인이자 우리의 본원인 시간. '그가 없다면 지금의 우리도 없는 것이다.' 고개를 들고 있으면 세계는 익숙하고, 사방의 사물과 얼굴 들은 형체를 그토록 급격하게 변화시키는 일 없이 지루하게 지속되는 듯하나, 그러나 시간의 바닥으로 시선을 돌리면, 우리는 사실 이처럼 어지러운 빠른 굉음과 시커먼 기름 덩이, 육중한 쇠절굿공이들이 만들어내는 기계의 거친 물살 속에 사로잡혀 있는 것이고, 우리는 죽음으로 돌진하는 미친 열차를 타고 있는 것인데, 단지 그 위압적인 속도를 느끼지 못하고 있을 뿐, 그래서 구름이 저처럼 천천히 흘러가고 돌은 여전히 그 자리에 놓여 있으며 하늘은 움직이지 않고 하루는 다른 하루와 마찬가지라고 생각할 뿐. 그러한 어느 몽상의 순간, 아무런 예고도 없이 우리의 기차가 우리의 몸 위로 지나가리라. 휙, 하는 순간의 속도로. 그때 우리는 자신의 얼굴을 선로 바닥에서 보게 되리라. 주인이 자신의 것을 가져간다. 그러면 아무것도 남지 않으리라. 그는 베어내고 말리라. 자신의 몫을. 내가 지금 없는 것이라면, 그러면 나는 무엇일까. 나는 나를 잃게 되리라는 뜻일까. 마침내 수니는 스스로도 이유를 모르는 채로 흐느끼며 울었다. 그때 수니의 곁으로 다가온 교사가 수니의 손을 잡았고, 무슨 일이 일어나는지 수니가 채 깨닫기도 전에, 교사는 주저 없는 걸음걸이로 옆 객차로 향하는 문을 열고 그 안으로 들어갔다. 한 군인이 앞으로 나서서 교사를 거칠게 밖으로 밀어내려고 했다. 그때 수니는 그 군인이 허리에 검은 가죽 케이스를 차고 있는 것을 보았고, 기름을 먹인 듯 유난히 반질반질하게 빛나는 커다란 그것이 전쟁을 다룬 영화나 텔레비전에서만 보았던 총일 거라고 본능적으로 짐작할 수 있었다. 그러나 교사는 크게 고함을 질렀다. 저 밖을 한번 보라, 인간이 저런 대접을 받고 있는데, 바로 곁에서 당신들이 이럴 수가 있는가. 그것은, 당시로서는 매우 용기 있는 행동이었다. 교사가 하는 일을 지켜보았던 행상들과 다른 승객들은 겁을 먹고 아무도 군인들의 객차로 따라 들어오려고 하지 않았으니 말이다. 교사는 눈빛이 유난히 날카롭고 행동이 매우 권위적인 그들이 어떤 종류의 군인인지 아는 바가 전혀 없었다. 하지만 군인들 중 한 명이 땀과 먼지로 범벅이 되어 울고 있는 수니를 쳐다보았고, 그것이 그의 마음을 좀 누그러뜨린 것 같았다. 지위가 높아 보이는 그 군인은 교사에게 아이를 여기 두어도 된다고 말했다. 교사는 성큼성큼 걸어 수니를 창가 자리로 데려가 앉혔다. 그다음에 무슨 일이 있었는지는 기억나지 않는다. 수니는 유리창 너머로 끝없이 지나쳐가는 교외의 무허가 마을과 아무렇게나 방치된 도시 변두리 황무지의 풍경을 내다보면서 집으로 돌아왔을 것이다. 한 군인이 다가와 수니에게 사탕을 건네며 말을 걸어보려고 한 것도 같다. 울고 있는 수니를 달래주려고 한 군인도 있었다. 그들은 조금 전의, 권위를 휘두르기 좋아하며 타인의 고통과 공포를 즐기던 그런 모습에서 순식간에 탈바꿈하여, 친절하고 자상하며 심지어 소녀 앞에서 부끄러움까지 느끼는 젊은이들로 돌아갔다. 도중에 한 번 수니가 눈길을 돌리자, 통로로 다시 나갔지만 유리창을 통해 여전히 수니를 주시하고 있던 교사와 시선이 마주쳤는데, 교사는 수니를 바라보며 희미하게 미소 지었고, 아주 잠깐 어색하게 손을 흔들었다. 학교를 졸업한 뒤로는 단 한 번도 만나지 못했으며, 지금은 얼굴도 기억나지 않는 그 교사가 수니에게 베풀어주었던 특별한 애정은 수니에게 학교라는 파시즘 안에서 경험할 수 있었던, 변치 않는 사랑의 원형으로 각인되어 남아 있다. 앞으로 내가 만나게 될 그 누구도, 다시는 나를 이렇게 절대적으로 완전하게 대해주지는 못하리라, 하는 확신과 안도감. 나는 그것을 가졌다. 더 이상 좋을 수 없는 어떤 것을. 집으로 돌아와 소파에 몸을 누이면서 수니는 그렇게 생각한 후 잠이 들었다. 그것은 생애 최초로 겪는 희미한 행복의 느낌이었다. 나는 그것을 가졌다. 보이지 않는 날개가 될 그것. 그러므로 훗날 내가 없게 될지라도, 나는 어디론가 날아갈 수 있으리라.

수니는 젊은 시절 내내 담배를 격하게 피웠고 태생적으로 얼굴 생김이 상당히 무표정한 편이었다. 하지만 그 얼굴은, 음울하거나 가라앉은 것은 아니었고, 단지 당황스러운 정도로 무표정할 뿐이며, 가끔은 아무런 예고 없는 갑작스러운 웃음을 터뜨려 상대편을 놀라게 하기에 적당한 의외의 골격을 갖고 있기도 했다. 수니는 젊은 시절, 유치한 음악을 크게 틀고 자동차를 몰거나 깊은 생각 없이 속엣말을 내뱉어버리기도 하여 사람들을 어이없게 만드는 경솔한 행동을 일부러 즐겨 한 적도 있었다. 그리고 수니는 아주 가끔 웃는데, 반드시 예상치 못한 순간에 이유가 불분명한 웃음을 터뜨리는 식이다. 수니 안에 자리 잡고 있던 어떤 것이 풍선처럼 터진다. 빵! 상대편은 어리둥절하고, 그리고 놀란다. 빵! 그리고 누군가 죽는다.

표정이 담겨 있지 않은 두 눈을 크게 뜨고, 수니를 뚫어지게 쳐다보고 있는 간호사는 순이이다. 하지만 수니는 좀처럼 웃음을 멈출 수가 없다. 도대체 무슨 일이 있었단 말인가! 아무 일도, 아무 일도 없었다. 단지 차례가 되어 팔소매를 걷어 올리고 간호사의 탁자 앞으로 다가갔는데, 거기에 순이가 있었던 것뿐이다. 그러나 순이는 웃지 않는다. 겁에 질린 듯 두 눈을 커다랗게 뜨고 있을 뿐이다. 왁스처럼 움직이지 않는 순이의 표정. 그러나 어느 순간에 필연적으로 녹아내리고 말리라. 순이가 웃지 않는다는 사실이 수니를 더욱 견딜 수 없는 웃음의 발작으로 몰아넣는다. 항상 이런 식이다. 수니는 자신의 웃음이 어디에서 유발되었는지 스스로 인식하기도 전에 먼저 웃음을 터뜨리기 때문에, 무엇으로 인해 그 웃음을 멈출 수 있는지도 알지 못하고 만다. 그들을 처음 본 사람이라면 어쩌면 순이가 수니의 여동생일지도 모른다고, 그렇게 생각할 수도 있다. 둘 다 키가 크면서, 그림으로 치자면 어딘지 모르게 미완성의 느낌이 나는 인상을 갖고 있다. 예를 들자면, 얼굴의 어느 한 부분을 가리고 바라본다면 남다른 개성과 특징이 돋보이며 섬세하게 다듬어진 얼굴이지만, 전체를 그대로 드러내고 본다면 한결 평범해지는 그런 인상. 하지만 구체적으로 어느 부분을 가려야 할지는 결코 알려지거나 합의되지 않은 채 남아 있는 그런 얼굴. 한 손으로 질서를 움켜쥐고 있으나, 그럼에도 불구하고 다른 한 손이 그것을 흩뜨리는 얼굴. 그러나 순이의 무표정은 훨씬 더 여성스러운 형상을 하고 있는 반면, 강하고 견고한 성격은 덜해 보인다. 아마도 뺨과 이마에 살이 쪘고 피부도 희기 때문이리라. 그래서 순이의 얼굴은, 다른 생각에 잠겨 있기 때문에 지금 당장은 상대방이 원하는 표정을 지을 수 없다고 말하는 것처럼 보인다. 순이의 다른 생각은, 종종 현실의 생각을 능가하는 힘을 가지고 얼굴에 보류의 장막을 드리운다.

우리가 하나의 육신을 꼼꼼히 묘사하는 사이에도, 그 육신은 시시각각 변해가며 표정을 바꾸어가고 있다. 입술의 모양은 웃음에서 울음으로, 울음에서 다시 미소로 바뀌며, 이해할 수 없는 소리를 헛되이 웅얼거리다가 마침내는 체념으로 굳어진다. 잇몸이 드러난 다음 굴욕을 눈치채고 이를 악문다. 죽은 자의 육신을 말하는 것이 아니다. 산 자의 육신도 마찬가지이다. 남자와 수니는 마침내 몸을 떼고 서로의 육신을 물끄러미 응시하다가, 그 안에서 남다른 육신의 영혼을 발견한 듯이 눈을 잠시 감았고, 그리고 도착한 엘리베이터에 몸을 싣는다. 엘리베이터는 1970년대의 교외선 열차처럼 흔들리며 지상으로 상승한다. 그러면 일이 끝난 다음 내가 당신을 만나러 진료소로 가겠어요. 도서관 1층 입구에서 수니는 남자에게 작별을 고한다.

우리는 한 번도 순이를 유심히 지켜본 적이 없다. 그녀는 유심히 지켜볼 만한 무언가를 특별히 갖고 있지 않다고 생각했음인가. 순이는 고집스럽고, 둥그스름한 등과 어깨는 마치 파헤쳐지기를 기다리는 말 없는 언덕처럼 약간 둔해 보이기조차 하며, 그녀의 무표정은 어느 정도의 둔감함과 부족한 이해력을 의미하는 듯하기 때문이다. 방 안의 모든 사람들이 동시에 웃음을 터뜨리는 날렵한 유머에도, 순이의 얼굴이 여전히 반쯤은 어리둥절하고 반쯤은 고집스러운 거리 둠을 유지하면서 딱딱하게 굳어 있던 장면을 본 것도 같다. 그러나 지금 생각해보면, 순이에게 부족한 것은 이해력이 아니었다. 그것은 웃음의 경험, 공감의 경험, 감정적 어울림의 경험이었으리라. 순이의 존재는 오직 상실을 껴안고 가는 발걸음이었으므로, 순이는 슬프다. 그리고 우리는 본능적으로 알게 된다. 순이는 죽을 것이다. 사실 우리 모두는 죽지만, 순이는 우리 모두가 그러는 것보다 더 많이, 우리 중의 누구보다도 더 많이 죽음에 가까이 있는 능력을 갖추었다. 검게 썩은 밧줄을 목에 매달고, 애처로운 소녀인 양 죽음의 허리를 껴안고 있다. 그들이 그런 포즈로 거리를 지나가는 동안 모든 사람들이 그들을 신기하게 쳐다보고, 그러나 순이는 조금도 개의치 않는다. 그렇기 때문에 순이는, 무덤으로부터의 구원이 아닌 모든 것에, 설사 그것이 단지 무해하고 가벼운 웃음이라 할지라도, 스스로도 원인을 알지 못하는 적의를 드러낼 뿐이다. 우리는 순이의 얼굴을 보면서 웃는다. 그러나 죽을 목숨인 순이가 어떻게 알겠는가, 어떤 웃음은 바로 무표정의 정점이라는 것을. 순이는 웃음에서 모욕을 느낀다. 이해할 수는 없으나, 바로 그렇기 때문에, 모욕당한다는 느낌에 순이는 민감하다. 순이는 수니의 드러난 팔뚝에 주삿바늘을 꾹 찌른다. 이건 독감 예방주사가 맞나요? 아니면 모종의 알레르기 예방주사인가요? 수니는 원래 이렇게 물어볼 생각이었다. 하지만 순이의 지나치게 진지하고 방어적인 반감의 표정을 마주하자마자 생각이 바뀐다. 예방주사를 맞으러 온 사람이 당연한 사실을 묻는다면 그녀는 또다시 모욕을 느낄 것이다. 그래서 수니는 다른 것을 물어보기로 한다. 이미 알고 있는 것이지만, 그래도 하나의 화해의 제스처로서, 남자의 섹터는 어디인지, 정말로 몰라서 묻는 것이다. 그곳은 2B 구역에 있답니다. 순이는 시선을 수니로부터 돌리고, 감정이 실리지 않은 느리고 평이한 음성으로 대답한다. 유난히 선율이 없는, 모노톤의 목소리였다. 복도가 끝나는 곳에서 모퉁이를 돌면 별관으로 통하는 두꺼운 철문이 나타날 거예요. 그 문을 통과해서 계속해서 가세요. 그러면 다리처럼 생긴 좁다란 별관 통로가 나올 겁니다. 별관은 얼마 전부터 보수공사를 하고 있는데 아직 완전히 끝난 것이 아니라서, 통로를 계속해서 걷다 보면, 페인트칠을 마치지 않은 회벽과 커튼 없는 앙상한 유리창을 사이에 두고 텅 빈 방들이 방치된 채 나타날 것이고, 그래서 아무도 입주하지 않은 구역이라는 느낌이 들 수도 있을 거예요. 하지만 통로의 마지막까지 걸어가면, 막다른 곳에 커다란 거울이 환한 벽처럼 서 있는데, 그 뒤에서 아무도 예상하지 못하게 새로운 섹터가 시작된답니다. 거긴 환자들을 배려하는 특별한 곳이죠. 외부인들의 출입이 거의 없이 조용하기도 하지만, 단지 그 때문만은 아닙니다. 예를 들자면, 거긴 환자들을 위한 그랜드 피아노가 있어요. 흠 하나 없는 흰색이죠. 그들은 아무도 피아노를 연주하지는 않지만 말이에요. 그리고 환자들을 위한 도서관과 라디오실도 있답니다. 그곳의 환자들은 전 세계의 라디오 방송국에 편지를 쓰는 일로 하루를 보낸다고 들었어요. 아마 수용소 라디오 방송국도 포함해서겠죠. 그들이 쓴 편지를 매일 우체국으로 가져가는 담당자까지 있다는 소문조차 있더군요. 분명한 것은, 그들이 무엇을 하든 무엇을 하지 않든 아무도 그들에게 강요나 제재를 하지 않는다는 겁니다. 들려오는 말에 의하면 그곳에 입원한 사람들은 모두 노인성 수면병 환자들이라고 하죠. 치명적인 단계를 넘어선 사람들이고, 심지어는 의료진들조차도 십수 년 전부터 전부 그 병에 감염되었다는 말이 있어요. 그래서 그럴 거예요. 그들이 무엇을 하든, 그것이 모두 오직 그들의 꿈의 내용일 뿐이라면, 설사 그들의 모습이 우리의 거울에 우연히 비칠지라도, 그것이 그들의 꿈의 Cut-up 장면들에 불과하다면, 그것이 무엇이 되든, 결국 우리에게 전적으로 무관하면서도 무해할 테니까요. 극단적으로 가정해서 우리들 자신이, 이 수용소 전체가, 그들의 꿈의 일부일 뿐이라고 해도, 그게 과연 그 누구에게 해가 될 수 있겠어요? 그러니 우리가 외부의 시각과는 달리 그 병동을 위험하게 느끼지 않는 것도 당연해요. 그들은 조용하고 자신을 드러내기 싫어하는 수줍은 사람들인데, 개인적으로 만나게 되면 매우 친절하다는 인상을 받는 게 보통이랍니다. 예전에 그곳에 입원해 있던 한 사람을 우연히 알게 되었는데, 바로 이 방에서 예방주사를 맞은 다음 그 사람이 문득 몸을 돌리고 내게 말하더군요. 나는 1년 후쯤에는 라디오 방송국을 하나 개국할 듯합니다.

몸이 마르고 허리가 살짝 굽었으며 머리는 백발이지만, 눈빛만은 젊은이처럼 아주 형형하게 빛나는 그 남자가 친밀한 어조로 말을 시작했다. '나는 1년 후쯤에는 라디오 방송국을 하나 개국할 듯합니다. 아직은 〈세계 방송국 프로젝트〉라고 임시 이름이 붙어 있긴 하지만, 그 계획이 현실화된다면 당신을 위한 낭송극 프로그램도 반드시 하나 만들고 싶군요.' 그렇다면 나를 안단 말인가요?

한 손에 주사기를 든 채 수니가 조금 놀라면서 물었다. 이곳에서 8년 동안 있으면서 수니는 낭송극 배우로서의 자신을 먼저 알아보는 사람을 한 명도 만나본 적이 없었다. 적어도 수니의 눈앞에서 그 사실을 밝히는 사람은 말이다. 그럼요, 당연하지 않습니까. 나는 오랜 세월 동안 늘 당신의 낭송극 모놀로그와 오디오북을 듣고 살았으니까요. 나처럼 책을 읽지 못하는 사람에게 그것은 얼마나 다행이었는지 모릅니다. 당신이 있다는 사실이. 나는 당신과 당신의 애인인 희태를 내 여든 살 생일 파티에 초대하기도 했었는데, 희태는 오래전 그가 대학생일 때부터 나와는 친분을 유지하던 사이지요. 그날 우리는 참으로 깊은 인상을 받으며 인사를 나누지 않았습니까. 아침 식사를 마친 당신이 가로수 길을 천천히 걸어 음악회당으로 오는 중에 이미 오르간이 첫번째 음절을 연주하기 시작했던 것이 기억납니다. 아마 그동안 내 신체의 모습이 많이 변해서, 그래서 얼른 알아보지 못하는 모양이군요. 하지만 그날, 무엇보다도 음악이 아주 멋지지 않았습니까? 오르간을 연주한 음악가는 내 친구의 아들이에요. 합창단은 없었지만 우리 모두를 감동으로 몰아넣은 가수의 목소리! 지금도 기억에 생생합니다. 회당의 높다란 천장으로 하염없이 울려 퍼지던 아름다운 마태수난곡! 열린 창으로는 여름의 녹색 바람이 산들산들 불어 들어오고, 공기 중에 떠도는 풀잎과 꽃들의 향기, 새들이 허공을 가로지르며 날아가는데, 물가에 높이 서 있던 한 그루 버드나무! 슬픔의 몸짓에 어울리는 연한 가지 끝자락이 수면에 살짝 잠긴 채 바람에 흔들리고 있었지요. 그것은, 마치 물속에 가라앉은 녹색 여인의 머리카락처럼, 강물의 흐름에 따라, 꿈속의 햇불 모양으로 휘날리는 거였어요! 흰 목을 팔처럼 쭉 뻗고, 햇빛과 물과 녹색의 산들바람 속에서, 입가에는 영원한 미소를 띠고서, 80년 전의 내 생일을 향해 흘러가고 있었죠. 나는 세상이 나에게 베풀어준 멋지고 풍요로운 생에 감사하고 감격했습니다. 이 세상에 태어났다고 해서 누구나 다 그런 생을 갖는 건 아닐 테지요. 애정 어린 친구들! 친지들! 그리고 꽃다발을 든 여인들! 무엇보다도 변치 않는 아름다움을 간직하고 있는 영원의 여인들 말입니다! 내 80회 생일은 한 인간에게 부여될 수 있는 최고의 기적과도 같았습니다. 나는 그 자리에 있었던 사람들 모두를 절대 잊을 수 없을 겁니다. 잊지 않아요. 그런데 어느 날, 병동에 있던 나는 들었습니다. 당신이 이곳으로 올 예정이라고 누군가 말을 해주더군요. 그날 나는 당신이 저 멀리서 나를 향해 똑바로 주랑을 걸어오는 것을 알았습니다. 그리고 당신의 손에 들린, 분명히 노란 꽃의 향기가 났습니다. 그것은 지나가버린 어떤 시간이 나를 향해 걸어오는 것과 같았습니다. 이런 생각이 들더군요. 나처럼 오래 살다 보면, 설사 눈동자가 없다 할지라도, 사람은 종종 믿을 수 없는 일이 일어나는 걸 목격하기도 한다고. 비록 우리는 그런 일을 끝내 믿지 못하고 말긴 하겠지만 말입니다. 수니는 그의 맑고 깊은 눈동자 속을, 그 안에 물끄러미 있는 자기 자신을 들여다보았다. 저 남다른 눈이 보이지 않는다니 정말로 믿어지지 않는군. 저 남다른 눈이 더 이상 예전의 그 눈이 아니라니.

찻잔이 올려진 쟁반을 조심스럽게 손에 들고 부엌에서 나온 남자가 수니가 있는 침실로 건너온다. 복도의 나무 바닥이 깜짝 놀랄 만큼 큰 소리로 삐걱거리고, 집이 온몸을 가볍게 떤다. 부엌의 불빛을 등진 남자의 거대한 그림자가 침실 안으로 길게 드리운다. 남자는 쟁반을 탁자에 내려놓은 다음 잔에 차를 따라서 수니에게 건넨다. 그들은 함께 있다. 수니와 낯선 남자, 그리고 무거운 가슴을 앞으로 기울인 육중한 여성의 토르소. 남자는 수니에게 다가와 수알란, 하고 말을 건다. 수알란, 내가 당신의 이름을 틀리지 않게 발음하는 것이길 기대하면서. 수알란, 내 애인, 내 그리움. 남자가 수니에게 속삭인다. 내 사랑스러운 여인, 귀여운 몸뚱이, 내 입술이 머무는 곳, 내 버드나무, 입맞춤나무, 시를 읽기 싫어하는 내 입맞춤나무.

수니의 눈에 눈물이 고이고, 눈물은 두 뺨으로 흘러내린다.

물속에 잠긴 내 버드나무여. 이것은 약물의 효과 탓이리라. 왜냐하면, 눈물과 함께, 수니의 머릿속에서 완전히 별개이며 새로운, 그러나 원래는 수니가 잘 알고 있을 법한 세계가 펼쳐졌기 때문이다. 알고는 있으나, 의식 자체가 아닌, 오직 의식의 꿈이자 그림자에 불과했던 세계. 그제야 수니는 자신에게 주입된 것이 독감 백신이 아닌 무의식의 환기물이었다는 걸 깨닫는다. 그 세계에서, 수니는 무관한 낯선 사람인 양 자신을 본다. 나는 없는데, 지금 여기 있는 나는 누구인가. 아주 많은 사람들이 걸어가고 있는데, 그들은 수니를 지나쳐 가고, 그러면서 번갈아서 수니를 뒤돌아본다. 그들은 아이의 손을 잡고, 머리에 짐을 지고, 무거운 배낭을 메고, 혹은 가방을 끌면서, 절뚝거리며 걸어간다. 소금 알갱이처럼 반짝이는 입자의 대기 속에서 이파리 하나 없이 앙상한 나무들이 길을 따라 서 있다. 길쭉하고 끝없는 외길. 수니는 이 길이 바다로 가는 것임을 안다. 길가 언덕 위에는 화려한 발코니를 가진 고급 빌라가 있다. 태양 모양의 머리가 빌라의 전면에 장식되어 있다. 발코니에는 야자수처럼 큰 고무나무 화분이 나와 있고, 그 그늘 아래서 백발의 늙은 부부가 차를 마시며 수니를 내려다본다. 부부의 가슴에는 살찐 비둘기가 한 마리씩 안겨 있다. 초록색과 회색이 섞인 비둘기들은 가끔 생각난 듯이 통통한 목을 빼고 구슬픈 외마디 울음소리를 낸다. 사람을 가득 태운 버스가 급하게 기울어진 빌라 언덕의 경사로를 천천히 지나쳐 가는 것이 보인다. 경사가 너무 급한 나머지, 버스는 마침내는 하늘로 막 이륙하고 있는 비행기처럼 보인다. 경사로 여기저기에 자리 잡은 화려한 기념품 상점들과 알록달록한 불교 제단들, 그리고 새 장수들이 있는, 은밀하고 좁다란 골목. 화려하게 활짝 핀 커다란 난초 하나가 새장에 들어 있다. 그러나 자세히 살펴보니 그것은 난초가 아니라 희귀 육식조인데, 검은 꽃술처럼 보이는 짙은 색 부리가 둥글고 펑퍼짐한 머리 한가운데서 앞을 향해 뾰쪽하게 튀어나왔으며 가늘고 길쭉한 몸통 양옆으로 초록색 날개가 달려 있다. 새와 상인들의 끊임없는 지껄임이 뒤엉켜 골목의 하늘 위로 피어오르지만 수니는 그것을 알아들을 수가 없다. 기념품 상점에서는 이국적인 동전과 향로, 그림엽서와 두꺼비 박제를 팔고 있다. 두꺼비들의 몸통에는 종이가 빈틈없이 붙어 있는데, 그 종이는 일본의 외설 잡지에서 오려낸 화보들이다. 비단 천의 휘장이 불교도의 제단 입구에서 너울거린다. 고무 샌들을 신은 아열대의 승려들. 젊은 날의 언젠가 그랬던 것처럼, 놀라워라, 이 들뜬 마음이여. 수니는 흰옷을 입고 가벼운 발걸음으로 사람들 사이를 날아갈 듯이 걷는 자신을 바라본다. 그리고 생각한다. 나는 나비가 되었구나. 이윽고 찰랑거리는 물소리가 들려오고, 사방이 갑자기 확 트이면서, 남중국해의 따뜻하고 온화한 바닷물이 맨발에 와 닿는다. 바닷물은 포석으로 덮인 둑길 위로 넘실거린다. 이제 사람들은 수니를 돌아보지 않는다. 오직 바다 위 먼 곳을 응시할 뿐이다. 그들은 아무것도 상관하지 않고, 끈끈한 바람이 불어와도 꼼짝 않는다. 셀로판지를 눈에 댄 듯 어두우면서 한편으로는 홍차처럼 은은하게 반짝거리는 빛에 잠긴 풍경. 움직이지 않는 사람들의 시선과 미라클 연상시키는, 꿈을 향해 고정된 머리들. 무엇인지 알 수 없는 것을 기다리는 간절한 머리들. 언제나 환각의 가장 처음에 나타나 새로운 세계의 문을 여는, 잊을 수 없는 장면이다. 이 바닷가, 이 기억의 장면 어딘가에서, 수니가 시작되었다. 그때 기울어진 해안의 둑에 위태롭게 서 있는 수니를 향해 배 한 척이 물결에 흔들리며 다가온다. 검은색으로 타르 칠이 된 조각배다. 수니는 노도 사공도 없는 조그만 배에 올라탄다. 수니는 멀어져간다. 수니는 검은 배를 타고 멀어져가는 자신을 지켜본다. 그러자 배는 관으로 바뀌고, 두 손을 가슴에 모은 수니는 그 안에 눕는다.

눈을 뜨자, 희미한 빛 속에 드러난 남자의 얼굴이 처음으로 보인다. 보통 사람의 두 배 정도 되는 커다란 이마 아래 두 눈 사이가 공허하게 벌어져 있고 정반대 편을 바라보고 있는 두 개의 눈동자가 동공 안에 자리 잡고 있다. 그 남자는 수니와 치과 의사에게 술을 사주면서 먼저 접근했던 키 큰 스포츠맨도, 수줍고 내성적이던 술집 주인도 아니다. 수니가 부르군트 포도주에 취했을 무렵 가게 안으로 들어와 그들 옆에 소리 없이 자리 잡았던, 전혀 모르는 낯선 사람이었다. 침대 한가운데서 거인처럼 양팔과 두 다리를 크게 벌린 남자는 이불을 허리에 두른 채 두 눈을 뜨고 홀로 잠들어 있다. 밤의 저 끝까지 가 닿을 듯이 깊고 느린 숨소리. 아무것도 들려오지 않는 밤은 가늘고 높은 곡조의 노래로 스스로 흐느낀다. 오, 춤추는 꿈의 버드나무여. 지금 이 순간, 그들, 수니와 희태는 서로가 어디에 있는지 그것을 모른다. 시집을 펼치면 가장 첫 페이지에 나오는 대로: *우리는 서로를 알지 못해 헤매었는데, 얼마나 아름다운 시절이었는지!* 수니는 비명을 질렀으나 목소리가 나오지 않는 꿈을 꾸었다. 악몽 중에서도 가장 지독한 악몽. 그러다가 잠에서 깨어났고, 아, 모든 것은 꿈이었어, 하고 꺼질 듯한 안도의 한숨을 내쉰 참이었다. 어디서 왔는지 알 수 없는 덩어리진 하얀 불빛들이 방 한가운데 흐릿한 형체로 둥실 떠 있다. 밤의 씨앗들이다. 악몽에서 깨어나는 그 순간은 세상에서 가장 환희로우며, 안도와 평화, 감사의 마음, 심지어 대상이 불분명한 격한 신앙심까지도 우리의 가슴속에서 불타오른다. 가장 최악의 그것이 악몽이었으므로, 그 밖의 나머지 불편함쯤이야 아무렇지도 않게 웃으면서 넘겨버릴 수 있다는 여유로운 심정으로. 수니는 욕실로 가서, 거기 있는 칫솔을 하나 집어 들고 이를 닦는다. 막 악몽을 헤쳐나온 다음이므로, 반드시 자신의 칫솔로 이를 닦아야만 한다는 따위의 위생 히스테리는 잠시 잊어도 좋으리라.
수니가 침실로 돌아오자, 그사이 잠이 깬 남자는 침대 가장자리
에 우두커니 걸터앉아 있다. 그러고는 수니를 향해서 묻는다. 우
리가 지금 어디에 있는 거지요? 남자의 눈은 마치 눈물을 흘린 것
처럼 부어 있다. 처음에 남자는 이곳이 자신의 친구 집이라면서
수니를 데리고 왔다. 남자는 주머니에서 열쇠를 꺼내 문을 열었
고, 침실이 어디에 있는지, 부엌이 어디인지, 냉장고에 무엇이 있
는지, 차를 넣어두는 단지는 어느 선반에 놓였는지 다 알고 있었
다. 남자가 또렷한 음성으로 다시 묻는다. 여기가 어디인지 알 수
가 없어요. 혹시 당신이 사는 곳인시? 수니는 아니라고 말하면서
옷을 집어 입기 시작하고, 남자는 눈썹을 모으면서 의심스러운 표
정이 된다. 알고 있나요, 난 악몽을 꾸었어. 남자는 수니의 옷자
락이라도 잡을 듯한 목소리로 입을 연다. 그의 눈빛이 간절하다.
'내 목소리가 죽었는데, 그건 나의 다른 부분도 이제 곧 하나씩
죽게 되리라는 서곡에 불과하고, 당신과 다른 한 남자가 걸어가
는 뒷모습이 보여서, 나는 그 뒤를 따라가는데, 도무지 발길이 떨
어지지 않아서 돌아보니, 내 몸에는 아주 두꺼운 겨울 이불이 매
달려 있고, 나는 그것을 질질 끌면서 가야만 하는 겁니다. 당신을
소리쳐 부르고 싶지만 목소리가 나오지 않아요. 꿈속에서 당신들
은 나를 한 번도 뒤돌아보지 않습니다. 그래서 난 당신의 얼굴을
볼 수도 없었어요. 그리고 당신들은 점차 멀어지죠. 이제 곧 당신
들이 보이지 않게 될 것임을 나는 알아요. 그리고 당신들이 해변
으로 갈 것임도 나는 알고 있었죠. 길에는 모래가 깔리고 우산처

럼 커다란 이파리를 가진 식물이 모래 언덕 곳곳에 자라고 있었어요. 아니면 당신이 녹색 우산을 들고 있었던 것일까? 그런데 당신들의 모습이 실제 거기에 있었던 것인지, 아니면 단지 꿈속에서의 내 상상이 풍경에 심어놓은 환영일 뿐인지 모르겠군요. 바로 직전까지, 분명 당신들이 있었던 그 자리에 말입니다. 아마도 바람이 세차게 불었던 것도 같습니다. 심지어 바람에 반짝이는 흰모래 가루가 날리는 것까지도 나는 볼 수가 있었으니까요. 꿈속에서 나는 당신들의 이름을 알고 있기조차 했어요. 그런데 나는 당신들을 소리쳐 부를 수가 없었습니다. 그러자 몹시 두려워졌어요. 가슴이 바싹바싹 조여들고, 그리고 무엇보다, 생애 처음으로, 극심하게 불행하다는 생각이 들었습니다. 이건 악몽인 것이 맞겠죠?' 남자의 목소리에 문득 동정심을 느낀 수녀는 그의 곁에 앉아 손을 잡는다. 그리고 말한다. '그 꿈속에 나온 건 내가 아니에요. 당신이 잠든 동안 나는 다른 곳에 있었으니까요. 당신은 잠에서 깨어나서 내 얼굴을 보았고, 그래서 자연스럽게 그게 나라고 믿어버린 것에 불과해요. 그리고 당신을 붙잡고 있던 그 이불이란 것은, 암시도 상징도 뭣도 아니고, 잠든 당신을 누르고 있던 현실의 이불일 거예요. 꿈을 꿀 때 우리의 정신은 활발한 반면, 근육은 움직이지 못하므로 꿈속에서 우리는 육체적으로 그토록 무력할 수밖에 없는 거지요. 그래서 꿈속에서 우리는 쫓기거나 느린 속도로 하늘을 날며 움직임에 대한 초조한 열망을 가지지만, 실제로는 물에 잠긴 것처럼 무겁고 힘겨운 육체를 감지할 뿐인 거죠. 반면에 꿈 자체의 육신은 어둡고 투명해요. 그래서 우리는 수많은 겹을 뚫고 꿈의 꿈속까지도 들여다볼 수 있답니다. 예를 들자면 꿈속에서 우리가 자연스럽게 아는 것들, 당신들이 해변으로 갈 것임을 알았어요, 하고 당신은 말했죠? 그 앎은 어디서 오는 것일까요? 그런 일이 실제로 일어나지도 않았고, 따라서 현실에서는 알 수도 없고 상상해본 적도 없는 것들 말이에요. 그렇게 낯선 인식이 우리의 꿈으로 찾아오지요. 우리는 그것이 누구의 것인지 모르며, 과연 우리가 누구의 의지로 그것을 만나게 되는지도 짐작하지 못해요. 우리는 단지 앞뒤 설명도 없이 세계의 어느 한 부분을 떼어내어, 단순히 그것을 알 뿐이죠. 그들은 해변으로 가는구나, 희게 빛나는 모래를 밟고 키 큰 수풀을 지나. 8월의 서늘한 고장, 바람이 많은 북쪽 바닷가 작은 도시, 검소한 호텔과 관광객을 위한 새 박물관이 있는 곳. 그런 식으로 우리는 한 번도 방문한 적이 없고, 이전에는 결코 만난 적이 없는 어떤 장소에 불현듯 있게 되는 겁니다. 그리고 무조건 아는 거예요. 그들은 해변으로 가는구나. 그것이 꿈의 전부이자 본질이죠. 그렇듯 꿈은 자체의 무한한 투명성으로 인해 불완전한 샤먼이랍니다. 우리는 꿈의 해안으로 흘러가는데, 꿈은 투명한 경계를 활짝 열고 우리를 타인의 꿈속으로, 꿈속의 상상으로, 타인이 꾸는 우리의 꿈속으로 인도해버리기도 하니까요. 그리고 잠에서 깨어난 다음에 발견하게 되는, 스스로를 설득할 만큼의 논리적인 근거란, 오직 우리의 몸을 휘감고 있는 무거운 이불자락뿐. 그래서 생각하게 되죠. 악몽에도 불구하고, 나는 이 자리에서 그다지 멀리 떠내려가지는 못했구나. 그러나 우리는 종종 오직 그것에 의존하지요. 어느 날인가는, 이곳에서 잠들어 있으면서, 동시에 아주 먼 곳으로, 우리들이 오래 전에 망각한 장면들 속으로 흘러갈 수도 있으리라는 미약한 기대. 아니 더 정확히 말하자면, 우리들 이전에 거대한 망각이 존재했으리라는 믿음과 기대 말이죠. 어떤 의미에서 우리가 잠이 드는 이유는, 삶이 제한시켜놓은 것에 대한 그런 기대 때문일지도 몰라요. 사람들은 종종 말하죠, 현대의 세상은 단지 인간의 물질적 욕망이 구축해놓은 현상이라고. 그러나 그 물질이나 욕망은, 사실은 그 자체가 아니라 단지 무언가의 그림자이자 반영으로서 나타난 시각 형체들이 아닐까요. 우리는 그것을 향해 손을 뻗는데, 형체들뿐 아니라 우리들 자신의 팔도, 우리의 욕망도, 모두 우리 외부에 있는 무언가의 그림자에 불과하다면. 그렇다면 우리에게 그 행위는 그림자이며, 우리들 자신도 그림자이며, 따라서 우리의 욕망은 반드시 충족되어야 할 이유가 없는 것처럼, 반드시 무시되어야 할 이유 또한 상실하는 거겠죠. 정작 우리에게 중요한 것은 꿈일 뿐이고, 우리들이 살아가는 삶도 결국은 꿈의 내용이 현실이라는 흰 장막에 비치며 나타나는 신기루일 뿐이라고 가정한다면 말이에요. 피 묻은 황금 갑옷을 벗어던지고 막 잠들기 직전의 인간을 한번 생각해봐요. 최소화된 의지의 상태, 꿈속으로 걸어가려는 소망 이외의 다른 모든 것에 무관심한 상태. 우리는 본능적으로 알게 되는 거죠, 유일하게 꿈을 통해서, 우리의 쌍둥이 삶, 거울의 삶이면서 주인인 삶으로 들어가게 되는 것임을. 슬라이스된 단편과 깊고 불연속적인 인상들로 이루어진, 우리 자신의 꿈―경험이면서 동시에 우리 밖의 다른 누군가의 경험―꿈이기도 한 것. 당신의 꿈속에 나타난 당신은 누구인가요? 당신은 어디로, 누구의 꿈속으로 흘러간 걸까요? 그리고 당신을 뒤돌아보지 않았던 그 사람들은 누구인가요? 그게 정말로 나라면, 나는 또 누구의 꿈속에 있었던 것일까요? 앞으로 남은 인생 동안 당신은 얼굴을 모르는 그들을 그리워하며 함께 살게 되는 걸까요? 그 길 위에서, 이전이나 이후나 마찬가지로 당신은 혼자이고, 앞으로 영원히, 문득 그것이 의아하죠. 그러나 난 가야 해요. 그리고 당신도 가야 하고. 하나의 꿈에서 영원히 머물 수 없듯이 여기서도 마찬가지예요. 그리고 적어도 앞으로 몇 년 동안은, 당신은 가족과 함께 살게 될 테니까요.' '그래, 당신이 맞습니다. 난 가야 해요, 여기는 내 집도 아닌 데다가, 오늘이 바로 가야 할 그날이니까요. 날이 밝으면 나는 하루 종일 복잡하고 어두운 기분에 사로잡히게 됩니다. 다시 잠이 들기 전까지는 말이지요.' 남자는 체념하고 고개를 끄덕이지만 아직도 충혈된 눈동자로 수니를 빤히 쳐다보며 이렇게 덧붙이는 것을 잊지 않는다. '그래도 비록 얼굴을 보지 못했지만, 그건 당신의 뒷모습이 분명했답니다. 꿈이었으니까, 당신의 말대로 특별한 해명 없이도 그냥 알 수 있었어요. 누구의 꿈속에선지는 모르지만, 당신은 해변으로 간 게 맞습니다. 그런데 나는, 당신들이 꿈속에서 꺼지듯 사라져버린 바로 그 순간의 장면과 아주 흡사한 그림엽서를 예전에 보았다는 기억이 지금 머리에 선명하게 떠오르는군요. 엽서에는 이렇게 적혀 있죠: my dear, 우리는 이곳에서 3주 동안 휴가를 보냈습니다. 조용하고 아름다운 곳이고, 책을 읽으면서 해변에 있고 싶어 하는 사람에게 어울리는 장소지요. 당신에게 보여주기 위해서 특별히 이 그림을 골 랐습니다. 오늘 아침 우리는 바로 이 길을 걸어 해변으로 갔으니까 요…… 바람에 고운 모래 알갱이가 날리자 당신들은 눈을 가늘 게 뜨고 걸음을 옮기는데, 그러나 엽서의 그림에는 당신들의 모습 은 나와 있지 않고, 바람에 흔들리는 키 큰 풀들 사이로 가느다란 모랫길이 어딘가로 이어질 뿐입니다. 그리고 분명 당신들이 방금 전까지 걷고 있었음에도 불구하고, 그 길에는 당신들의 발자국조 차 찍혀 있지 않았지요……'

'우리는 1960년에 태어나 49년 동안 살게 될 것이다.' 그들은 어느 날 밤 각자의 일기장에 그렇게 기록한다. '우리는 살아가면 서 지나쳐왔던 수많은 십자로 중의 어느 한 교차점에서, 얼굴을 모르는 채 서로 엇갈리듯 마주쳤는데, 그때 우리의 입술은 집을 잃고 미지의 어휘를 갈망하던 중이었다. 그때 우연히 당신이, 열 여섯 개의 꽃잎이 하나하나 차례로 벌어지는 장밋빛 히말라야 목 련나무 아래 선 나에게 my dear라고 말을 걸면서, 우리들이 이후 나누었던 아름답고 풍요한 사랑의 어휘들이 저절로 꽃피기 시작 했다. 우리들은 그런 어휘들을 목마르게 찾아 헤매는 중이었으므 로, 망설임 없이 서로의 향기로운 품으로 뛰어 들어갔다. 그러나 예전에도 우리는 망설임 없이 어떤 한 남자나 여자의 품으로 뛰어 들어갔고, 그것도 여러 번이나, 어떤 한 남자나 여자가 우리의 품 으로 뛰어 들어오도록 기꺼이 허용하지 않았던가. 그러던 어느 날 나는 잠들었으나 당신은 잠들지 않았다. 꿈속에서 당신은 잠든 나 를 해변에 남겨둔 채 멀리 떠났다. 당신은 세상의 반대편으로 헤엄쳐 갔으며, 그때 한 남자 혹은 한 여자가 잠든 나에게 다가왔다. 그 사람은 내 곁에 무릎을 구부리고 앉아서, 당신에게 할 말이 있어, 하고 말했다. 당신에게 할 말이 있어, 오늘 난 그 여자/남자와 함께 잤어.' 그때 수니의 상상이 멈춘다. 허공에서 소용돌이치던 가까운 사물들이 허무하게 바닥으로 내려앉았고, 수많은 그림으로 구성된 풍경의 실타래가 빠르게 풀려나가며, 우리에게 분명하게 떠오르는 생각. 누군가, 우리가 등장하는 긴 꿈을 꾸던 자가, 마침내 잠에서 깨어났구나.

제발, 수니는 말한다. 나에게 그것을 한 번만 더 해줘요!

주사약을 말하는 것이다. 그러나 순이는 거절한다. 예방주사를 기다리고 있는 사람은 엄청나게 많고─당신도 보지 않았는가, 저 문 밖에서 기다리고 있는 수많은 노인과 어린아이 들을!─게다가 백신 자체도 충분하지 않을 뿐 아니라, 무엇보다도 분량 이상의 약물을 주사할 권한은 자신에게 없는 것이다. 거기다 당신은, 순이는 조심스럽게 덧붙이면서 거부의 의사를 더욱 분명히 한다. '당신은 별관으로 가봐야 한다면서, 시간이 없으니 서둘러달라고 말하지 않았나요!' 마지막 단어들은 거의 비명처럼 튀어나온다. 순이는 직장을 잃고 싶지 않다. 순이는─모든 삶의 정황을 한마디로 요약하자면─가난하다. 순이가 학교에서 배운 것 중에 아직도 선명하게 머릿속에 남아 있으며 현실에서 유효한 단어는 하나뿐이다. 카스트. 그런데 순이는 어떤 절박한 사정 때문에, 얼마 뒤에는 아주 먼 외국으로 길을 떠나야 한다. 그 사정이란 것을 여기서 일일이 설명할 필요는 없겠지만, 순이는 자신을 사랑하지 않는 어느 한 남자의 발아래 기꺼이 무릎을 꿇기 위해서 먼 길을 가야 한다. 그러므로, 어쨌든 나는 당신에게 규정으로 허용된 것 이상의 약물을 주사할 수는 분명히 없다는 것이다. 그러나, 당신의 그것은 독감 백신이 아니었다. 수니는 이렇게 항의하고 싶다. 아마도 그것은, 버섯 주스였거나 독두꺼비의 피부 분비물이었음이 분명해요. 그러나 수니는 그것을 입 밖으로 꺼낼 수가 없다. 순이가 틈을 주지 않고서, 손으로 바깥을 가리키며 계속 말했기 때문이다. 그리고 전화기가 어디 있느냐고도 물었죠? 바깥에 나가면 바로 왼쪽에 공중전화가 있답니다. 동전만 있다면, 당신이 원하는 곳 어디든지 전화를 걸 수도 있어요. 고개를 돌리는 순이는 슬프다. 사람들은 순이를 보기만 해도 그것을 금방 느낄 수가 있다. 눈물 자국이 어린 순이의 눈은 말하고 있다. 당신은 집도 있고, 더구나 갈 곳이 있으니, 제발, 내가 한 번도 가보지 못했고 앞으로도 영원히 갈 수 없을 그곳으로 계속해서 가줘요. 이런 나를 앙상하다고 느끼겠지만, 그걸 위해서 난 아무것도 할 수가 없답니다. 이미 예방주사를 맞기 원하는 다음 환자가 주사실 안으로 들어서고 있으므로 수니는 물러서서 나올 수밖에 없다.

수니는 두꺼운 겨울 이불을 끌며 걷는다.

그는 매번 이렇게 긴 길을 걸어 나를 만나러 왔단 말인가. 그리고 다시 이 길을 걸어 자신의 공간으로 돌아갔으리라. 예방주사 구역은 한없이 계속될 것만 같았으나, 신기하게도 수니가 정작 주사를 맞고 나자, 사실은 생각했던 것처럼 그리 크지도, 사람들이 많지도 않았다는 것이 거짓말처럼 밝혀진다. 철문을 통과한 후 복도를 계속 따라가자, 왼쪽의 커다란 사각형 창밖으로 회색과 노란색의 벽들이 나타난다. 오래된 벽은 이끼와 얼룩으로 채색되었으며 거의 예외 없이 틈이 쩍쩍 벌어졌고, 겨울 동안 얼어붙어 있었을 그 틈새를 거미줄과 벌레의 알, 죽은 나비들의 육신이 만들어낸 먼지가 채우고 있다. 창들은 비정상적으로 커다랗게 보인다. 수니는 대학의 자연사 박물관, 혹은 어린 시절 떠돌이 행상에게 동전을 건네주고 들여다보았던 만화경을 떠올리면서 창들을 하나하나 지나쳐 간다. 움직이지 않는 화려한 장면과 독특한 입체감의 인물들이 조그만 기계 속 저 멀리 아득한 어떤 지점에서 푸르스름한 구름에 감싸인 신기루처럼 차례로 나타났다 사라지고, 그때마다 행상은 억양 없이 구슬픈 목소리로 어떤 신비스러운 뱃사람의 이야기를 읊었던 것이다. 수니가 창을 하나씩 스쳐 지나갈 때마다 벽은 조금씩 색과 형체를 달리하며 이어졌고, 유리창에는 지난가을에 죽은 커다란 하늘다람쥐가 납작 얼어붙어 있으며, 파도가 넘실거리는 푸른빛과 함께 고향으로 돌아가지 못한 뱃사람의 뒷모습이 보이기도 한다. 간혹 가다가 예상치 못한 새 벽들이 나타난다. 비교적 깨끗한, 그러나 이상스러울 정도로 번쩍거리는 흰색 혹은 노란색으로 성의 없이 페인트칠 된 벽들. 그런 벽들은 볼품없고 스산한 창을 가지고 있는데, 흐릿한 유리 너머로는 불이 꺼진 사무실, 물품을 쌓아놓은 저장실, 그리고 황량한 층계참이 나타나고, 그 층계참 너머로는 다시금 더욱 어슴푸레한 박명 속에서, 계단과 계단의 중간쯤에 위치한 또 다른 창문이 불분명하게 자리 잡고 있는 걸 볼 수가 있다. 층계참 뒤편에 놓인 실내의 창문은 너무 멀고 어두워서 그 안이 어떤 용도의 방인지 알아보는 건 불가능하다. 어쩌면 청소 도구를 놓아두는 천장이 낮은 창고이거나 근무자들이 고양이를 기르는 방일지도 몰랐다. 그리고 이제, 창들이 모두 검은 광목천으로 가려진 검고 드높은 벽이 시야를 가리는데, 누군가 일부러 등대의 불빛을 점멸시키는 것처럼, 흘러내린 타르 자국이 선명한 광목천들 위로 기분 나쁜 노란 광선이 번쩍거린다. 그 앞에서 헐렁하고 커다란 양말을 신은 유령들의 모습이 광선에 반쯤 드러났다가, 그늘 속으로 재빨리 사라지고 있다. 유령들은 모두 물에 번진 탁한 흰빛이었고, 그렇다, 세계는 어두워지는 중이다.

수니가 걸어가고 있는 별관 통로는 아직 전등 공사가 끝나지 않았다. 그래서 당연한 일이지만, 광도 감식 자동 센서 같은 것도 없다. 아마도 오늘은 창에 유리를 끼우는 작업 중이었던 것 같다. 벽에 기대 앉아 있던 일꾼들은 사라지고, 그 자리에 투명한 창유리들이 남아 희미한 어둠 속에서 사각형 눈동자를 번들거리며 수니의 발걸음을 지켜본다. 그리고 바닥을 뒤덮은, 석회처럼 보이는 가루. 그 위로 찍히는 한 사람의 발자국들. 모든 형체들에게서 고유한 표정을 지우고, 대신 모서리와 윤곽을 더욱 선명하게 만드는 잿빛의 예민한 박명. 아직 아무도 잠에서 깨어나지 않은 아주 이른 새벽, 승객이라곤 몇 명뿐인 소형 여객기를 타고 바람이 휘몰아치는 낯선 휴가지에 막 도착해 가방을 들고 활주로에 발을 디딜 때 만나게 되는 그런 수면 부족의 박명. 그리고 사람들은 곧장 공항 건물에 단 하나뿐인 조그만 카페테리아로 들어갔는데, 바깥에 내걸린 '바빌론'이란 이름의 간판에는 불이 꺼져 있었지만, 웨이트리스는 토스트와 커피를 팔고 있었다. 당장은 모래 가루가 섞인 바람이 세차게 불어오는 싸늘한 날씨였지만 날이 밝으면서 기온도 빠르게 올라갔고, 밤새 움츠렸던 꽃들이 사방에서 미친 듯이 활짝 피기 시작하는데, 진하게 주름진 잎이 모두 벌어진 꽃들은 파렴치할 정도로 크고 불그죽죽했으며, 우리는 이름을 부르며 호숫가의 어떤 한 집을 향해 달려갔고, 우리는 모두 한 스무 명 정도 되는 각양각색의 사람들인데, 서로 잘 알고 있는 경우도 있었지만 그날 생전 처음 만나는 사이도 드물진 않았어. 우리 모두의 공통점은 단 하나, 그날 생일을 맞았으며 이곳에서 생일 파티를 열어 우리를 초대한 어느 멋진 사람과 친구이거나, 혹은 친구의 파트너라는 것. 그렇게 시작된 그건 마치 다른 별에 온 것처럼, 참으로 놀랍고 멋진 생일 파티였어. 아마도 내가 죽기 전에 마지막으로 떠올리게 될, 일생 동안 다시는 보지도, 듣지도, 경험하지도 못할 만큼 인상 깊게 기억하게 될 그런 몇몇 사건을 들자면 그날의 파티도 그중 하나가 될 수 있을 정도로. 우리는 접시에 담긴 생선 요리를 먹었지. 부드러운 흰 살에 달걀 빛 소스를 뿌리고, 파슬리 가루를 얹은 구운 감자가 딸려 나오는 요리였어. 식탁 위에는 꽃다발도 있었어. 한 무리의 젊은 여인들이 노란 꽃다발을 들고 식당으로 들어왔는데, 꽃다발을 든 여인의 그 아름다움이란! 생일을 맞은 주인공이 부자인 것은 사실이지만, 그렇다고 해서 생일 파티가 유난히 호화스럽거나 규모가 컸다는 의미는 절대 아니야. 그냥, 돈으로 살 수 없는 우정과 꽃과 여인들과 감동이 가득했을 뿐이지. 이틀 내내 날씨도 좋았고, 그와 가까운 일생의 친구들이 드물게 한자리에 모였으며, 여유로움, 웃음, 기쁨, 그리고 평온과 함께 생의 모든 돌발적인 사건도 받아들일 듯한 기꺼움이 우리 안에 가득했어. 그때 난 생각했지. 우리 중 어느 누가 이런 생일을 맞을 수 있을까. 네가 있어, 너를 알게 되어, 얼마나 감사하고 좋은지 모른다고, 그런 마음의 축하를 보내주는 한 다발의 친구들을 갖고 있는 자가 누구인가. 나무 그늘 아래서 멋진 아침 식사를 마친 우리는 키 큰 포플러 가로수 길을 걸어 음악회가 열릴 시원한 회당으로 갔고, 회당의 높은 천장 꼭대기까지 오르간 음악이 울려 퍼지는 동안 나무로 된 긴 의자에 앉아서 턱을 괴고 음악에 빠져들었지. 우리는 모두 한마음으로 생각했어. 당신은 행복한 사람이야. 우리는 당신을 사랑해. 당신의 생은 행복한 것이었어. 그러나 당연한 일이지만 이 세상에 행복한 사람만이 존재하는 건 아니며, 누군가의 생일 파티가 있으면, 그다음에는 반드시 다른 이의 장례식도 있는 법이겠지. 전체의 균형을 위한 그런 식의 조화는 약간의 간격을 두고 한 사람의 인생 안에서 순차적으로 발생하기도 하지. 하지만 지금 내가 하고 싶은 말은, 어쩌면 우리는 내일 만날 수 없을지도 모른다는 거야. 그런데 난 간혹 의문이 생기는데, 우리가 내일 만날 수 없다는 말은, 우리가 모레도 글피도, 그다음 날도, 그리고 영원히 다른 날도 만날 수 없다는 말과 얼마나 멀리 떨어져 있을까 하는 거야. 난 내일 스튜디오로 갈 수 없을지도 모른다는 생각이 들어, 아니 어쩌면 사실상 가게될지도 모르지만, 그리고 그것을 통해서 예전의 내 삶으로 무리 없이 들어갈 수 있을지도 모르지만, 과연 그것이 나 자신일까, 나는 내 육신으로부터 얼마나 가까이 있는 것일까, 나는 내 마지막으로부터 얼마나 가까이 있는 것일까, 나는 과연 얼마만큼이나 나인가…… 최근 들어서 드는 생각인데, 간혹 나는, 내가 존재하는 모습을 조금 떨어진 곳에서 관찰하고 있는 나를 발견하곤 하는 거야. 그래서 글을 쓸 때도 나를 제3의 어떤 인칭처럼 생각하게 되지. 혹은 제3의 인물을 스스로인 것처럼 말하거나. 난 너무 오랜 시간 동안 나를 벽 안에, 또는 벽으로부터 가두어둔 것 같아. 혹은 그 가둠의 시간이 너무 부족했거나. 아마 그 모두일지도 모르지. 내가 처음 벽 안으로 걸어 들어올 때는, 이곳이 벽의 인쪽이며 반대편의 세상이 벽의 바깥이라는 믿음에 회의를 가졌고, 그 회의를 믿었던 거지만, 그래서 인간의 가장 기본적인 욕구인 삶의 성취에 대한 소망마저도 버릴 수 있으리라 생각했지만, 내가 곧 여기를 떠나게 되는 이 순간, 너무나 당연한 듯이 자연스럽게, 마치 한동안 떨어져 있던 두 개의 나사가 너무나 당연하게 합쳐지듯이, 그것이 유일한 자신의 자리라고 주장하는 것처럼, 다시 옛 직업으로, 옛날의 낡은 나로 돌아가는 내 모습을 발견하니, 그 시간은 다 무엇이었을까, 그 여행은 다 무엇이었을까, 기꺼이 잃어버리려 했던 그 시간은, 자발적인 감금은, 내가 아니고자 했던 모든 시도는, 무엇을 위한 것이었을까, 나는 결국 한 쌍의 나사, 내 부재와 귀환은 원인과 결과처럼 이미 결정된 한 쌍의 나사에 불과했던 것일까. 녹슬었으나 불가피하며 진부한 한 쌍. 그렇게 나는, 또 하나의 내가 있는 제자리로 되돌아오기 위한 긴 여행을 한 것에 불과했던 걸까. 한마디로 하자면, 시간과 비용은 많이 들었으나 겉보기에는 앙상하고 빈약한 여행이었지. 멋진 기념품이나 특별한 추억, 심지어 일회적인 현지인 친구조차 남기지 않은 말 그대로 쓸쓸한 여행. 여행 중에 흔히 일어나는 일들, 기차 시간표는 맞지 않았으며, 조종사들은 파업을 했고, 노상강도를 당하고, 야간열차의 화장실은 고장 났으며, 껌을 질겅거리는 상점의 종업원은 동양인을 깔보고, 심지어는 국경을 넘는 열차 안에서는 화재 사건까지. 따라서 불편의 기억만이 있는 그런 여행 말이다. 그러나 여행자는 기꺼이 불편을 참을 준비가 되어 있다는 점이 거주자와 다르지. 심지어 그것을 위해 돈을 지불하기도 하면서 말이야. 여행자인 그들은, 여행 중인 거주자와는 다르게, 불편 자체를 감격해하지. 왜냐하면 그들은 더 이상 하나의 매끈한 나사가 아니며, 적합하게 맞는 나사는 더욱 아니며, 그리하여 마침내 세상의 그 무엇과도 불편해지는 것이므로. 그리고 그 불편과 조우함으로써 더 많은 삶, 더 많은 다른 자아로 변화하기를 바라는 것일 테지. 어떠한 여행이라도 한 여행자를 변화시킨다는 것은 맞는 말이리라. 특히 길고 고독한 여행은 더더욱. 길고 고독하며 아무 일도 일어나지 않은, 텅 빈 페이지처럼 공허한 여행, 그리고 귀향을 염두에 두지 않은 불안한 여행을 하는 중이라면 더욱 말할 것도 없겠지. 우리는 비자도 없이 국경을 넘는데, 확실한 것은 단 하나, 아무 곳에도 아는 이가 없게 되리라. 그러나 모든 불편과 좌절, 내용 없음에도 불구하고, 늙고 지친 채로, 늙고 지친 다른 나가 되어 되돌아와야만 하는 여행만큼 음울하고도 기괴하며, 슬프게도 불가피한 사건이 우리 인생에 또 있을까. 아무런 변화도 남기지 않은 그 길고 허무했던 여행만큼 우리를 결정적으로 변화시키는 것이 또 있을까. 여행지의 무수한 호텔과 임시 숙소에서 만났던, 수없이 많은 잠과 꿈 이외에는, 그리고 그런 숙소의 어느 방에서 써 보낸 엽서 말고는, 거짓말처럼 아무것도 없는 그런 여행. 너에게 약속한 대로, 나는 내일 스튜디오로 갈 수 있겠지만, 그래서 너와 다른 친구들을 오랜만에 만나게 되겠지만, 그리고 다시 예전과 같은 방식으로 일하게 되겠지만, 그래서 사람들은 서로 말을 주고받겠지, 오, 너는 정말로 하나도 변하지 않았군, 마치 바로 어제 저녁 우리가 이곳에서 헤어진 것처럼, 너의 눈빛과 목소리, 하나도 다르지 않아. 그래, 늘 하는 생각이지만, 우리는 언제까지나 여기 가만히 머물러 있는데, 시간이 홀로 우리를 앞질러 가버리는 게 분명해. 그러면 우리에게는 아무런 일도 일어나지 않은 채, 휙 하는 어떤 순간이 급행열차처럼 지나가고 나면, 모든 것은 그 자리에서 그대로 조용히, 한순간에 늙어질 뿐이지. 이미 수없이 반복해서 되풀이되었던 대화들. 나는 눈앞에서 우리들의 그런 재회 장면이 펼쳐지는 걸 볼 수가 있을 정도이다. 모두 웃고 즐거워하며 손을 잡고 인사를 나누리라. 그리고 그렇게 되겠지. 아니 어쩌면 지금 이 순간 말해지는 다른 것들과 함께, 그것 또한 이미 어떤 식으로든 한 번은 일어난 일인데, 우리가 그것을 내일 다시 보게 되는 것에 불과할지도 몰라. 우리는 알고 있기 때문에 그렇게 하는 것일까. 내일 우리는 만나게 되는데, 그것이 이미 일어난 일이므로 우리는 그것을 바꿀 수가 없게 되리라는 것. 하지만 그럼에도 불구하고, 동시에, 어떤 사람은, 나를, 내 육신을, 그곳에서도, 그리고 이곳에서도 다시 볼 수 없을지도 모르며, 그 어떤 사람이 다름 아닌 바로 나 자신이 될 수도 있으리라는 기묘한 예감이 든다.

나는 한 여인이 울부짖는 것을 본다. 주름을 잡아 벙실하게 만든 어깨에 날개처럼 둥그스름한 금빛 장식이 달린 짙은 푸른색 윗도리, 그리고 거의 흰색에 가까운 아주 연한 보랏빛 치마는 길면서 통이 아주 좁다란, 좀 우스꽝스러운 복장을 한 처음 보는 여인이다. 나중에 나는 그 여인의 독특한 옷차림이 그녀의 직업, 혹은 그녀의 일 때문이라고 듣게 된다. 하지만 그녀의 직업이나 일이 무엇인지 나는 여전히 모르는 채로 있다. 그것을 꿈속에서 들었기 때문이다. 나는 다른 사람들과 함께 고개를 끄덕이고, 그녀가 그럴 수 있으리라고 이해할 뿐이다. 탁자 위에는 강아지처럼 작은 두 마리의 사슴 인형이 놓여 있다. 이 두 마리 사슴은 한배에 들어 있던 남매간이었는데, 이 세상에 제대로 태어나지도 못한 채로 여기에 박제가 되어 놓여 있는 것이죠. 임신한 어미가 도로를 건너다가 차에 치였거든요. 이 어린 사슴 남매의 이른 죽음을 안타깝게 여긴 사람들이 이들을 박제로 만들어두었답니다. 시립 장례식장 직원이 방문객들에게 설명을 하는 중에도, 여인은 탁자를 붙잡고 하염없이 슬프게 운다. 여인은 아주 커다란 여행 가방을 끌고 기차역에서 곧장 이곳으로 왔다. 나는 그 여인에게는 여행 가방이 단 하나밖에 없었을 거라고 상상한다. 이곳으로 오는 데 그토록 큰 가방이 필요할 만큼 많은 짐을 싸야 하는 건 아닐 테니까. 사람들은 그녀를 a여인이라고 불렀다.

발목까지 오는 긴 스커트를 입은 a여인이 기차에서 내렸을 때 플랫폼의 시계는 이미 자정이 지난 시각을 가리키고 있었다. 그날따라 파업으로 연착한 여러 대의 열차가 거의 동시에 도착했으므로, 한밤중이었지만 역 구내는 사람들로 정신없이 붐볐다. a여인은 등을 구부리고 걸었다. 커다란 여행 가방은 사람들의 몸이나 발에 자주 부딪혔으며, 그때마다 a여인은 서툴게 미안하다고 사과의 말을 했다. a여인은 공중전화를 찾아야 하지만 그것은 보이지 않았다. 이리저리 해매다 간신히 찾아낸 공중전화는 수화기가 뎅강 잘려나갔으며, 다른 전화기에는 고장이라고 적혀 있었다. 단 하나 남은 온전한 전화기에 동전을 넣고 번호를 누르자, 이상한 기계음이 흘러나왔다. 당신이 원하시는 통역 언어를 선택하시오. 1번 영어, 2번 스페인어, 3번 이탈리아어, 4번 러시아어, 5번 페르시아어, 6번 터키어…… 체념한 a여인이 수화기를 내려놓자 달그랑 하고 동전이 전화기 안으로 떨어지는 소리가 나며, 잔돈은 나오지 않았다. 그것은 a여인이 갖고 있던 유일한 동전이었다. a여인은 갑자기 어디로 가야 할지 몰랐고, 커다란 가방을 여러 방향으로 정처 없이 끌다가, 역 구내의 대형 시계를 바라보고, 문을 닫은 쇼핑객들의 거리를 쓸데없이 기웃거렸으며, 대형 전자 제품 상가 앞에서 히죽거리는 남자애들과 부딪혔고, 그 아이들이 낄낄 웃고 지나간 다음 비로소 a여인의 마음속에서 수많은 벽들이 차례로 무너져 내렸다. 이 장소, 이 특정한 장소. 그리고 이 하루, 이 특정한 너의 하루. a여인은 사방을 헛되이 이리저리 돌아보았다. 비둘기와 광고판으로 뒤덮인 역사의 아치형 유리 천장들과 줄무늬 비닐 천으로 지붕을 씌운 커피 가판대들, 그리고 완만한 곡선으로 휘어지며 그 자신뿐 아니라 바라보는 사람의 정신마저도 아득한 밤의 중심부를 향해서 빨아들일 듯 뻗어 있는 선로들. 천장 가까운 높은 벽에는 네 마리 말이 끄는 마차 문양과 함께 거대한 횃불 모양의 장식이 달려 있었다. 그러나 이 순간 a여인의 머릿속에는 '횃불'이란 외국어 단어가 떠오르지 않으므로, 막대기 위에서 불타는, 물속에 잠긴 머리카락처럼 길쭉한, 사이프러스 나무 모양으로 솟구치는 원뿔형 불꽃,이라는 설명이 문득 생각났다 사라질 뿐이었다. 가능하다면 지하철 표를 사야 하리라. 혹은 야간 운행 버스 시간표를 알아보아야 하리라. 마침내 a여인은 구석 자리에 가방을 놓고는 그 위에 걸터앉았다. 그리고 머리를 두 팔에 파묻고, 흐느끼며 울기 시작했다. 그러나 자신이 공공장소에 있다는 사실마저 잊은 것은 아니어서, 울음소리를 최대한 억누르기 위해서 a여인은 손으로 입을 막고 울었다. 머리와 어깨를 들썩이며, 죽을힘을 다해 소리를 죽이고, 격렬함을 안으로 가둔 채 미친 듯이 울었다. 하지만 이 대도시의 역사는 거대하고, 몸집이 육중한 국제 열차는 플랫폼마다 차례로 도착하여 끊임없이 새로운 사람들이 내리고 올라타며, 스피커에서는 안내 방송이 20초마다 쉼 없이 나오고, 기차가 떠날 때마다 차장은 날카롭게 호루라기를 불며, 누군가를 마중하거나 마중을 당해야 하는 수많은 인파로 북적이는 이곳에서는 누구나 다 시간에 쫓기며, 마지막

지하철을 놓치지 않으려면 아주 서둘러야 하고, 당연한 일이지만 누구나 다 바쁘다. 그러므로 지나가는 사람들 중에는 a여인을 바라보는 이도 있기는 하지만, 두 번 바라보는 이는 아무도 없었다. 그로부터 몇 시간이나 지났지만 여전히 사람들은 그녀가 어디서 왔는지, 어디로 가는지 모른다. 단 한 명 택시 운전수만은 예외이다. 다음 날 이른 아침 a여인은 택시를 탔고, 운전수에게 행선지를 말했던 것이다. 그 행선지에 모여 있던 우리는, a여인의 이름이 a여인이라는 것을 제외하고는 그녀에 대해서 아무것도 아는 게 없다. 택시에서 내린 a여인은 가방을 끌면서 식장으로 달려온다. 커다란 가방은 울퉁불퉁한 돌길 위를 지나느라 요란하게 덜컹거리는 소리를 냈고, 뒤집어질 듯이 불안하게 기우뚱거린다. 그토록 먼 거리를 쉴 새 없이 달려온 a여인의 볼은 살이 터서 빨갛게 핏줄이 드러났으며, 그 위로는 눈물에 지워진 화장 자국이 얼룩덜룩 번져 있다. 그날 나는, 다른 사람들과 마찬가지로, a여인의 그런 정돈되지 않은 얼굴을 차마 쳐다볼 수가 없어 외면하고 만다. 누군가 조심스럽게 a여인에게 묻는다. 당신은 어디서 왔는지. 그러자 그 질문을 잘못 알아들은 a여인은, 자신은 북쪽 거실에서 왔노라고 대답한다. 시선이 닿는 정도의 높이에 동물원의 안내판이 덩그러니 떠 있고, 라이트를 켠 노란 차가 한 대 지나가고 나자, 어느새 사람들은 구름이 급격하게 빠른 속도로 흘러가는 하늘 아래서 울려 퍼지는 a여인의 울음소리를 듣는다. 내가 일생 동안 한 번도 울어본 적이 없는 그런 방식으로, a여인은 운다. 아마도 저 여인은 다른 문화권에서 온 외국인이리라. 그래서 저렇게 대담하고 외향적인 울음을 울 수가 있는 것이리라. 사람들의 머릿속에는 그런 생각이 스치고 지나가며, 마침 그때 한 젊은 남자가 나서서, a여인의 고향일 법한 지역과 그들의 풍습에 대해서 잘 알고 있다는 듯이 설명하기 시작한다. 이것은 저들 사이에서 통용되는 일종의 슬픔의 인사법이며, 감정적이고, 솔직하고, 삶의 모든 면모를 애수 어린 태도로 대하며, 온몸으로 표현하는 자연의 언어, 일상이라는 즉흥극의 주인공이며, 노래와 울음의 구분이 근본적으로 모호하고, 목을 비둘기처럼 울리며, 적당한 기회가 있으면 기꺼이 그렇게 하며, 모든 소리와 몸짓으로 울고, 격한 것에 쉽게 빠져들며, 충동적인 눈물로 자신을 표현하는 법을 알고 있는, 한마디로 해서, 서구화되지 않은 극동아시아인 여자, 그런데 그 순간 문득 드는 의문은, 저 젊은 남자가 누구에 대해서 말하고 있는 건지, 나인지 아니면 a여인인지, 마침내 젊은 남자는 한때 일본에서 살았다는 사실이 밝혀지고, 그제야 사람들은 고개를 끄덕이며 그의 말을 신뢰한다. 그때 탁자에 매달려 울부짖던 a여인이, 공작새를 연상시키는 머리와 상체를 번쩍 들고 나를 똑바로 바라본다. 그 바라봄이 너무 강렬하고 집중적이어서, a여인의 눈빛이나 구체적인 얼굴 모습 등은 도리어 전혀 눈에 들어오지 않고, 아직까지도 그녀 육신의 객관적 외양은 내 기억 속에서, 울음이라는 격렬함에 사로잡힌 어떤 덩어리진 형체, 물속에 둥그스름하게 엎드린, 희미하고 색채가 없는 윤곽으로만 남아 있을 정도이다. a여인이 나를 쳐다보는데, 사방에 깔린, 수면처럼 검게 번득이는 어둠에 눈이 익고 나자, 나는 비로소 깨닫게 된다. 그것이

나의 얼굴임을. 거울을 통과하여 수면 병동의 입구로 들어가는 길, 마치 잠의 한가운데서 물끄러미 응시하듯이, 거울을 통해서 비치는, 금이 가고 구멍투성이의, 거미줄을 입은, 보랏빛과 짙은 푸른색의, 녹슨 청동의, 흙으로 빚은 둥근 천체를 닮은, 베짱이의 기름으로 얼룩진, 이 특정한 하루, 이불이 매달린 느린 걸음의, 사슴 가죽 방패 모양의 거울 속 얼굴.

그것이 나와 a여인의 첫 만남이었는데, 만남이라기보다는 눈길의 마주침에 불과하다고 해야 옳을 테지만, 거의 모르는 사이라고 해도 좋을 a여인의 찌르는 듯한 시선이 오랫동안 뇌리에서 사라지지 않았고, 지극히 짧고도 순간적이었던 그것은, 연기가 피어오르는 이른 아침 어슴푸레한 의식 속에서 점차 스스로를 단단하게 확장하고 보이지 않는 마음의 밑바닥으로 뿌리를 내려, 그 뿌리가 부드럽고 축축한 땅 밑 세계를 떠돌며 여행하는 동안, 어둠과 고독에 익숙해지고, 두더지에게 눈동자를 파 먹히고, 혀는 땅의 나비들로 변하며, 그리고 어느 날 다시 지상의 어느 한 지점에서 불현듯 솟아오르는데, 그곳은 한 여죄수가 서 있는 잊혀진 노인 병동이며, 그곳은 꿈의 거울 속이자 수용소이고, 그리하여 눈앞에 나타난 자신의 수감자이자 오랜 수면병 환자인 스스로에게, 그동안의 여행에 대해서 이야기를 하면서 말을 걸게 되는데, 그 말에 의하면 우리가 생각하는 것과는 달리 땅 밑에는 또 다른 하늘이 있으며, 그것은 지상의 하늘만큼이나 푸르고 높고 투명하고, 심지어 지상의 하늘보다 덜 무한하지 않은데, 높은 나무 꼭대기가 구름 속에 가려 보이지 않으며, 잎사귀들은 오직 드높은 곳에만 머무르고, 그런 나무들이 메마른 들판에 일정한 간격으로 서 있고, 그곳의 사람들은 부족을 이루고 산다고 알려졌으며, 그곳의 대지는 우리의 무심한 마음과도 같은 황무지이고, 그들은 풀과 벌레와 나무 들이 살아 있는 땅을 찾아 계절이 바뀔 때마다 이동하고, 그곳의 강은 좁은 지표면의 틈새를 따라 검게 흐르며, 눈 덮인 산은 유리처럼 희게 번쩍거리고, 산 아래 호수에는 물고기들이 헤엄치는데, 배를 타고 호수 위로 나가면 맑고 영롱한 물속에서 사람의 눈동자를 한 물고기들이 우리의 눈을 가만히 올려다보며, 그들의 눈동자 속에서 우리의 모습이 반사되고, 우리는 그들에게 어디서 왔느냐고 물으며, 그들에게 누구의 영혼인지를 묻는데, 물고기들은 어떤 이름을 대답하지만 우리는 그것을 들을 수가 없다. 그곳의 부족들은 스스로에게 보이지 않고, 그래서 보이지 않는 부족이라고 알려졌는데, 그들은 영원히 닿을 수 없는 대지를 바라보듯 손을 눈썹 위에 대고 하늘의 무한한 지점을 올려다보는 습관이 있으며, 그 위에서 그들을 꿈꾸고 있는 다른 존재에 대해서 생각하고, 언젠가 자신들이 죽으면 한 마리 큰 새로 변하여 그 존재에게로 날아갈 것이라고 믿는다. a여인은 계속해서 말한다. 내가 떡갈나무 뿌리가 되어 땅 밑으로 내려갈 당시, 파묻힌 벽돌의 도시와 무덤들을 지나, 지하의 늪을 건너고 영혼의 분화구와 닫힌 문들을 통과하여 계속해서 아래로 아래로 내려가는 중에, 나는 그동안 나를 구성하던 모든 것에서 한없이 멀어지기만 할 뿐이었는데, 그전에 나는 아팠고, 내 육신은 병들어 있었다. 지속적이고 뜨거운 쇠약 상태에 놓인 나는 여전히 피와 살로 무거웠지만,

동시에 그 피와 살은 여러 개의 중복되는 나 자신을 구성하려는
듯 점차 그 고유성을 잃으며 무의지의 생물인 양 흐느적거렸고,
나는 그것을 내 육신이 나에게 고하는 작별의 신호로 받아들였다.
그 순간 내 머릿속을 흘러갔던 수많은 장면들이, 정지한 듯이 보
이는 흘러감의 장면, 겨울 유리창 밖으로 흘러내리는 빗물이 저절
로 형성하던 글자들이, 나 자신의 잠든 기억에서 살아난 것인지
아니면 타인으로부터 들었던 그들의 경험이 내 의식 속에서 임의
로 재구성된 것인지 구별할 수가 없었고, 내 몸은 항상 침대에 누
워 있었으나, 나는 모습이 보이지 않는 사람의 손에 이끌려 날마
다 바다를 건넜으며, 거품이 부글거리는 히아신스의 바다를 디디
며, 둥글고 영원한 세계의 바닷속에서 모습을 드러내는 나의, 나
로부터의 낯선 장면들을 들여다보았는데, 만약 그것이 나 자신의
기억들이 맞다면, 나는 그것을 돌보지 않았으며, 일생 동안 방치
해두었던 것이 분명했다.

　내가 떡갈나무 뿌리가 되어 땅 밑으로 내려간 이후 나는 보이지
않는 부족의 늙은 여자 샤먼이 되었는데, 나는 몸집이 언덕만큼
커지고 내 손목 뼈대는 참나무 지팡이처럼 굵고, 이슬을 맞아도
더 이상 아프지 않으며, 강물을 그냥 마시거나 흙을 먹어도 **병들**
기는커녕 기운이 솟았다. 밤이 되면 그들은, 멀고 아득하면서 동
시에 피부에 닿을 듯이 가깝고, 그들의 세계와 겹쳐서 존재하는
한없는 외계, 자신을 비추는 투명한 거울의 세계에 관해 듣기 위
해 내 주변으로 소리 없이 모여들었다. 나는 그 누구로부터도 들
은 바가 없지만 내 안에서 그냥 알게 된 이야기들을 말할 뿐이다.

그대들의 이야기를 나는 우연히 발견한 책에서 읽었으며, 그 책은 내가 일주일 동안 머물던 어떤 집의 2층 복도 서가에 꽂혀 있었는데, 그 집이 원래는 여행객들이 수시로 드나드는 호텔이란 점 이외에도, 어떤 한 개인에게 속하지 않은 공적인 공간인 복도라는 특성 때문에 그 책 또한 누구의 책인지, 누가 언제부터 그곳에 두었는지 아무도 아는 사람이 없었으며, 그래서 내가 그 책을 펼쳐 들었을 때, 책과 함께 책 속의 이야기마저 곧장 나에게 완전하게 속해버린 것도 이상할 이유가 없었다. 나는 그 책을 여행 가방에 넣은 다음, 아무도 그것을 다시 꺼내갈 수 없도록 가방을 단단히 잠갔다. 내가 갖고 있던 단 하나의 여행 가방은 집 한 채라도 들어갈 수 있을 만큼 커 보였는데, 아주 짧은 여행이라 할지라도 나는 그것을 들고 다니는 수밖에 다른 도리가 없었다. 그러면 간혹, 가방 속에 밀입국자라도 숨겨가지고 다니는지 의심을 받기도 하고, 여행지의 플랫폼에서 당신의, 그 커다란 가방 속에…… 들어 있는 것은 (도대체) 무엇인가요? 하는 정중한 질문을 듣기도 하는데, 나는 여행지의 언어를 이해할 수 없으므로, 그 질문을 알아듣지 못한 채 계속해서 걸어갈 뿐이다. 늦잠에서 깬 다음 식당에서 아침을 먹으며 창밖을 내다보면, 쨍그랑 소리와 함께 조각나버릴 듯 깨끗하고 맑은 오전의 대기 속에서 사물들이 놀랄 만큼 극명한 색채와 형태로 움직이거나 정지해 있고, 비둘기의 동그란 구슬 눈동자 안에 수천 겹으로 소용돌이치는 무지갯빛의 리본들과, 겅중거리는 움직임에 따라 한 개 한 개가 모두 서로 다른 농담의 먹빛으로 윤기가 흐르는 까마귀의 깃털, 물건을 배달하기 위해 정기적으로 건물 앞에 서는 화물 익스프레스 트럭의 부르르 떨리는 기계적 진동과 그 곁을 가까이 지나가는 우편배달부의 고전적인 노란색 자전거. 모든 빛은 특별히 정화된 희박한 공기를 통과하여 내가 한 번도 본 적이 없을 만큼 그 자체의 원형에 가까운 정교한 형체와 윤곽선을 사물들에 부여했으므로, 나는 마치 내가 기억과 감각을 소유한 이 세계 첫번째 인간이며, 그곳에서 머물던 나날들이 모두 이 세계의 첫번째 날이고, 앞으로 큰 홍수나 지진이 닥치면 나는 이 거리에서 보이지 않는 천공의 배를 타고 그대로 위로 두둥실 떠올라, 이 세계의 마지막까지도 지켜볼 수 있을지도 모른다는 상상에 사로잡혔다. 내가 머물던 방의 창은 아름답고 우아한 전면을 가진 건물들, 소규모 박물관과 요란하지 않은 고급 수공예 상점들, 지하에 자리 잡은 서점과 벽을 타일로 장식한 골동품점 등이 늘어선 거리를 향해 나 있었다. 그 집의 아침 식사 식당은 나도 잘 아는 유명 복제화가 벽에 걸려 있고 흰 항아리를 든 도자기 여인과 실내 분수, 그리고 반복되는 격자 속에 갇힌 보라색 제비꽃 무늬의 벽지로 꾸며졌다. 그곳에서 나는 전화로 예약한 널찍한 2인용 방 하나를 빌려 살았다. 방에 혼자 있을 때면, 여행 중에는 너무나 당연한 일이지만 대개는 늘 혼자였는데, 나는 가방에서 그 책을 꺼내 몇 페이지씩 뜸을 들이며 천천히 읽곤 했다. 책에는 내가 언젠가 부족의 여자 샤먼이 되리라는 예언의 말과 함께, 어쩌면 그 시간이 머지않았을지도 모르며, 부족은 거대한 들소와 낙타 떼로 이루어진 무리를 끌고 지금 이 순간에도 나를 향해 차츰 다가오고 있을 것이며, 그들이 이동할 때면 시야를 가리는 뿌얀 먼지구름의 벽이 하늘 끝까지 치솟아 그 순간 인간의 시각이란 것은 아무런 소용이 되지 못할 것이고, 나는 나무 지팡이와 검은 사슴 가죽 방패와 신발을 얻을 것이라고 적혀 있었다. 책에 의하면 나는 오직 꿈의 영향 아래서 먼지구름의 벽 속으로 걸어 들어갈 것이며, 고통과 기쁨, 그리고 내가 살아온 시간들을 잊을 것이며, 그 구름 속에서 보이지 않는 부족들과 함께 서쪽으로 서쪽으로 이동할 때면, 나는 저절로 걷고 저절로 움직이며, 나는 저절로 살게 될 것이라고 했다. 그전에 사람들은 내 팔다리를 잡고 물속으로 던질 것인데, 물속에 사는 악마들의 부글거리는 웃음, 내 머리카락과 옷자락을 잡고 놓아주지 않는 그들의 끈질긴 손길, 절망적으로 발버둥치며 물 위로 떠오르기 위해서 안간힘 쓰는 고통의 시간 또한, 가슴으로 미칠 듯이 붙잡고 싶었던 생의 애처롭게 아름다운 찰나들과 마찬가지로, 언젠가는 모두 다 지나가리라. 그것이 지나갔다고 깨달은 순간부터, 나는 저절로 숨 쉬고 저절로 자유로우며, 내 부족 앞에서 저절로 떠오를 것이라고 책에는 적혀 있었다. 그리하여 나는 그곳에서 그들과 함께 오래오래 살며, 마침내 스스로 완전히 사라져버리기를 원할 때까지 살며, 마지막 순간이 오면 울음도 아쉬움도 없이, 한 마리 커다란 황갈색 새가 되어 놋쇠의 황무지를 넘고 돌의 여신의 가슴을 지나 얼음의 산 위, 높은 하늘 속으로 날아갈 것이라고 했다. 보이지 않는 부족들은 내 육신과 마음이 사라지고 건조한 바람에 마지막 뼈 한 줌이 날려갈 때까지 먹지도 마시지도 않은 채 가만히 지켜볼 것이며, 육신을 갖지 못하고 오직 영혼만으로 이루어진 불멸의 몸을 이끌고, 다시 멀리 서쪽으로 가축들과 함께 길을 떠날 것이다. 드높은 먼지구름의 벽이 그들의 길을 마련하고, 그들의 모습을 우리의 눈으로부터 감출 것이다. 이렇듯 내 이야기는 매일 밤 비슷한 부분에서 끝이 났다. 그들은 자신들의 미래이자 과거에 해당하는 내 이야기에 귀를 기울였고, 내가 사라진 다음 자신들이 어디로 가게 되었을지 궁금해하지 않은 채, 그들의 잠자리로 되돌아갔다.

어떤 장소. 어떤 특정한 장소. 잘못 내린 역처럼 순전히 우연으로만 이루어졌거나, 그래서 한 사람에게 그 어떤 타인과도 무관하게 독립적으로 작용하면서 불특정하지만 지속적으로 남는 여운을 주거나, 혹은 어떤 약속 때문에 그곳에 머무르며 기다리고 있어야 했던 그 집처럼, 한 발자국도 밖으로는 나갈 수 없을 만큼 내 운명과 강하게 연결되어 있다고 믿었던, 최후의 홍수가 다가올 때면 반드시 그 방에서 맞기를 원한다고 생각했던, 그러나 홍수는 예상하지 못했던 순간에 의외의 방향에서 다가오고, 운명의 샤먼은 익숙한 형체들을 와해시키며, 거울을 통과한 다음 들어선 어둑한 첫번째 방에서, 흰 그랜드 피아노 위에 한 사람이 누워 있다고 생각했지만, 사실은 흰 천을 씌운 관 위에 누군가의 육신이 눕혀져 있는 것이고, 그 얼굴을 확인하기 위해 다가서는 행위를 차마 하지 못하며, 밤마다 그 방은 몇 년 전 잘못 내렸던 어느 역으로 흘러가는데, 매일 밤 차장이 나에게 다가와 이해할 수 없는 말로 행선지를 묻고, 피어오르는 햇빛 속으로 푸른 유니폼을 입은 사람들의 뒷모습이 흔들리며 사라지고, 알아듣지 못하는 투박한 사투리들, 횃불 형태로 타오르는 좁다란 원뿔형 미루나무, 죽은 사람의 말라버린 몸처럼 일정한 간격으로 서 있는, 나는 잠도 없이 꿈으로 걸어 들어가는데, 그곳에서 나는 사람들에게 북쪽 거실에서 왔노라고 말하는 나 자신을 발견한다.

그런 꿈속에서 나는 책의 다른 페이지를 소리 내어 읽는다. 듣는가, 나의 부족이여. 길가에 설치된 중고 그림엽서 노점의 풍경이 창을 통해 보였는데, 어느새 거리는 장터처럼 사람들로 가득해져서 이국적 색채의 휘장이 하늘을 채우고 향을 피운 제단과 중국 상인의 붓글씨 족자, 아랍인들의 페이즐리 무늬 숄을 파는 노점들이 거짓말처럼 한꺼번에 나타났다. 대규모 장터나 거리 퍼레이드가 열릴 때면 흔히 의문이 들듯이, 이 많은 사람들은 다 어디에서 왔을까, 다양한 피부색과 정체불명의 국적을 가진 이들은 고향의 기근과 전쟁을 피해, 사방의 대양을 건너, 어떻게 이 상인들과 물건들은, 신기루처럼 햇빛 속에서 일순간에 나타났다가 어느 날 이른 새벽, 서리 내린 나무에서 한 마리 까마귀가 울 때, 흰 연기 속으로, 헌 포장지조차 남기지 않은 채, 마치 마술사가 손뼉을 탁 치면 꺼져버리는 연기의 여인처럼, 갑자기 사라져버리는 것일까. 그들이 지나간 뒤에는 오직 장소만이 덩그러니 남는다. 한때 그들이 있었던, 그리고 앞으로 다른 누군가 있게 될, 지금 현재는 아무도 없는 그런, 당장은 그 누구의 기억의 집도 아닌, 아무런 냄새도 없는 중간의 장소. 마지막 날 나는 집을 떠나면서 택시를 타기 전 문득 뒤를 돌아보았는데, 〈북쪽 거실〉 호텔의 간판은 우거진 보리수나무 가지에 가려 거의 보이지 않았고, 마치 그런 이름의 집은 처음부터 없었으며, 내가 꿈속에서 지어낸 내 것으로 만든 지팡이와 사슴 가죽 신발에 불과하다고 주장하는 듯했다. 그곳을 떠나기 전 마지막으로 고개를 돌려 내가 잠시 살았던 북쪽 거실 거리의 모습을 시선에 담았는데, 지금 현재, 갑자기 어떤 중간의 장소가 되어 마술사의 손뼉 소리를 기다리고 있는 그 오래된 거리의 호텔이, 불현듯 생각이 났는데, 다름 아닌 바로 오늘, 우리의 약속 장소였으며, 그러나 그것은 결코 지킬 수 없는 마지막 약속이 되었고, 그날 아침 우편배달부가 자전거를 끌며 집 앞에 멈추었고, 나는 창문을 통해 그것을 내려다보면서, 내가 지구 상의 다른 도시에서도 그러했듯이 엽서를 받게 되리라 기대했으며, 휴가지의 평화로운 그림이 들어간 엽서, 내 육신을 어루만지는 간접적인 언어들, 그 기대의 문장이 머릿속에서 채 사라지기도 전에 전화벨이 울렸고, 아침 식사 식당으로 사람들이 몰려가는 일상의 발소리, 방사형으로, 방사형으로 세상의 모든 장소를 향해 낮게 퍼져가는 소리들, 소리가 소리를 낳는 종류의 소리들, 누군가 방문을 두드렸고, 점점 더 세게 두드렸고, 이 하루, 이 특정한 너의 하루, 기차역으로 가기 위해 택시가 불려 오며, 나는 비틀거리고, 내가 언제나 한 사람을 넣고 다닐 수 있었을 만큼 커다란 가방, 나는 그 가방에 옷가지를 쓸어 담았으며, my dear, 나는 간다.

내가 떡갈나무 뿌리가 되어 땅 밑으로 내려오던 날, 듣는가 나의 부족이여, 내가 지상에서 마지막으로 본 장면에 대해서 말한다. 그것은 어느 중고 그림엽서 노점이다. 구슬프게 긴 꼬리를 갖는 황동 나팔 소리와 손풍금 소리가 들려오는, 다른 시간의 문을 통과해온 듯 낯설게 알록달록하며, 세계 각지의 우표와 유적과 폐허, 호수와 도시의 풍경 들이 있는, 지금은 없는 그런 형태의 종이와 인쇄술, 그리고 뒷면에는 잉크로 개인적인 문장들과 주소들이 적혀 있으며, 한 귀퉁이에는 거의 예외 없이 어느 날의 날짜와 함께, 친애하는 …… 씨에게, 당신의 …… 로부터라고 의례적인 인사가 기록되어 있다. 바람이 불어오면 노점의 푸른 줄무늬 천막 지붕이 펄럭이고, 천막 아래 침침한 그늘 속에 자리 잡은 상점 주인들의 시선을 받으며 사람들은 낡은 레코드판을 고르듯 상자 속에 든 엽서를 손가락으로 하나하나 넘기면서 구경한다. 오랜 시간에 걸쳐 수많은 나라들의 중고 골동품점과 고물상 들을 전전하며 마침내 이곳까지 도달한 그 엽서들은, 우리가 사라져가는 우리들 자신의 이야기, 개인의 기록물에 의해 비로소 진술된 꿈의 이야기 속을 부유하며 살아가고 있음에 대한 증거이며, 우리는 우리가 꿈꾸었던 것들을 헤엄치며, 꿈에서 들은 것들을 기억하고, 그것을 말하며, 그리고 우리의 꿈과 연이어진 타인의 꿈에 등장하는 방식으로 계속해서 살아갈 수 있음에 대한 암시이다. 중고 그림엽서 노점에 내가 서 있다. 나는 물이 되어 시간을 흘러왔고, 춤추며 강을 건너왔고, 사람들은 그때 물속으로 들어가는 내 등 뒤에서 말했는데, 저기 북쪽 거실에서 온 여인이 떠나는구나, 얼룩진 얼굴을 하고 커다란 가방을 끄는 여인이, 우리가 모르는 외국 여인이, 우리가 저들의 슬픔의 의례를 알지 못하는 나라에서 온 여인이. 나를 솟아오르는 물이여. 나는 팔을 뻗어 한 남자를

잡았는데, 그것은 그런 다음 다시 손을 놓아 우리가 그 반동의 힘
으로 각각 다른 방향으로 영원히 떠내려가는 것을 보기 위함이었
고, 그는 나를, 나는 그를 서로의 꿈속에서 저절로 흘러가게 버려
두었으며, 우리의 꿈이 잠시 동안 서로 교차하는 사이 나는 물고
기였고 그 남자는 보랏빛 백조였다. 나는 노점에 있는 수많은 엽
서의 뒷면을 눈으로 읽어나가지만, 펜으로 흘려 쓴 오래된 필체
는 어쩌다 간혹만 알아볼 수 있을 뿐이다. 나는 그것을 감히 소리
내어 읽지 못한다. 글자들은 입속에서 결코 밖으로 나오지 못하
며, 개별적인 개인의 기억들로 이루어진 그토록 오랜 시간을, 그
토록 먼 거리를, 우리는 밟고 지나왔구나, 혹은 지나쳐 가는 중이
구나, 그리고 우리의 정신을 누에처럼 감싸게 될 미래까지도, 사
실은 이미 오래전에 그 안에서 보았으며, 눈길이 가닿는 곳마다
엽서의 그림들이 장면 장면 나타나는데, 돛을 펼치고 물 위를 미
끄러지는 배와 넓은 모자를 쓴 사람들, 아름다운 포석이 깔린 길,
북쪽 해안가 휴가지의 호텔, 생일 파티가 열리는 음악회당, 오르
간 연주자와 가수, 해변으로 난 모랫길, 초창기 프로펠러 비행기,
정글에 사는 매서운 부리의 육식조, 그런 그림들이 실제로 눈앞에
나타날 때마다 나는 순간적으로 그 장소에 그들과 함께 있게 되
며, 혹은 그 장소와 그들이 내게 있게 되며, 내가 살았던 시간과
그 이전의 시간들뿐 아니라, 내 육신을 비껴갔으며 잠든 내 주변
을 소용돌이치다가 내 꿈의 땅을 흘러 지하로 스며든 시간들도,
내가 보지 못했던 나의 시간들도, 마치 내가 실제로 가졌던 것처
럼 나를 실제로 가지려 하고, 내 곁에서 동시에 환영처럼 여러 장

면들이 일시에 겹겹이 펼쳐지고, 여러 개의 시간의 층위 속에서 겹쳐진 인물들이 서로서로 투명하게 움직이며, 하나의 그림에서 또 다른 그림 속으로 이리저리 걸어 다니는 것을 나는 보게 된다. 그리고 갑자기, 어느 순간에는, 과거에 우리가 서로에게 썼으며 상대편에게 보내려고 했으나 알려지지 않은 어떤 이유로 인해 부치지 못한 채 서랍 속에 보관하고 있던 엽서들을 발견하게 된다. 'my dear, 우리는 이곳에서 3주 동안 휴가를 보냈습니다, 조용하고 아름다운 곳이고, 책을 읽으면서 해변에 있고 싶어 하는 사람에게 어울리는 장소지요. 당신에게 보여주기 위해서 특별히 이 그림을 골랐습니다. 오늘 아침 우리는 바로 이 길을 걸어 해변으로 갔으니까요……' 운이 좋다면 엽서 표면에서 아직도 미세하게 까끌거리는 북쪽 바닷가 모래 먼지 알갱이들을 감촉할 수도 있으리라. 어느 날 오전 이 엽서를 썼던 사람은 내가 북쪽 거실에 있는 동안 죽고, 그래서 엽서는 영영 우체국으로 가지 못했으며, 늘 그렇듯이 세월이 수직으로 흐르고, 허공을 향해 수직으로 솟구친 나무들은 닿을 수 없는 높이에 이파리들을 간직하고 있는데, 바람이 불어올 때면 구름 사이로 죽은 나뭇잎들이 새처럼 떨어지고, 그런 다음 그 사람의 가족들도 하나둘 세상을 떠났으며, 어느 날 엽서는 무연고자인 다른 이들의 그림과 책들과 함께 중고품 상인에 의해 이곳저곳의 골동품 상점으로 운반되어, 나무 상자에 담긴 채 좀약과 방취제와 함께 오랫동안 있게 되고, 어두운 상자 속에서 얇은 천이 삭듯이 펄프 모서리가 닳고, 인쇄된 그림의 색채는 희미해지며, 박물관에 보관된 일기처럼 사적인 성질을 잃으며,

잉크 냄새는 푸른 나방이 되어 허공으로 날아가고, 접시에 담긴 오렌지 껍질처럼 말라가고, 그러던 어느 날의 장터, 나와 같은 관광객이 찾아와, 혹은 그것은 어느 날의 바로 나 자신일 것인가, 낡은 이방인의 엽서들을 순전히 호기심에 겨워 뒤적이다가, 지금은 나오지 않는 우표와 수십 년 전의 도시 풍경과 유적지 그림을 감상하고, 그러다가 우연히 한 장의 엽서를 집어 들고 뒷면의 글을 읽게 되면, 그것은 경우에 따라, 나의 엽서이며, 나의 이름, 나의 주소이니, 나에게로 부쳐진 엽서이며, 나로부터 시작되었으며, 나로 인해 씌어졌으며, 나의 이름, 나를 부르니, 친애하는 당신, 나의 유물이며, 나에 의한, 나로부터의, 나의 죽음이고, 아, 극동아시아의 낯선 이름과 주소가 적혀 있는 이것은 참으로 먼 곳으로 부쳐질 엽서였으니, 세계의 반대편에 있다는 키질이나 샹그릴라보다도 더욱 먼 곳으로, 나는, 우리는, 그리고 그들은, 그들의 꿈은, 그 순간 이루 말할 수 없는 고통에 잠기게 되는데, 이미 그때 내 몸은 흙 속으로 파고드는 중이니, 누구인가, 내 육신을 사랑하는 이는, 허벅지는 검은 벌레들로 축축하며, 썩은 낙엽으로 가득한 입술은 벌어지나 소리가 없고, 내 가슴은 더 이상 두 개의 살덩어리가 아니니, 우리는 먼 곳으로 보내는 엽서를 썼는데, 어느 날 세월이 흐르면, 그 엽서들은 우리가 모르며 한 번도 가본 일이 없는 대륙 반대편 한 도시의 중고 시장 노점에서, 이 육신과 마찬가지의 냄새를 풍기며 이렇게 늙어가게 되리라. 내가 떡갈나무 뿌리가 되어 땅 밑으로 내려오던 날, 나는 어느덧 알타이 샤먼의 옷차림을 하고 있는데, 나는 마지막까지 가방을 끌고

가며, 내 몸이 마침내 흙 속에 머리만 남기고 모두 스며든 후, 그제야 나는 일생 동안 나를 지켜보고 있었으며, 내 육신의 낯모르는 주인이었고, 최후의 그 순간에도 노점의 천막 그늘 아래 나란히 서서 나를 응시하고 있는, 그러나 그동안은 내가 단 한 번도 사랑스럽게 돌보지 못했던, 사라져버린, 사라져가고 있는 수많은 꿈의 유령들을 잠시 동안 친근하게 바라보게 된다.

꿈

——배수아 풍으로

김형중

1. 먼지와 거미줄

해설가란 모름지기 최초의 독자이자 (널리, 특히 작가들 사이에서 많이 유통되고 있는바, '작가' 자신이야말로 작품의 완성자라는 상식과는 달리) 최초로 작품을 완성하는 자여서, 그가 해당 작품에 대해 (처음으로) 뱉는 말은 항상 신중해야 하고, 독자가 작품을 이해하는 데 길잡이가 되어줄 만해야 한다는 말에는 동의하나, 오늘은 틀렸다. 누가 있어, 배수아의 이 책(장르 간 구분을 무시하기를 즐기고, 작품의 완성도와 유기성, 그러니까 소위 그 명품됨을 소중하게 여기지도 않을 것임에 틀림없는, 이 작가의 글에 소설이나 작품이란 말은 아무래도 어울리지 않으므로, '책' 그저 종이와 문자들의 묶음만을 지시하는 보다 객관적인 명사로서의 '책')『북쪽 거실』을 그렇게 일반적으로 요구되는 방식으로 읽고, 해석하고, 마치 엄마가 아직 이가 나지 않은 아이에게 그렇게 하듯, 삼키기 쉬운 형태의 젤리처럼 말랑말랑하게 만들어 독자들의 구미에 맞게 차려놓을 수 있을 것인가. 혹은 그렇게 한다는 것이 작가에게나 독자에게나 바람직한 일이기는 한가. 더더군다나 다른 누군가가 아니라 바로 배수아가 쓴 책을.

차라리 작가가 분명히 이 책을 쓰면서 원했거나 각오했을 것임에 틀림없는 방식으로, 이 한 권의 책이 (지금부터) 유통되도록 하자. 사력을 다해 읽거나, 혹은 가급적 이른 시기에 읽기를 포기해야 할 책. 한국문학사에서 유례를 찾기 힘든 실험 정신으로 유명한 문제작이 되거나, 독자라고는 몇몇 평론가들과 운 없는 다독 시민 몇과 소수의 문창과 학생들밖에는 갖지 못하게 될 저주받은 책이 되거나 할 수 있도록.

일반적으로 소설 말미 해설의 자리를 차지하게 될 이 글의 다른 제목은, 그러므로 '일조(一助)'다.

2. 입술의 와해

해석을, 심지어는 모든 수준에서 이루어지는 어떤 형태의 독서마저도 거부하는 듯한 텍스트들이 종종 있다. (흔히, 그것이 작품과 같은 책에, 마치 기생하듯, 함께 묶인다는 피치 못할 이유 때문에 행해지곤 하는, 해설자의 과장을 최선을 다해 배제한다 하더라도) 배수아의 새 책 『북쪽 거실』은 그런 텍스트들 중에서도 가장 지독한 경우에 해당할 것임에 틀림없다.

 (종종 소설 장르의 가장 중요한 본성이라 칭해지기도 하는, 그러나 나로서는 쉽사리 동의하기 힘든) '서사'는, 문단 나누기를 거의 하지 않는, 시각적으로 빽빽하고 내용적으로 사변적이며 지극히 주관적이기도 한, 밀도 높은 문장들의 밀림 속으로 실종되거나, 마치 더 많은 여담들digression이 분기(分岐)할 수 있는 핑계만 만들어주면 제 할 일은 다 한다는 듯이, 끊어질 듯 끊어질 듯 한없이 유보된다. 가령 『북쪽 거실』의 3부와 4부는 '작중인물 수니가 이러저러한 상상과 회상 속에서 정체불명의 남자를 찾아 복도를 걸어갔다'라는 문장 하나로 요약(굳이 하자면) 가능하다. 그러나 분량으로 치면 3,4부는 텍스트의 반 이상을 차지한다. '이러저러한 상상과 회상(물론 꿈이나 환각처럼 혼돈스럽고 모호한)'으로 이루어진 여담들이 나머지 대부분의 부피를 채운다.

 서사만 모호한 것이 아니다. 인물들은, 모두가 하나이거나 하나가 여럿이고, 시간은 연대기적이고 인과적인 진행을 무시한 채, 흔히 무의식 속에서 그런 방식으로 존재하듯이, 과거의 일이 후에 이루어지고 미래가 앞당겨 이루어졌거나, 현재가 그 모든 시간들과 공존하는 방식으로 존재(시간도 '존재'할 수 있다면)한다. 프루스트의 『잃어버린 시간을 찾아서』나 조이스의 『율리시스』를 거론하면서, 익숙한 말로, '의식의 흐름'이나 '내적 독백' 같은 어휘들을 떠올리는 정도로는 결코 해소될 수 없을 만큼, 이 작품이 독자에게 불러일으키는 시간적 질서 감각의 와해 상태는 치명적이다.

 공간도, 시점도 마찬가지다. 국적과 방위를 알 수 없는 어떤 도시의 여기저기가 거론되고, 이국의 정서와 여행지들이 종종 언급되지만, 오로지 주관이 경험한 바에 따라서만, 때로는 극사실적으로, 때로는 필요에 따라 많은 세부를 생략한 채로 묘사되는 풍경들은 '초현실적'이란 관형어로는 충분치 않을 만큼 과장되거나 간소화된다. 서술자는 때론 전지적인 '우리'였다가, 때론 익숙한 3인칭이었다가, 어느 순간 별다른 안내나 표식 없이, 그것도 한 문장이나 한 문단 안에서, 일인칭으로 둔갑하기 일쑤다.

게다가 (서사를 이루지도 않는, 주로 여담에 속하는) 각각의 문장들이 발화되는 방식은 어떠한가? 마치 문학은 '낯설게 하기'이며 '일상어에 가해진 폭력'이라는 러시아 형식주의자들의 견해를 급진적으로 극한까지 밀어붙여보려는 듯, 해부대에서 만난 재봉틀과 우산대에 뒤지지 않는 낯선 비유와 표현들이 게릴라처럼 속출한다. 물론 그것들은 개성과 독창성이 없는, 그러나 그것들을 간절히 욕망하기에 문체에 지나치게 신경을 쓰는 작가들의 문장에서 흔히 나타나곤 하는, 미숙함의 표지 같은 것이 아니다. 칼처럼 정확하고 거울처럼 반짝여서 그 비유와 표현에 대한 숙고만으로도 이완 없는 긴장 상태를 오래 유지해야 하는 피로가 독서 과정 내내 독자들을 괴롭힌다.

가령 이런 문장들(강조는 인용자). (무대에서의 여배우의 대사를 두고 희태가) "그녀는 여전히 허겁지겁 지껄이고 있었다. 그렇다, 그것은 이제 지껄임이라는 단어로만 표현될 수 있는, **입술의 와해나 상실로 인한 불타는 움직임**에 불과했다"(p. 44). (집 근처 버스 정류장에서 밤을 새운 순이의 행색을 두고 희태가) "옷차림도 전날과 똑같았지만 더 이상 피부는 촉촉하지 않고 먼지가 내려앉은 듯 거무스름한 회색빛으로 보였다. **어느 질투심 강한 조각가가 미완성의 님프상에다가 물에 젖은 신문지를 발라놓은 것 같았다**"(p. 72). (정체를 알 수 없는, 정확하게는 모든 정체성을 가진 수용소의 유혹자를 두고 서술자가) "여죄수는 그런 생각을 하면서 자신도 모르게 부르르 떤다. **남자는 옛날이라는 이름을 가진 모든 것의 수놓인 겉옷이었을 것이다. 남자는 언젠가 여죄수가 비행기를 타고 통과한 구름의 벽이다**"(p. 147). (자신도 모르게 희태의 편지를 소리 내 읽은 후의 수니가) "자신이 원고의 어느 부분에서 **늙은 동굴처럼 웅얼거렸고** 어떤 부분을 눈으로만 읽었으며"(p. 171), (희태의 상상 속에서 어린 수니의 어느 겨울 밤 풍경을) "창밖에는 **흰 창을 든 전사들이 너의 집을 공격해오듯 공포스러운 눈보라가** 친다"(p. 185).

비유와 표현의 낯섦만 아니라, 외국어처럼 긴 관형절들을 여럿 거느린, 그래서 어떤 이들은 번역 투라고 싫어하고, 어떤 이들은 똑같은 이유로 문장 수준에서 관철되는 민족주의를 극복했다고 반기기도 하는, 또한 한 문장 안에는 하나의 생각만을 담으라는 글쓰기의 기초(도대체 누가 이런 글쓰기를 정석이라 가르치는지)를 의도적으로 무시하려는 듯, 순간순간 진행되는 사유의 변화에 따라 술어를 바꾸고 중문에 복문을 더해가는, 그래서 종종 비문이 많은 문체라는 비난을 듣기도 하지만, 나로서는 사유와 감정 그리고 관찰된 대상 세계의 찰나적인 변화에마저 민감하려는 작가의 태도가 문장 형태에서 그렇게 발현되는 것이라고 믿는, 그러다 보

니 종종 단 한 문장이 한 페이지를 훌쩍 넘기기도 하는 문장 구조
는 읽기에 더 가혹해졌다. 그러나 배수아의 글을 읽는 곤혹스러
운 기쁨에 관한 한, 더 이상의 나열은 무의미하다. 이미 독자들은
충분히 이 책의 모호함과 낯섦 앞에서 당황했거나 포기했거나, 여
기까지 따라 읽어왔을 터이므로.

그러니까, 이제 이 책의 모호한 서사와 낯선 비유와 시공의 뒤
틀림 같은 것들(게다가 이것들은 이 책에서 '종합'되고 있을 뿐, 오
래전부터 배수아의 책들을 읽어온 독자라면 그리 새로울 것도 없다)
을 더 길게 나열하는 수고를 피하기 위해서라도, 요약하자면, 이
책은 '꿈'이다. 오로지, 우리의 경험이 허락하는 경계 안에서는
꿈만이, 그토록 경제적이고 효율적이면서도 혼란스럽고, 의미심
장하면서도 줄거리로 요약되지 않으며, 낯설고 생경한 비유들로
가득 찬 말들을 마치 와해된 입술과도 같이, 늙은 동굴의 웅얼거
림과도 같이 길고 줄기차게 쏟아놓을 수 있다.

3. 말하는 꿈

배수아는 의기양양했다. 종종 자신이 자신의 책에서 하고자 하
는 이야기, 아니 정확하게는 이야기하고자 하는 '방식'에 대해 공
공연하게 누설하는, 그것도 바로 씌어지고 있는 그 책 안에서 누
설하는(마치 평론가와 독자를 의식해서, 그들에게 작품 이해의 실마
리라도 주려는 듯이) 자신감 같은 것이 그에게는 있었다.

가령, 『동물원 킨트』(이가서, 2002)의 작가 서문에서 그는 "드물게도, 이 글은 분명하게 미리 생각되어진 면이 있다. 그것은 주인공의 성별을 규정하지 않겠다는 것이었다"라고 쓰고는, 실제로 그 책 전체를 "성 정체성의 의도적인 거세" 속에서 쓴다(그에 대한 논란이 한참 진행되었던 것을 기억한다). 게다가 이처럼 미리 생각되어진 책 쓰기가 본인의 말과는 달리 그리 드문 것도 아니어서, 『독학자』(열림원, 2004)의 작가 서문에 쓴 "오직 쓰는 자들과 읽는 자들만을 위해서, 언어의 영웅들, 그들의 언어만으로 존재하는 저 엘리시움Elysium의 세상을"이라는 헌사는, 책 전체를 '독학자들'과 그들의 언어에 바침으로써 지켜지고, 『에세이스트의 책상』(문학동네, 2003)의 작가 후기에 쓴 "어느 순간에 달콤한 멜로디에 의존한 크리스마스 선물용 바이올린 음악의 선율이 참을 수 없게 여겨질 수 있는 것처럼 어느 순간에는 글 속에 담긴 스토리 자체를, 혹은 그런 선명한 스토리에 의존해서 진행되는 글을 내게서 가능한 한 멀리 두고 그 사이를 뱀과 화염의 강물로 차단하고자 했다. 무엇이라고 불리는가 하는 것은 그 이후의 문제가 될 것이다"라는 문장이 피력한 의지는 책 속에서 그대로 관철되어, 그 책을 에세이와 소설의 경계를 허무는 시도들 중 가장 성공한 예에 속할 텍스트로 남게 한다.

서문이 필요 없는 단편들에서도 그는 의기양양해서, 작가의 의도가 스스로에 의해 표명되지 않았달 뿐, 실제에 있어서는 분명한 의도에 의해 씌어진 것임에 확실한, 가령 어떤 작품은 한국어에 없는 미래 완료 시제를 실험하기 위해(「회색 시」), 어떤 작품은 비인칭의 익명 시점을 실험하기 위해(「마짠 방향으로」) 씌어진 것임에 분명한 글쓰기를 시도한다. 즉 읽기에 따라 배수아의 소설(이 말이 허락된다면)들은 그 안에 그것을 해석할 수 있도록 작가가 직접 흘려놓은 실마리들이 존재했었다. 그리고 다음의 구절은 『북쪽 거실』도 바로 그런 텍스트들 중 하나에 속하며, 그 실마리가 바로 '꿈'이란 사실을 입증한다.

　꿈의 내용을 글로 정리할 충분한 언어와 문장이 없다면, 그건 어떤 유형의 인간에게는 질병일 뿐 아니라 혹독한 형벌이나 마찬가지지. 그 언어나 문장이 형체와 소리가 없는 꿈의 장면 하나하나를 묘사하고 수많은 내용이 서로 중첩된 꿈의 고통과 색채와 떨림을 현실에서 다시 불러일으키며 꿈을 지배하는 그리움, 다른 해안에 대한 그리움의 성질과 증상을 증폭시킬 수 있을 정도로 섬세하면서도 예술적으로 문명화되어 있지 못하다면. 그리하여 언어를 통해 살아난 꿈의 그것들을 현실로 투입하여, 마침내 현실을 꿈으로 채색하고 현실이 꿈을 통해 호흡하도록 만들 수가 없다면. 그리하여 잠들지 않고도 꿈을 바라보고 만지고 느낄 수 있으며, 마침내 잠 없이도 꿈의 상태에 머무는 그런 단계에 도달하지 못한다면. 그러면 어떤 유형의 인간에게는 혀와 눈이 있더라도 혀와 눈을 뽑힌 것과 다를 바가 없을 테니까. (p. 117)

이 구절과 더불어, 희태의 꿈꾸는 듯한 표정, 금세 현실에서 백일몽 속으로 건너가곤 하는 그의 능력, 수니의 가공할 만한 상상력, 술과 약과 환각에 대한 감수성, 그리고 책 곳곳에 산발적으로 등장하는 린의 꿈과 그 꿈속의 인물(장 씨)의 꿈, 회상 속 술집에서 수니와 함께 잠자리에 들었던 사내의 꿈, 꿈, 꿈들을 기억할 필요가 있겠다. 만약 배수아의 『북쪽 거실』이 이전의 그의 텍스트들보다 양적으로나 질적으로 더 모호한 혼돈 속에 있는 것처럼 여겨졌다면 그 이유는 바로 여기에 있는데, 그는 지금 어떤 언어, 그러니까 고도로 "섬세하면서도 예술적으로 문명화되어" 있는 언어, "잠들지 않고도 꿈을 바라보고 만지고 느낄 수 있으며, 마침내 잠 없이도 꿈의 상태에 머무는 그런 단계에 도달"하도록 해주는 그런 언어를 꿈꾸고 있다. 말하는 꿈, 그것이 지금 글을 쓰고 언어를 다루는 자로서의 배수아의 꿈이다.

4. 이차 가공

물론, 꿈과 문학의 유사성, 꿈의 해석 작업과 비평 작업의 유사성에 대해 가장 먼저 말한 자는 프로이트다. 어떤 텍스트가 꿈의 언어를 '꿈'꾼다면 그러므로 그를 참조해야 할 터이지만, 그래서 응축(인물과 장소와 시간의 압축)과 전위(원관념을 대체할 보조관념의 고안과 강조점의 이동)와 시각적 이미지화(그리고 그에 따르는 부조리와 모순의 허용, 상형문자의 사용)와 상징화(개별적 꿈에 무작위적으로 적용할 것을 가급적 자제하는 대신, 집단적으로 유전되었음에 분명한 상징들에 대해서만 꿈 해석의 장치로 사용되어야 할 태곳적 비유들) 등, 꿈 작업의 기제들(이것들은 그대로 문학적 장치들이기도 해서, 꿈은 곧 문학이라는 말을 단순한 비유가 아니게 한다)을 차례차례 나열해가면서 『북쪽 거실』에 적용하고 그를 통해 배수아가 꿈을 언어화하는 데 성공했는가의 여부를 따져야 하는가.

따져볼 수도 있다. (그렇게 해보자. 서너 차례에 걸쳐 등장하는 생애 최고의 생일 파티의 주인공이었던 '노인'은 걸인이면서 부자이면서 죽은 자이면서 수용소의 환자다. 인물의 응축이다. 이른바 프로이트가 말한 '합성인물'이다. 수니는 순이고 수알란이며 a여인과 종종 동일시되거나 혼동된다. 그리고 그들 모두의 이름에서 익숙한 자모를 추출하면 '수아'로 응축 가능하다. 그들은 모두 배수아——낭송할 만큼 긴 호흡의 산문율을 가진 문체를 지녀서 오디오북 성우라 불려도 무방한, 한편 독립적이고 도도한 외모를 지녀서 페미니스트처럼 보이지만 한편 페미니스트마저 아닐 만큼 독립적이고 냉소적인, 또 제3세계 출신 유색 여성 작가로 독일에서 틀림없이 언어의 장벽 때문에 벙어리 낭송 배우를 연기해야 하기도 했음에 틀림없는, 최근의 단편들을 보건대 이즈음 누군가 멀리 외국에 살던 지인의 죽음으로 북쪽 거실에서 온 여인처럼 죽음에 관심이 많은, 그리고 특히 꿈에 관심이 많은——가 아닌가. 인물만 아니라 글의 형식에서도 배수아의 문장들은 꿈의 응축 작업에서 그리 멀지 않아서, 하나의 문장 안에 여러 관형절을 두루 거느린, 그래서 하나의 문장이 여러 개의 기의를 동시에 지시하는 구조를 지니는데, 응축이란 원래 하나의 기표가 여러 개의 기의를 거느린다는 말에 다름 아닌바, 응축은 문장 수준에서도 관철되지 않는가. 따위의 분석. 연대기적 서사의 부재는 자주 분기하는 여담들에서 비롯되는바, 여담은 마치 꿈이 검열을 통해, 정작 중요한 부분은 부차화하고 부차적인 부분을 전면에 배치하듯, 일종의 자리바꿈의 소산이 아닌가. 배수아의 텍스트는 그러므로 그 전체가 체계적인 전위의 결과물이 아닌가. 따위의 분석. 트로이의 헬레네와 파리스에 대한 잦은 상호 텍스트적 인용, 그리고 그들이 수니나 희태와 응축될 때, 마치 꿈이 그러하듯 배수아의 텍스트는 태곳적 언어인 신화들을 불러와 자신의 작업 재료로 삼고 있는 것이 아닌가. 죽음을, 검은 관을 타고 멀리 바다로 흘러 내려가는 이미지로 묘사할 때, 아니 그보다 훨씬 더 많은 정교하면서도 주관화된 묘사문들은 프로이트가 말한 꿈의 '시각적 이미지화' 기제에 대한 적절한 예는 아닌가. 따위의 분석.) 그러나 그런 분석이 『북쪽 거실』을 읽는 데 큰 도움을 줄 것 같지는 않다.

우리가 내내 그렇게 읽어오지 않았지만, 그런 독법은 최인훈의 『구운몽』을 읽기에는 적합하다. 고도로 계산된 꿈의 문법의 구사, 『구운몽』은 그런 텍스트다(이쯤에서 꿈의 서사와 관련된 기나긴 계보 하나가 떠오른다. 『삼국유사』의 「조신몽 설화」에서 김만중의 「구운몽」으로, 다시 이광수의 「꿈」을 지나 최인훈의 『구운몽』, 김성동의 『꿈』과 한승원의 『꿈』으로 이어지는 업둥이들의 어미 찾기 서사들의 계보가 그것이다. 『북쪽 거실』은 그런 의미에서라면 꿈 서사의 계보 맨 마지막에서 꿈을 이용하거나 꿈을 통해서 말하지 않고 꿈 자체가 되어버린 경우에 해당한다. 사실 『북쪽 거실』을 전도된 『구운몽』으로 읽는 독법도 가능한데, 성진의 자리에 희태를, 팔선녀의 자리에 여성 인물들을 두면 멀고 희미하게 나마 유사한 구도가 그려진다. 하여간 문학사적 위치 짓기의 욕망이란!). 그러나 그와는 달리, '전혀 계산되지 않은 꿈'이 『북쪽 거실』의 꿈이다.

그러니까 꿈에 '대해서' 말한다거나, 꿈 '처럼' 말한다거나 하는 것은 『북쪽 거실』과 거리가 멀다. 『북쪽 거실』이 꿈꾸는 것은 그 자체로 꿈이 '되는' 것이다. 죽은 수니인 듯도 한, 혹은 순이이거나 배수아 자신인 듯도 한 a여인이 등장하는 소설 말미, 이제 더 이상 이성의 언어로는 분석 불가능한 지점까지 내려간(꿈과 무의식을 말하면서 '내려간다'는 지정학적 비유를 피할 길은 없다) 지점에서 구사되는 북쪽과 지하세계의 언어는 그러한 시도가 성공했음을 '원리적으로' 입증한다. '원리적으로'라는 단서를 붙이는 것은, 그 지점은 사실 언어 너머의 영역이어서, 그것이 성공했는지 실패했는지의 여부조차 우리로서는 확인할 수 없기 때문이다.

5. 불가능한 여행

내내 '책'이나 '텍스트'라는 중립적인 명사로 그것을 지칭해왔거니와, 그렇다면 『북쪽 거실』은 아직도, 혹은 여전히 '소설'인가? 꿈이 되어버린(최소한 원리적으로는) 언어들은 소설이라 불릴 수 있는가? 아마도 그것이 탐색담인 한 소설일 수 있을 것이다. 루카치의 정의(소설은 잃어버린 고향을 찾아 나서는 문제적 개인의 탐색담이다)를 따르건, 지라르의 정의(소설은 자신의 욕망이 간접화된 모방 욕망에 불과함을 깨닫기 위해 모험을 일삼는 주체의 탐색담이다)를 따르건, 로베르의 정의(소설은 우리가 황금시절인 유년기에 만들어낸 최초의 이야기 곧 가족 로망스──이 또한 탐색담인데──의 변형이다)를 따르건 소설은 운명적으로 탐색담이(라고들 한)다. 그런 의미에서라면 『북쪽 거실』은 소설이다.

문제적 개인으로서의 수니가 여행을 떠난다. 수용소에 스스로를 유폐시킬 때, 심지어 실종되었을 때조차도 그녀는 여행을 떠나고 있다. 그 여행은 그러나 루카치의 문제적 개인들의 그것과는 달리 (배수아의 주인공들이 항상 그랬듯이) 지극히 존재론적인 성질의 것이다. 그것은 부자유 없이는 상정될 수조차 없는 자아의 자유를 찾는 여행이고, 레비나스 식으로 말하자면 존재의 무거운 짐으로부터 자신을 해방시키려는 자의 여행이다. 여기, 수니의 여행과 레비나스의 여행을 나란히 놓는다.

내가 처음 벽 안으로 걸어 들어올 때는, 이곳이 벽의 안쪽이며 반대편의 세상이 벽의 바깥이라는 믿음에 회의를 가졌고, 그 회의를 믿었던 거지만, 그래서 인간의 가장 기본적인 욕구인 삶의 성취에 대한 소망마저도 버릴 수 있으리라 생각했지만, 내가 곧 여기를 떠나게 되는 이 순간, 너무나 당연한 듯이 자연스럽게, 마치 한동안 떨어져 있던 두 개의 나사가 너무나 당연하게 합쳐지듯이, 그것이 유일한 자신의 자리라고 주장하는 것처럼, 다시 옛 직업으로, 옛날의 낡은 나로 돌아가는 내 모습을 발견하니, 그 시간은 다 무엇이었을까, 그 여행은 다 무엇이었을까, 기꺼이 잃어버리려 했던 그 시간은, 자발적인 감금은, 내가 아니고자 했던 모든 시도는, 무엇을 위한 것이었을까. 나는 결국 한 쌍의 나사, 내 부재와 귀환은 원인과 결과처럼 이미 결정된 한 쌍의 나사에 불과했던 것일까. 녹슬었으나 불가피하며 진부한 한 쌍. 그렇게 나는, 또 하나의 내가 있는 제자리로 되돌아오기 위한 긴 여행을 한 것에 불과했던 걸까. (pp. 250~51)

자아임〈자아로 존재함, être moi〉은 자기에게 결부되어 있음을 함축하며, 자기를 처치해버리는 일이 불가능하다는 점을 내포한다. 물론 주체는 자기에 대해 뒤로 물러설 수 있지만, 이 물러섬의 운동은 〈자기로부터의〉 해방이 아니다. 이는 마치 죄수를 놓아주지는 않고 그를 매어놓은 밧줄만 느슨하게 해주는 격이다. 〔……〕

지루함의 이중성은 도피에 대한 향수를 일깨우지만, 그 어떤 미지의 고장도, 그 어떤 새로운 땅도 이를 만족시켜주지 못한다. 왜냐하면 우리의 여행에 우리는 우리 〈자신〉을 데리고 가기 때문이다. (에마뉘엘 레비나스, 『존재에서 존재자로』, 민음사, 2003, pp. 148~49)

자아는 항상 자기에게 결부되어 있다. 스피노자 식으로 말해 필연적인 자기 보존 본능은 항상 자기로부터 해방되려는 자아의 여행을 고작해야 느슨한 밧줄이 그리는 동심원의 한계 내로 제한한다. 어떤 도피도, 어떤 미지의 고장으로의 여행도, 그 밧줄을 잘라내지는 못한다. 여행할 때조차 우리는 우리가 돌아와야 할 곳, 밧줄의 나머지 끝이 묶여 있는 곳, 그곳에 결부되어 있기 때문이다. 항상 우리는 우리의 여행에 '자신'을 지고 업고 다닌다.

수니가 아무런 기대도 없이 스스로를 수용소(독일 68세대들의 실패한 공동체를 연상시키는)에 유폐시켰던 이유, 항상 자유와 부자유의 변증법에 절망하고, 끊임없이 '아무도 아닌 자의 아내'이고자 집 떠나기를 마다하지 않았던 이유, 그리고 무엇보다도 북쪽의 그림자, 죽음의 그림자를 끌고 다녔던 것도 그 때문일 것이다. 수용소에서 그녀가 얻은 깨달음이란 그 여행이 결국엔 옛 자리, 곧 자기와 자아가 다시 나사처럼 결합할 수밖에 없는 바로 그 지점으로 돌아올 도리밖에 없다는 사실이다.

아마도 레비나스라면 이 지점에서 '에로스'와 '출산'(『시간과 타자』)을 제안했을 텐데, 아무래도 섹스에 인색하고 타자에 대한 책임에 무감하며 죽음에 매혹당할 만큼 독자적인 배수아의 주인공에게는 어울리지 않는 제안이다. 대신 수니는 어떤 경계를 택한다. 꿈과 현실의 경계, 그러니까 우리가 도달할 수 없는 곳과 이미 살고 있는 곳의 경계, 죽음과 삶의 경계. 그곳에 (언어를 통해!) 이르는 길이 그녀에게는 해방인 듯 보인다.

소설 말미, 꿈인지 죽음의 상태인지 모를 세계에서 그녀는 우리에게 쉽사리 대답하기 힘든, 감당하기 힘들 만큼 어마어마하고 진지한 질문 하나를 던진다. "삶과 죽음의 경계가 우리가 생각하는 것만큼 치명적으로 선명하지 않다면, 지금 이 말을 머리에 떠올리는 우리들 자신이 분명히 삶의 영토에 있다는 사실을 증명해줄 사람은 누구인가"(p. 202). 삶과 죽음의 경계가 그렇게 선명하지 않다면, 우리는 살아 있는가 죽어 있는가. 혹시 죽음만이 우리를 자기로부터 해방시켜주는 것은 아닌가.

286

이 질문은 한 나라(배타적이지 않은 의미로)에 최소한 몇 사람의 작가쯤은 집요하게 던졌거나 던지고 있어야 할 만큼은 무게 있는 형이상학적 주제를 함축하고 있지만, 사실 한국문학사에서는 지나치게 자주 던져지지 않았던 질문이기도 하다. 생에 사로잡힌 한국문학사에서 지금 배수아가 통과하고 있는 죽음과 꿈에 대한 탐구가 소중한 이유가 그와 같다.